Osobowość
ćmy

Katarzyna
Grochola

&

Osobowość
ćmy

Magdzie i Adamowi
bynajmniej nie
z braku szacunku

Oto Krzysztof.

Krzysztof ma już swoje lata.

Krzysztof ma już swoje lata, zresztą zaznacza, że nigdy nie miał cudzych, tak jak każdy z nich. Do tych jego lat dołączona jest końcówka – cztery miesiące i dwa dni. Tyle czasu minęło od jego urodzin.

Krzysztof ma niesforne ciemne włosy, ostatnio obcina je tuż przy skórze, ale nawet tak krótkie próbują się wić, w związku z tym Krzysztof ma z tyłu czaszki trzy, a czasami cztery kręgi, co wygląda trochę jak łysienie plackowate. Jednym słowem jego włosy układają się jak tajemnicze kręgi w łanie zboża, z tym że Krzysztof nie zwykł przejmować się tyłem swojej czaszki. Przejmuje się za to wszystkim innym.

Krzysztof porządkuje świat.

Ma władzę.

Jest dyrektorem dużej firmy.

Dwa lata temu kupił volvo 40 S, ze skórzaną białą tapicerką, lekko używane, prosto z wystawy sklepu na ulicy Długiej dwadzieścia łamane przez dwadzieścia sześć. Buba nie mogła zrozumieć, jak je wpakowali na tę wystawę, Basia i Róża również. Ale ani Piotr, ani Krzysztof, ani Roman ani przez sekundę nie zastanawiali się nad tym. Rozważali tylko, jakie przyspieszenie osiągnie na śliskiej nawierzchni. Dla Piotra był jeszcze ważny moment obrotowy silnika, ale kiedy mężczyźni wybrali się na niedzielę do Zakopanego, okazało się, że volvo potrzebuje tyle samo czasu, ile stary opel corsa Piotra i Basi, albowiem na Zakopiance jak zwykle był korek. Jednak Krzysztof nie wydawał się rozczarowany.

– Zawsze lepiej czekać w korku w dobrym aucie – powiedział, i być może miał nieco racji.

Jest wyjątkowy.

Za gotówkę! Kogo na to stać?!

*

Oto Basia.

Narzeka, że ma krótkie nogi, ale to nieprawda. Po prostu Basia jest niewysoka, w związku z tym jej nogi też są niewysokie. Nosi długie spódnice i cierpi, kiedy jedzie na wycieczkę rowerową. Wtedy musi włożyć szorty. Chyba że nie ma upałów.

Basia jest taka delikatna.

Basia obraża się, bo uważa, że wszystko, co powie, może być wykorzystane przeciwko niej. Na pytanie

„która godzina" podnosi się i zbiera do wyjścia. Kiedy jej mąż, Piotrek, patrzy na nią zdziwiony, szepcze:
– Nie widzisz, że za długo siedzimy? Już zapytali o godzinę.
Basia jest przewrażliwiona i dlatego
Basi jest w życiu nielekko.
Ale i specjalnie ciężko też nie. Tylko skąd ona ma o tym wiedzieć?

*

Oto Piotr.
Piotr ożenił się z Basią dwa lata temu, ponieważ – to zabrzmi dziwnie, ale dzieją się na ziemi i na niebie różne rzeczy, o których się filozofom nie śniło – ponieważ ją kochał, a ona za nim szalała. Przekonał ją ostatecznie o swoim uczuciu, wsiadając na karuzelę łańcuchową, która rozpięła swoje ramiona na Błoniach pewnego czerwcowego popołudnia, ku uciesze wszystkich dzieci.
Jest taki odważny!
Czy jeśli mnie kochasz, to zrobisz dla mnie wszystko? Ale na przykład co? Na przykład wsiądziesz na tę karuzelę? Krzesełka śmigały prosto w niebo upstrzone białymi barankami. Więc Piotr jest odważny, bo dla Basi wsiadł na krzesełko i poleciał do samego nieba, a nienawidził karuzel, poza tym w tym wieku! Basia tymczasem mdlała ze strachu o niego oraz o inne dzieci i rozwydrzoną młodzież, która, zamiast spokojnie sobie dawać w żyłę i nie przeszkadzać nikomu,

sczepiała łańcuchami po dwa krzesełka i szybowała wysoko, wrzeszcząc niemiłosiernie.

*

Oto Róża.
Róża wszystko w życiu może osiągnąć!
Róża ćwiczy. Step, aerobik, aquaaerobik, callanetics. Róża może wszystko i dlatego wie, że sześćdziesiąt cztery w pasie to tylko kwestia ćwiczeń i silnej woli. Róża ma własną firmę, co pozwala jej dobrze zarabiać i dobrze wydawać pieniądze.
Kto nie zadba o siebie, nie będzie umiał zadbać o innych.
Więc Róża, która ma dobre serce, wkłada to serce w kanapki, z których słynie. Jej catering jest mocno wysmakowany, zimny bufet nie ma sobie równych, ale Róża zna swoje ograniczenia. Obsługuje tylko małe przyjęcia, do pięćdziesięciu osób, ponieważ życia nie można strwonić na zarabianiu pieniędzy i zarzynaniu się dla nich.
Więc Róża chadza do teatru i do kina, a także na siłownię i na basen, bo człowiek powinien dbać o siebie. A w środy i piątki spotyka się z Sebastianem.
Kiedy ty w końcu wyjdziesz za mąż, córuchno?
Czy ty już myślisz poważnie o życiu?
Tak, tak, Róży się wspaniale układa, naprawdę wspaniale. Na razie nie myśli o zamążpójściu.
No, żeby czegoś nie przegapiła.

*

Oto Sebastian.

Ależ z niego facet!

Duży. Silny. W ramionach ma metr dwadzieścia
pięć. Sebastian skończył AWF, ponieważ nie chciał,
żeby koledzy spuszczali mu manto. Do czternastego
roku życia był niewielkim pryszczatym chłopcem,
za grubym i za małym, żeby nie pozwalać sobie
w kaszę dmuchać. W kaszę mu wobec tego dmu-
chano chętnie i często, aż pewnego dnia, po kolejnych wakacjach, w czasie których chcąc nie chcąc
strzelił w górę, strzelił absolutnie chcący kolegę
z siódmej C, który go zaczepił. Kolega potraktował
rzecz całą odpowiednio – uznał, że należało mu się
za krótkowzroczność – Sebastian bowiem miał już
blisko metr osiemdziesiąt, silne ręce i niezwykły refleks. Od tego czasu nikt już Sebastiana nie bił,
a ksiądz Jędrzej, który był świadkiem całego zdarzenia i refleks Sebastiana wzbudził jego nielichy
podziw, zgarnął chłopaka na treningi judo. Dla
Sebastiana zaczęło się nowe życie i nikt mu już nigdy
nie podskoczył.

Bezmózgowiec, ale jaki tyłek!

Sebastian ćwiczył swoje dziesięć najważniejszych
mięśni pośladkowych oraz inne mięśnie na siłowni
we wtorki i czwartki od godziny siedemnastej do
dziewiętnastej. W czwartek, pewnej wiosny, spotkał
tam Różę.

*

Oto Julia.

Właściwie jeszcze jej nie ma.

Jeszcze siedzi na lotnisku Heathrow i płacze. Ma na koncie sześć tysięcy funtów i złamane serce. Serce zostało złamane przez pewnego Davida, Anglika, którego Julia poznała w Krakowie, dwa lata wcześniej. David Childhood nie przypominał Anglików z powieści, nie był chłodnym angielskim draniem, był gorącym angielskim draniem. Po dwutygodniowym romantycznym związku w okolicach Jagiellońskiej, David wyjechał urzeczony Julią, a Julia pozostała w Krakowie, urzeczona angielskim kochankiem. Po następnych dwóch miesiącach gorącej wymiany e-mailowej Julia wylądowała wraz z samolotem Boeing 737 na Heathrow i padła w ramiona Davida. Nieco później okazało się, że David ma dwuletnią córeczkę, a jeszcze później okazało się, że do córeczki Davida dołączona jest jej mama, Mandy, prawowita małżonka, która nie słyszała nic o rozwodzie ze swoim mężem Davidem Childhoodem.

Dla Julii rozmowa w języku angielskim z żoną Davida, Mandy, była niezmiernie ważna nie tylko dlatego, że okazało się, że angielski Julii jest zupełnie OK, ale z zupełnie innych przyczyn, których skutkiem jest to, że Julia właśnie siedzi na lotnisku i płacze, choć jeszcze wczoraj strasznie klęła i krzyczała. Również niezłym angielskim.

*

Oto Roman.

Właśnie zbiega po schodach. Jest tych schodów dużo, bo Roman wynajmuje mieszkanie na strychu. Lub wynajmuje podrasowany strych na mieszkanie. Płaci niedużo, ale za to musi wysłuchiwać wszystkiego, co pan Jan, z drugiego mieszkania na strychu, ma do powiedzenia na temat świata, pieniędzy, Żydów, rządów oraz seriali telewizyjnych. Pan Jan bowiem jest właścicielem strychu i człowiekiem, który lubi kontakt z ludźmi, ale nie lubi rządu, Żydów oraz seriali telewizyjnych. A wie o nich wszystko, ponieważ wroga trzeba poznać, panie Romanie. Pan Jan jest rencistą. Roman jest malarzem.

Przepraszam bardzo, a co pan maluje?

Przepraszam, a co to jest?

Od czasu do czasu udaje mu się sprzedać jakiś obraz, ale ponieważ nie może się całkiem odzwyczaić od jedzenia, zarabia na życie, pomagając przy remontach. Umie kłaść kafelki, klepkę podłogową, malować ściany i kłaść gładź gipsową. Robi to częściowo w tajemnicy przed przyjaciółmi, bo trochę się wstydzi.

Mam niezłe zlecenie.

Teraz dłubię jakiś projekt dla FORKERS.

Aaa… takie zamówienie… Niewielkie, ale zawsze…

Poza tym, że maluje ściany i płótna, Roman leczy obolałą duszę.

Dusza Romana ucierpiała bardzo, kiedy pewna kobieta, której imienia Roman nie wymienia,

pewnego dnia wyprowadziła się z jego strychopra-
cowni i powiedziała, że musi wszystko przemyśleć
na spokojnie, skoro mają być razem.

Myślała intensywnie w towarzystwie innego
pana. Roman natknął się na nich w okolicach Piwnicy pod Baranami. Byli tak zajęci sobą, że nie
zwrócili na niego uwagi. A towarzysz pani, której
imienia od tego czasu Roman nigdy nie wymówił,
nie wyglądał na faceta, który próbuje jej pomóc
w myśleniu nad związkiem z Romanem. W związku
z czym Roman stracił serce i zaufanie do kobiet.

Bywa i tak.

*

Oto Buba.

Buba ma dwadzieścia dwa lata, niewyparzony
ozór i włosy albo czarne, albo blond, albo rude, albo jasnorude, albo marchewkowe, albo złoty blond,
albo kasztan, albo itd.

*Buba, co ty robisz, włosy ci wypadną od tego far-
bowania.*

Zobaczysz, jak będziesz wyglądać za dziesięć lat!

Wrzuć luz, kochana.

Buba nosi buty ciężkie, wiązane do kolan, mimo
że już nie są modne. Buba nazywa rzeczy po imieniu.
Buba klnie. Buba wiesza w oknach kryształki, bo
Buba lubi tęczę. Ma dzwonki rurowe, bo one odpę-
dzają złą energię. Jej drzwi są pomalowane na zielono, ponieważ to dobre z punktu widzenia feng-shui.

Róża lubi koty, a Piotr, Roman, Sebastian i Róża lubią Bubę. Traktują ją trochę jak maskotkę, po trosze czują się za nią odpowiedzialni. Buba długo mieszkała z ciotką i była trudnym dzieckiem, czasem ciotka ją gdzieś ekspediowała, ale nie wiadomo gdzie i dlaczego. Potem Buba pojawiała się znowu, a potem została sama, bo ciotka umarła, zostawiając Bubie w spadku dwupokojowe mieszkanie, na końcu korytarza, po lewej stronie.

Buba pojawiała się i znikała w najmniej oczekiwanych momentach. Nigdy nie mówiła o swojej rodzinie, zupełnie jakby była dzieckiem znalezionym przez ciotkę w kapuście. Zresztą bardzo długo myślała, że tak było naprawdę. Ciotka jej opowiadała, jak rozchylała liść po liściu i nagle ze środka wyskoczyła Buba. Kiedy Buba skończyła dziewięć lat, zobaczyła pole niezebranej kapusty. Był luty, stopniał śnieg, spod śniegu wyjrzały rozmiękczone, gnijące i meduzowate placki. Chwyciła ciotkę za rękę i krzyknęła:

– Przecież ja się urodziłam w styczniu, a w styczniu nie ma kapusty!

Basia wprowadzała Bubę w świat dorosłych kobiet, co na ogół sprowadzało się do banalnych opowieści, najpierw – jacy wredni są chłopcy, a z czasem – jacy wredni są mężczyźni, wszyscy oprócz Piotra.

Różnica wieku między nimi zacierała się jak późny świt. Buba wydawała się starsza, niż była, a Basia młodsza. Za ile lat będą w tym samym wieku?

Julia uczyła Bubę francuskiego, ale pewnego dnia francuski przestał Bubę interesować. Właściwie jej znajomość języka skończyła się na odmianie czasowników mieć i być, *avoir* i *être*, które to czasowniki były niezbędne do tworzenia czasów, których francuski ma nieskończoną ilość. Bubę to mocno zirytowało i zapisała się na hiszpański. Wkrótce okazało się, że nauczyciel hiszpańskiego wrócił do Kostaryki, z której, ku zdziwieniu kursantów, pochodził, a Buba postanowiła zapisać się na kursy japońskiego. Po dwóch tygodniach zrezygnowała z nauki języka, za to ze znajomą poznaną na kursie zapisała się na kurs origami. Dzisiaj uczy się rosyjskiego, żeby być oryginalna. I angielskiego. Jeszcze nie wie, że angielski ma dużo więcej skomplikowanych czasów niż francuski, a może i hiszpański.

Teraz Buba jest blondynką. Idzie ruchliwą ulicą w kierunku plebanii i lekko się chwieje.

Może nie powinna tyle pić?

*

Entliczek pentliczek czerwony stoliczek
Miłość i śmierć
na kogo wypadnie entliczek pentliczek
na tego bęc

*

W tym mieście mieszkają, w tej starej kamienicy, i jeszcze w tamtej, i na strychu, i w wynajętym mieszkaniu, i w okropnym bloku, te nowe bloki są takie nieprzyjazne.

*

Najlepiej ma Basia z Piotrem, bo odziedziczyli mieszkanie po jego rodzicach.

No, ale Piotr nie ma już rodziców, co nie jest najlepsze.

Za to ma żonę, i żyją szczęśliwie, a o to przecież niełatwo. I nie musi sobie sam gotować.

Najgorzej ma Basia, bo nigdy jako mężatka nie była u siebie, zawsze u Piotra.

No, ale Basią ma się kto opiekować, mąż ją kocha, a to znowu nie takie powszednie, prawda?

Za to Basia nie znosi swojej pracy. Cóż jest przyjemnego w byciu bibliotekarką, gdy bibliotekę wkrótce zlikwidują?

Najlepiej ma Krzysztof. Wynajmuje mieszkanie i firma za to płaci, a niech mnie!

No, ale żyć tak bez własnego kąta...

Najlepiej ma Julia. Jest w Anglii, a każdy by chciał być w Anglii, nie w tym syfie, który coraz bardziej nas otacza. Jeśli tylko człowiek czyta gazety i ogląda telewizję, rzecz jasna. Bo jeśli nie korzysta ze środków masowego przekazu, nie jest tak źle. Środki masowego przekazu są i tak lepsze od środków masowego rażenia.

Julia ma najgorzej, bo jest daleko od domu i od nich wszystkich, sama, na obczyźnie, człowiek kategorii drugiej, szczególnie w Anglii Anglicy są władcami świata, cała reszta jest kategorii drugiej.

Najlepiej ma Róża. Jest niezależna, wolna, robi, co chce, nieźle zarabia, ma własną firmę i, jakby tego było nie dosyć, figurę modelki.

Ale logicznie rzecz ujmując, Róża ma najgorzej. Wraca do pustego domu, w którym nikt na nią nie czeka. Co z tego, że spotyka się z Sebastianem? Po prostu taki układ.

Najlepiej ma Sebastian. Bez zobowiązań i przydziałów, spija śmietankę z tego życia, nie musi się z nikim liczyć, Róża idzie na taki układ, ale to ich sprawa. A bo to on jeden ma podwójne życie?

Z drugiej strony… Sebastian jeździ na rowerze i jest nauczycielem wychowania fizycznego. Obyś cudze dzieci… No owszem, spotyka się z Różą, ale zawsze u niej. W ogóle niewiele wiadomo o Sebastianie, pewno nie ma się czym pochwalić, a do domu, ze względów oczywistych, zaprosić ich nie może. Jakie to względy? Nie pytali, bo nie należy włazić z buciorami w cudze życie.

Najlepiej ma Roman – jest twórcą. Co prawda chwilowo niezbyt liczącym się. Ta chwila trwa już ładnych parę lat, ale Roman robi to, co bardzo lubi robić, i mieszka na cudownym, odlotowym strychu, z poprzecznymi belkami i oknami z widokiem na dachy.

Jak jaki Toulouse-Lautrec.

Z tym, że szczęśliwie nie gnębią go choroby wielkiego malarza.

W zasadzie jednak Roman ma najgorzej. Mieszka na strychu, w zimie jest u niego mniej niż piętnaście stopni, przez okna wieje. I dorabia malowaniem mieszkań. Jego obrazów nikt nie kupuje. To straszne – robić coś, czego nikt nie docenia.

Najlepiej chyba ma Buba. Jej stara ciotka Gabriela umarła prawie cztery lata temu i pewnie zostawiła jej majątek, bo Buba nie musi pracować i nigdy nie martwi się o pieniądze. Robi, co chce, i jest taka młodziutka.

No, ale wszyscy współczują Bubie, że ma najgorzej. Nie dość, że nie miała nigdy prawdziwego rodzinnego domu, to po śmierci ciotki została sama jak palec.

Za to życie przed nią, bo jest najmłodsza z nich wszystkich.

*

A więc Piotr, Basia, Buba, Krzysiek, Roman, Róża i Sebastian i nieobecna chwilowo Julia. Są zaprzyjaźnieni.

I najważniejsze, że wszystko o sobie wiedzą.

Na przykład Basia wie, że Róża jest pedantką. To wiele tłumaczy. Nawet jej higieniczny i regularny związek z Sebastianem. Piotrek wie, że Sebastian nie lubi mówić o tym, co robi. I nic dziwnego. Co można mówić o kolejnych czterdziestu pięciu minutach spędzanych z kupą bachorów? Julia wiedziała, że Basia kocha się w Piotrku, dużo wcześniej, niż

Piotr się dowiedział, że kocha Basię. Julia pierwsza się dowiedziała, kiedy Basia straciła cnotę. Buba wie, jakich perfum używa Roman i że używa ich rzadko. Właściwie to woda po goleniu, ale za to luksusowa. Nie jest to wiedza magiczna – wodę dostał Roman od Buby na imieniny półtora roku temu i nie zużył wiele, bo ostatnio, kiedy byli u niego, widziała w łazience prawie pół butelki.

Sebastian wie, że Krzysiek lubi tylko pilznera, a na przykład żywca nie tknie, nie wiadomo dlaczego. Wszyscy wiedzą, że Krzysiek studiował w Niemczech i wrócił przed pracą dyplomową, bo... bo coś tam.

Krzysiek za to wie, że Piotrek ciągle szuka roboty. Owszem, robi piękne zdjęcia, ale co z tego? Roczny PIT Piotrka to miesięczne zarobki Krzysztofa. No, może to przesada.

Róża wie, że romans Julii skończył się tragicznie. Basia wie, że romans Julii skończył się najlepiej jak mógł, to znaczy, że nie będzie z tym chłystkiem, który jej, Basi, nigdy się nie podobał. Basia wie, że Róża spłakała się na filmie „To tylko miłość".

Ciekawe dlaczego, skoro to była komedia?

*

Ot, proszę bardzo, Piotr wychodzi. Nie na rękę mu przerywanie pracy w środku dnia, ma jeszcze zdjęcia, ale ksiądz Jędrzej prosił, żeby wpadli na chwilę, po trzeciej, no to trudno, pojedzie teraz do redakcji oddać zdjęcia.

Wychodzi cicho, bo sąsiadka z naprzeciwka zawsze, ale to zawsze, ilekroć słyszy ruch na klatce schodowej, uchyla drzwi.

– Panie Piotrusiu, to pan? – pyta zaciekawiona, co niezmiennie doprowadza Piotra do szewskiej pasji. – Co tam słychać?

Dresik różowy albo niebieski, ciałko opięte tym dresikiem, fałdy tłuszczu widoczne jak na dłoni, tfu, ohyda, jak się można tak ubierać w tym wieku! „Tam" – to znaczy gdzie? U nich? W mieście? Na świecie? I co to za pytanie!

– Dzień dobry pani – mówi wobec tego za każdym razem Piotr, najuprzejmiej jak potrafi. – Dziękuję. – I zbiega ze schodów, nie czekając na windę.

– Panie Piotrusiu! – Czasem Różowy Dresik znacznie wcześniej otwiera drzwi, zanim Piotr dopadnie schodów. – Jakby pan był uprzejmy...

No i Piotr jest uprzejmy, jeśli nie jest szybki.

Masełko. Albo włoszczyzna. Albo sok pomarańczowy, ale tylko z czerwonych. Lub grejpfrutowy, ale tylko z czerwonych. Albo dwadzieścia deka sera żółtego, ale tylko krojonego. Dwadzieścia pięć deka szynkowej, ale tylko pokrojonej. Albo troszkę obsuszanej krakowskiej, ale niech zdejmą przed krojeniem ten nieprzyjemny sztuczny flak! I bardzo cienko pokrojonej.

A marchewka tylko jeśli będzie średnia, nie za duża, nie za mała. Włoszczyna najlepiej nie w siatce, osobno wszystkie warzywka. Jakie? No, por, jak będzie ładny, to może być dwa, seler, dwie, trzy pietruszki, trochę kapusty kiszonej, byleby nie była za kwaśna.

Pan zapisze, ile panu jestem winna, to jak przyjdzie córka, w sobotę albo w niedzielę, to się rozliczy.

Bardzo proszę, sąsiadom trzeba pomagać.

Nawet wtedy, kiedy się wyrzuca śmieci, nawet bez skarpet, nawet bez kurtki w listopadzie. Bo:

– Panie Piotrusiu, jeśli pan taki uprzejmy...

– A nie sprawię kłopotu, jeśli recepta?

– Ależ skąd, żaden kłopot.

I Piotr się cofa, wkłada kurtkę albo skarpety, albo buty, i zamiast trzyminutowego wyjścia z kublem, pół godziny zmarnowane.

Tylko Buba umie umknąć przed wścibskimi oczami Różowego Dresika. Czasem Niebieskiego.

Nigdy nie widział tej kobiety inaczej ubranej.

Tym razem udało się. Drzwi się otwierają, kiedy Piotr już jest piętro niżej.

Miał szczęście.

*

Bałam się, że to będzie wenflon i parogodzinny wlew do żyły. Pamiętałam z przeszłości kroplówkę i niejasne wspomnienie męczenia się na łóżku szpitalnym – tak bardzo chciało mi się siusiać, a nie mogłam przecież się ruszyć i w końcu powzięłam decyzję, że jednak zdejmę tę butelkę i razem z nią pójdę do łazienki. Nikt mi nie powiedział, że mogę przycisnąć plastikowy zawór i wtedy kroplówka przestanie kapać, lub że mogę po prostu zadzwonić po pielęgniarkę, poprosić o odłącznie kroplówki i iść spokojnie do łazienki. Wtedy wymknęłam się chyłkiem, niosąc wysoko nad sobą odczepiony przezroczysty woreczek z płynem w środku, a w łazience położyłam woreczek na podłodze i z ulgą się wysikałam i wtedy zobaczyłam, że krew z żyły wpływa do woreczka i bezbarwny płyn czerwienieje. Przestraszyłam się, że umrę od tej krwi, co ze mnie ucieka, podbiegłam korytarzem do dyżurki, z workiem znowu uniesionym wysoko nad głową. Pielęgniarka zaczęła się śmiać, a potem mi wyjaśniła, że po pierwsze, od paru kropli krwi nikt nie umarł, a po drugie, żebym dzwoniła i mówiła, że chcę siusiu.

Ale tym razem to nie była kroplówka, tylko zastrzyk. Owszem, bolało, zrobiło mi się mdło, czułam jak to coś, co mi wstrzyknięto, rozchodzi się po całym ciele. Gdybym mogła, tobym krzyknęła NIE! temu zastrzykowi, ale przecież miał mi przynieść życie, więc cierpiałam w milczeniu.

*

Ach, że też muszą dzisiaj iść do księdza Jędrzeja! Ale tak rzadko się u niego spotykają, że właściwie…

Całe szczęście, że nie nawraca zagubionych owieczek. No cóż, dorośli są. I ostatecznie ksiądz Jędrzej jest wujkiem Basi. Śmieszne, że ksiądz jest czyimś wujkiem. Księży się powinno znajdować w kapuście. Kiedy Basia przyznała się, że Jędrzej jest bratem jej mamy, nie wierzyli. Ksiądz przecież nie jest synem ani bratem, ani wujkiem, ani siostrzeńcem, tylko księdzem. Ale wtedy byli mali i w wiele rzeczy nie wierzyli. Na przykład Basia bardzo długo nie mogła uwierzyć, że jej rodzice robią *te rzeczy*. Prawdę powiedziawszy, nie wierzy w to do dziś.

A na przykład Piotr nie wierzył, że ksiądz Jędrzej chodzi w spodniach i przeżył szok, kiedy pierwszy raz zobaczył Jędrzeja bez sutanny. I to nie tylko bez sutanny, ale w krótkich portkach, bo ksiądz Jędrzej postanowił katechizować swoje dzieci w sposób szczególny: grać z nimi w piłkę, zabierać je w góry, przyjaźnić się z nimi i przede wszystkim – najważniejsze – być z nimi na ty.

Z dziećmi!

Kto to widział!

Jakby od tego można było uwierzyć w Boga!

Niekoniecznie wierzą.

Ale wierzą w księdza Jędrzeja.

Ksiądz Jędrzej zaś głęboko wierzy w Boga i nie wierzy w lekarzy. Uważa, że lepiej się od nich trzymać z daleka. Wtedy człowiek jest zdrowy. A jak już raz do nich trafisz, proszę ja ciebie, to wtedy już cię, człowieka przecież zdrowego, nie wypuszczą ze swoich szponów. Wie coś o tym, bo ksiądz proboszcz od świętego Józefa Robotnika robił badanie krwi, niewinne badanie krwi! I nagle się okazało, że ma cukrzycę. Wielkie nieba, gdyby nie poszedł na badania, toby cukrzycy nie miał!

Dlatego Jędrzej nie idzie do okulisty – w końcu to też lekarz – chociaż coraz gorzej widzi, bo jeszcze się, nie daj Boże, odpukać, okaże, że ma jakąś chorobę oczu. Kupił w aptece okulary za dwanaście złotych i jest lepiej.

Choć nie bardzo.

Z lekarzami czasem musi gadać.

Ale nie w swoich sprawach.

*

Siedzą wszyscy u księdza Jędrzeja, wezwał ich bardzo pilnie, butelka koniaku na stole, Jędrzej przeciera oczy.

– A skąd koniak taki dobry? – Piotr ogląda butelkę.

– A czy ja pamiętam, Piotrusiu, czasem mnie jak adwokata jakiego traktują, choć w kopercie nic nie dają, niestety... – Jędrzej uśmiecha się z zakłopotaniem. – Pijcie, dzieci, na zdrowie, znaczy, kto prowadzi, niech nie pije, ale jak chcecie, to spróbujcie, bo dobry.

– To mamy pić czy nie pić? – szepcze Róża, bo komunikat jest niejasny.

– Pić – odszeptuje Basia. – Nie słyszałaś?

– Słuchajcie, mam wielką prośbę – ksiądz zawiesza głos, bo w pokoju robi się cicho.

– Znowu? – Krzysztof podnosi się z fotela. – Znowu...

– Tym razem sytuacja jest tragiczna. Tylko przeszczep i absolutnie nie u nas, wszystkie fundacje już mi się podłączyły, ale brakuje...

– Jesteś specjalistą od tragicznych sytuacji. – Sebastian uśmiecha się. – Zawsze tak mówisz.

– Nie mów przy mnie o chorobach. – Róża robi się blada, nie znosi, organicznie nie znosi rozmów o śmierci, kalectwie, chorobach. Powiedziała to nawet Sebastianowi, ale on, oczywiście, musi drążyć temat.

– My mamy remont – mówi Basia szybko i patrzy pytająco na Piotra.

Gęsto się robi w pokoju księdza Jędrzeja, mimo że sami przyjaciele tu siedzą, od lat zaprzyjaźnieni, choć on ksiądz, a oni z Kościołem trochę na bakier. Niby w kwestionariuszu wizowym do Kanady wstawiliby w miejscu wyznanie: „rzym.-kat." (wszyscy z wyjątkiem Buby, bo Buba ostatnio prowokuje religijnie i zastanawia się, co zrobić, żeby przejść na mahometanizm), lecz przecież nie wybierają się do Kanady, więc nie muszą się określać. Ale ten cholerny Jędrzej jest dla nich jak starszy brat, niejedną noc spędzili przy ognisku kiedyś, a czasem i przy brydżu, i nawracać ich nie ma zamiaru.

Jędrzej uważa, że i tak Pan Bóg zsyła łaskę wiary, a nie on, ale kiedy rzuca się w kolejne wyzwanie, tu, na ziemi, zawsze ich pierwszych prosi o pomoc, bo uważa, że zna ich na wylot, i w gruncie rzeczy może na nich liczyć.

Czasami.

Ale teraz zapada cisza. No cóż, czasy są nielekkie, każdy musi dbać o siebie, przyjemne popołudnie z fiest french brandy raynal XQ diabli wzięli, bo jak się zachować, żeby w zgodzie ze sobą nie stracić twarzy?

– Wiesz, Jędruś, ja zarabiam... – Róża czerwienieje, bo przykro jej się robi, nie to chciała powiedzieć, chce jak najszybciej zmienić temat. Oczywiście w miarę możliwości pomoże i zaraz pomyśli o czymś innym, nie o jakiejś osobie, która tam gdzieś jest ciężko chora lub może nawet bardzo ciężko, ale to nie jej sprawa. – Po prostu trzeba szukać...

– O to was proszę... – Jędrzej w głębi duszy wie, że postępuje słusznie. Przyzwyczaił się zamieniać to uczucie skrępowania przy jakichkolwiek prośbach w akt ofiarowania się Bogu.

– Niezły – mówi o koniaku Piotr i przygląda się płynowi w kieliszku. Jest jasnobrązowy jak miód pitny, zostawia gorzkawy smak w ustach, rozgrzewa przełyk, a potem wraca przyjemną falą od brzucha w górę. – Wiesz, że planujemy remont...

I to niezręczne milczenie przerywa Buba, jakoś tak spokojnie, jak nie ona.

– Jak się te pieniądze mają znaleźć, to się znajdą...

– Jezu, jak ja mam dosyć twoich złotych myśli! – Krzysztof stara się nie złościć nigdy, ale Bubie zawsze udaje się wyprowadzić go z równowagi. – Ty i te twoje zaklęciowe myślątka! Nic nie spada z nieba!

– No, no – Jędrzej jednak reaguje – to nie tak, Krzysiu. Pukajcie, a będzie wam otworzone.

– Nie o to mi chodzi. Po prostu Buba myśli, że zmusi ludzi do robienia czegoś, czego nie chcą robić!

A tu każdemu nielekko! Świat nie jest taki, jak byś chciała!

– Nie zmuszę? – Buba uśmiecha się wyzywająco.

– Proszę was tylko, żebyście pomyśleli… Tym razem potrzeba prawie…

– Ile?

– Do miliona brakuje sporo, prawie dwieście tysięcy.

– O matko przenajświętsza! – Sebastian zauważył wzniesione w górę oczy księdza Jędrzeja i zastrzega się natychmiast: – O swojej mówię! – I dodaje: – Nie mam. – Sięga po butelkę i nalewa sobie odrobinę.

– Każdy milion to tylko trochę złotówek. – Buba podnosi głowę. – To złotówki. Jedna, dwie, trzy…

– W liczbie miliona. – Krzysztof się krzywi.

– Ale jak zaczniesz liczyć, to od jednego, prawda? – Buba nie daje za wygraną.

– A kto to tym razem?

– Czy to ważne? – Ksiądz Jędrzej też wyciąga swój kieliszek w stronę Sebastiana. – Potrzebująca istota. Idźcie, popytajcie, czas goni, życie ludzkie jest bezcenne. Może twoja firma, Krzysiu…

– To żadna reklama. – Krzysztof wzrusza ramionami i zaraz dodaje: – Nie moja wina, tak to się przelicza…

– Poza tym w życiu najważniejsza jest pieprzona miłość, prawda, Krzysiu? – syczy jadowicie Buba i nawet ksiądz Jędrzej się krzywi lekko, naprawdę prawie niezauważalnie.

– Przepraszam, ale naprawdę... tak już jest. – Krzysztof pociera dłonią czoło, nie chce wdawać się w dyskusje z Bubą, ale jakoś chce wytłumaczyć poprzednie niezdarne zdanie. – Chodzi o to, że gdyby to była jakaś duża akcja, jakieś wykupienie serca pokazywaliby w telewizji, wtedy jakoś bym to włączył w koszty, przekonał, rozumiesz, że to równowartość zapłaty za czas antenowy. Jakoś bym wytłumaczył, oczywiście nie taką sumę, ale choćby trochę, część jakąś, wszyscy tak robią, znaczy nie reklamę, ale jakby reklamę niebezpośrednią... Zawsze to jakieś wyjście, a tak... – Wie, że się zaplątał, i milknie.

– Wszyscy, zawsze, nikt. To u ciebie, Krzysiu, cholernie lubię, konkretny jesteś, niemniej w pracy cię chwalą, prawda? – Buba patrzy na Krzyśka, on kręci głową i zagryza wargi. Przecież nie będą się kłócić u Jędrzeja, ale kiedyś jej powie, co o niej myśli, naprawdę jej powie. – Jak się chce, to wszystko można – dodaje Buba.

A Krzysztof wie, że tak nie jest, bardzo chciał ratować kiedyś jedno życie, ale nic już nie zmieni tego, co się stało, myśli o tym rzadko, bo i po co, dlatego nie znosi Buby i nie chce słuchać jej błahych, dziecinnych teoryjek, teorii wprowadzających chaos w jego poukładane życie, nieprawdziwych teoryjek. Choć oddałby bardzo dużo, bardzo, żeby choć jedna się sprawdziła.

– No cóż – ksiądz Jędrzej podnosi się – pomyślcie, dzieciaki.

– Świata nie zmienisz, Buba. – Róża już się podniosła i obciągnęła na nieskazitelnie płaskim brzuchu sweterek koloru malinowego.

– To ci się tylko tak wydaje. – Buba zgarnęła z talerza ostatnie słone orzeszki, zresztą obsypane cukrem przez nieuwagę i Piotra.

Dzieciaki – też mi coś!

*

Krzysztof patrzył za odchodzącym Piotrem. Jak ładnie pożegnał się z Baśką, którą przecież ma rano i wieczorem i nie musiał się z nią żegnać. Róża pomachała im i pobiegła w drugą stronę. Sebastian rozmawia jeszcze z Jędrzejem, a niby obaj się tak spieszyli. Niestety, on, Krzysztof, wraca do pracy.

Przez Rynek będzie najbliżej, potem skręci w Szewską i jest prawie na miejscu.

No proszę, Buba siedzi przy pomniku z jakimś facetem. Pierwsza wyrwała od Jędrzeja, jakby się paliło. I za rączkę go trzyma. A facet pijany w trupa. Jaki tam facet! Pizdryk jakiś, chuchro jakieś marne, chłopaczyna, nie mężczyzna. To w czymś takim gustuje Buba? Bardzo to do niej podobne.

Trzysta tysięcy dolarów operacja. I tyle tysięcy złotych brakuje. Ładny pieniądz, nie ma co. Ciekawe, skoro Bóg daje to, czego ludzie potrzebują, dlaczego nie dał tych paru groszy Jędrzejowi?

*

Piotr odetchnął z ulgą. Zamknięte na dolny zamek, to znaczy, że Baśka jeszcze nie wróciła. Przestraszył się, bo kiedyś lubił wracać do domu, a teraz lubi trochę mniej.

Woli wracać do pustego mieszkania, kto by pomyślał. Różowy Dresik nie wyśledził go, pewnie przyłapie Baśkę.

Piotr odstawia torbę na stołek w przedpokoju. W torbie ma aparat Nikon, lampę, obiektyw, którym można robić makrofotografie oraz obiektyw AF 80-200, którym makrofotografii robić nie można, bo jest długoogniskowy. Oba zostały wzięte na kredyt.

Oprócz aparatu i obiektywów w torbie Piotra spokojnie drzemie sobie maleńka gruszka, która służy innym ludziom do czyszczenia niemowlęcego noska, a Piotrowi służy do czyszczenia matrycy aparatu. Nie jest to łatwe, trzeba delikatnie podnieść lusterko, delikatnie włożyć czubek gruszki pod lustro i delikatnie dmuchnąć parę razy gruszką. Zawartość dziecięcego noska nie jest usuwana tak pieczołowicie jak okruchy życia z aparatu Piotra. Zważywszy na to, że każda zmiana obiektywu powoduje przyklejanie się cząsteczek brudu, kurzu i tego wszystkiego, co lata w powietrzu, gruszka jest niezbędna prawie tak bardzo, jak pędzelek do nakładaniu pudru za 132 złote, który podprowadził Basi i którym czyści obiektyw.

31

Oprócz aparatu, obiektywów, gruszki oraz pędzelka Piotr nosi ze sobą duży notes.

Jeszcze do niedawna wpisy w kalendarzu Piotra wyglądały następująco:

Adam Gładysz – wtorek lub *Bernadetta Izdebska – plener, Newsweek* lub *modelka Handa prosi o kontakt.*

Teraz wyglądają bardziej tajemniczo: Na przykład tak:

Jotem – sp, format 30/40, środa 17

Lub

Makalin Cezary – odebrać piątek

Jotem to Jola Markowska, sp. – sesja prywatna, format 30 na 40, oddać na CD.

Makalin to skrót od Magdy i Kaliny, które zażądały portfolio, ale teraz nie chcą płacić. Piotrek nie może się zdecydować, czy im oddać zdjęcia i uwierzyć, że zapłacą przy okazji, czy czekać, aż zapłacą, i potem oddać, przy okazji. Zdjęcia Kaliny i Magdy nie zachwyciłby Basi, ponieważ obie panny są rozebrane, a jedna z nich ma kolczyk w pępku, co Piotr, trzeba mu przyznać uczciwie, zauważył, likwidując niewielkie znamię na udzie za pomocą fotoshopa.

Cezary został do *Makalinu* dopisany dla niepoznaki. Niepoznaka musiała się pojawić, ponieważ Basia nabrała niemiłego zwyczaju oglądania kalendarza Piotra i zadawania kłopotliwych pytań. Na przykład:

Czy ty musisz spotykać się z tymi wszystkimi kobietami?

Piotr nie bardzo umie odpowiadać na takie pytania. Kiedyś spróbował wyjaśnić Basi, że trudno jest zrobić zdjęcie obiektu, nie widząc obiektu, ale Basia się obraziła, że ją lekceważy.

Piotr nie chciał awantur.

W związku z tym jego kalendarz wyglądał coraz bardziej tajemniczo. Przed wejściem do domu kasował wykaz rozmów, bo miał wrażenie, że Basia zagląda w komórkę i sprawdza.

Przestał podawać domowy numer telefonu.

Żeby jej nie denerwować.

Im bardziej się starał, tym bardziej czuł się jak intruz.

– Jak zdjęcia?

– W porządku – odpowiadał.

Bo co mógł powiedzieć?

– Fatalnie wyglądały, chude, z celulitem spróbo wał kiedyś po sesji mody.

– Nie wierzę ci, tylko tak mówisz.

– Cudowna kobieta, jak ona rzeźbi, koniecznie musisz się ze mną tam wybrać następnym razem, robi fajne tkaniny, powiedziała, że odstąpi po kosztach – mówił.

– Musiałeś być uroczy – mówiła Baśka i chłodła z minuty na minutę – a poza tym nienawidzę tkanin.

Więc milczał coraz częściej.

Od czasu kiedy Piotr został zatrudniony w CHOMĄCIE, pojawiły się nie tylko stałe zlecenia na premiera i prezydenta, najlepiej z głupimi minami (ach, żeby premier przy mnie kiedyś pośliznął się na skórce banana i wylądował twarzą w wiadrze keczupu, które właśnie upuścił przewracający się na stos kurczaków prezydent), ale i mnóstwo prywatnych zleceń.

A to od dziewczyn, które przeczytały ogłoszenia w prasie (młoda, zgrabna, bezpruderyjna znajdzie pracę, oferty wyłącznie ze zdjęciem), a to od początkujących modelek (pani jest zdecydowanie niesamowita, moja agencja poszukuje takich właśnie kobiet, portfolio koniecznie i tysiąc złotych wpisowego, ale to się zwróci w ciągu dwóch dni), a to od zakochanych panienek, które z pewną nieśmiałością dzwoniły i prosiły o zdjęcia (takie no wie pan, żeby chłopak w wojsku o mnie nie zapomniał, i czy można płacić na raty?).

Mieszkanie Basi i Piotra mieści się na trzecim piętrze w starej kamienicy przy Ziołowej 32. Mieszkali w nim rodzice Piotra, a przedtem rodzice jego matki. Babcię Piotrek pamięta jak przez mgłę. Siedziała w dużym pokoju, tym z balkonem z kutego żelaza, i przyglądała się figurkom z miśnieńskiej porcelany i zdjęciom swoich bliskich, ponieważ niedługo miała stracić wzrok. Piotr pamięta za to jej mocny głos, który zakazywał wstępu do pokoju

– *Czy nikt w tym domu nie rozumie, że muszę się skupić. Tracę wzrok!*

Rodzice Piotra chodzili na palcach, delikatne pukanie do drzwi wywoływało babcię na wspólne posiłki, od których czasami wymawiała się migreną. Po śmierci babci odkryli mahoniowe pudełko wypełnione fotografiami, lekko nadwerężonymi na brzegach, babcia musiała je oglądać w ostatnim czasie przez lupę. Piotr, wówczas jeszcze chłopiec, nie był w stanie zrozumieć, dlaczego babcia wolała oglądać zdjęcia niż żywych ludzi. W ten oto podstępny sposób, studiując zachowanie babci, zakochał się w fotografii, i to była jego pierwsza odwzajemniona miłość, ponieważ zdjęcie, które wysłał na konkurs, zdobyło nagrodę.

Nagrodzone zdjęcie przestawiało pracownika kostnicy, który wlewa prosto do gardła wodę ognistą z butelki Polmosu na tle malowniczego trupa, pozostawionego na trochę bez opieki, ponieważ trup może poczekać, a wódka, jak wiadomo, nie.

Piotrek zrobił to zdjęcie zenithem, wykorzystując chwilowe zaintcresowanie pracownika kostnicy szybkim zaspokojeniem pragnienia i odwracając od siebie uwagę rodziców, o co zresztą było nietrudno, ponieważ rodzice zainteresowani byli załatwianiem z innym pracownikiem przygotowań do pogrzebu babci.

Zdjęcia zatytułował OTO ŻYCIE i posłał na międzynarodowy konkurs w Paryżu, nie licząc się z kosztami. Miał wtedy dwanaście lat. Kiedy z Paryża przyszło zawiadomienie o nagrodzie i zaproszenie do jej odebrania, w domu rozpętało się piekło.

Tak więc Piotr wiedział, kim będzie, właściwie od zawsze, i choć zmieniały się aparaty, po zenicie przyszedł czas practiki, po niej yashika, a potem canon, aż wreszcie nastąpił czas nikona, miłość Piotra była wieczna jak trawa.

Rodzice pogodzili się z tym, że Piotr nie zostanie adwokatem, lekarzem, inżynierem, architektem ani nawet międzynarodowym specjalistą od politologii lub marketingu i zarządzania, tylko będzie się obijał, bo czymże innym jest zawód fotoreportera lub fotografa, jak nie próbą obijania się przez całe życie.

– Nie dostaniesz nawet kredytu! – bolała matka Piotra, która nie mogła zrozumieć, że wolny zawód to też zawód.

– A co z ubezpieczeniem, przecież ty nawet etatu nie masz. – Ojciec Piotra od czasu do czasu przypominał sobie, że brak etatu grozi śmiercią lub kalectwem. – Co z emeryturą? Przestałbyś się bawić i wziąłbyś się do jakiejś roboty!

Rodzice umarli jedno po drugim w zeszłym roku i wcale nie nacieszyli się emeryturą i ubezpieczeniem. A Piotr zaczął przywiązywać większą wagę do teraźniejszości niż do przyszłości.

Basia doceniała pasję Piotrka, dopóki to była doktor N. oskarżona o handel skórami. Lub premier, nieprzewrócony, niestety, na stos hot dogów. A nawet prezydent. Lub zwierzaczek jakiś złapany w locie, niekoniecznie latający, jak kot Buby, który malowniczo zsunął się kiedyś z parapetu prosto w obiektyw Piotra. Z trzeciego piętra! I przeżył.

Ale od kiedy poddawał komputerowej obróbce inne panie (pokaz bielizny na targach w Poznaniu), była coraz mniej zadowolona.

A przecież walczył o to, żeby mieć coraz więcej zleceń i pomału to się udawało już imiennie. Był akredytowany przy gali gwiazd, miał zamówienia na sesje z paru dobrych miesięczników – tylko się cieszyć!

Tyle że Basia się właśnie cieszyć przestała.

– A to gdzie robiłeś, nie pokazywałeś mi – mówiła, stojąc za plecami Piotra.

– Chyba ci mówiłem, to na…

– Nie mówiłeś, zresztą mnie to wcale nie obchodzi. – Pretensja Basi przeradzała się w smutek, choć wcale nie chciał jej zasmucać. Miała wystarczająco smutne dzieciństwo, wiedział przecież.

Więc, cholera, coś zaczynało poważnie szwankować w ich małżeństwie i Piotr nie miał pojęcia dlaczego.

Założył łańcuch, to zostało mu jeszcze z dzieciństwa, kiedy rodzice wykazywali nieprzyjemne oznaki niezadowolenia, że zapominał o łańcuchu, i poszedł prosto do kuchni. Sięgnął po butelkę mineralnej gazowanej i nacisnął przycisk automatycznej sekretarki.

No new message – zawiadomił go aparat Panasonic i Piotra to wcale nie zdziwiło. Podniósł się i przeszedł do dużego pokoju, zwanego przez Basię w przypływie energii salonem, i zobaczył, że na balkonie znowu uwijają się gołębie. Otworzył drzwi i klasnął w dłonie, jeden gołąb odfrunął, a drugi spojrzał na niego z pretensją i nie ruszył się ani o krok.

Basia brzydziła się wszystkiego, co lata, od komarów, os, pszczół, nawet motyli, przez mniejsze i większe ptaki aż do samolotów. Wyjątkowo brzydziła się gołębi, które z upodobaniem upatrywały sobie ich balkon na miejsce schadzek. A ten gołąb trzymał w dziobie jakiś zeschły patyk i patrzył na Piotra wyczekująco. Odejdzie ten człowiek czy nie odejdzie? Piotr nie odszedł, wprost przeciwnie, ruszył ku niemu, gołąb podniósł się i przeskoczył na sąsiedni balkon. Piotr westchnął, wiedział, jak to się skończy. Niepostrzeżenie dla nich balkon znowu stanie się gołębim gniazdem, a jeśli tylko Basia zobaczy jaja, wpadnie w rozpacz, bo gołębie roznoszą:

różne świństwa, zarazki, choroby, a nawet pluskwy pod skrzydłami,

ale

przecież nie wolno niszczyć życia.

Bo Basia jest bardzo wrażliwa na cudzą krzywdę

Na myśl o dylemacie związanym z jajami Piotr poczuł, jak mu się zimno robi pod szarym swetrem, i nie tylko pod swetrem.

Nie chciał jaj na balkonie, nie chciał niszczyć życia i nie chciał widzieć łez w oczach Basi, bo – niezależnie od tego, co zrobi – albo będzie płakała, że on nie ma serca dla niej, i te pluskwy, robale, zarazki przejdą i zarażą ją, albo będzie płakała, bo on nie wykaże ani krzty czułości dla gołębi.

Zamknął drzwi balkonowe, włączył komputer i zaczął przegrywać zdjęcia. Właściwie miał za sobą dość udany dzień. Rzeźbiarka, której robił zdjęcia do CHOMĄTA, okazała się miłą dziewczyną, podrzucił ją nawet na Mateczny, kiedy skończyli sesję.

Zdjęcia wydały mu się dość dobre, choć światło w jej pracowni pozostawiało wiele do życzenia. Zdążył w drodze powrotnej zahaczyć o duży sklep z glazurą i zamówić taką, jaką chciała Basia do łazienki – brązową z elementami złota, trochę przybrudzoną lekką kawą z mlekiem. On co prawda, marzył o żółtych, słonecznych, radosnych, ciepłych. Ale kolor żółty był dla niego kolorem straconym z powodu słów pewnej wróżki, do której udała się Basia tuż przed ślubem, tylko dla zabawy.

Otóż wróżka ta za jedyne osiemdziesiąt złotych powiedziała Basi mnóstwo rzeczy, o których Basia natychmiast zapomniała, i jedną, która wbiła się w jej pamięć trwale i na zawsze.

Proszę się strzec żółtego koloru.

*

– Zenek, Zenek, co ty robisz, co ty wziąłeś? – Buba trzymała za rękę wysokiego narkomana, który tym razem zdecydowanie przesadził.

Zenek kołysał się w prawo i w lewo, zastanawiając się, dlaczego Buba tak wolno mówi i zabawnie się marszczy. Przecież wszystko jest takie piękne i takie kolorowe. Spać mu się chce, a ona go trąca.

Po co go trąca, skoro tu tak cieplutko, tak milutko, położy się tylko i prześpi? Po co go szarpie, głupia jakaś, niech też się położy, popatrzą w niebo, niebo jest czyste, anioły schodzą prosto na bruk, tęczowe skrzydła mają, po co ona go szarpie?

– Zenek, wstań, odprowadzę cię, nie możesz tu zostać.

A on może, on tak, ona niech idzie, on ma puchowe łoże, serafiny spływają prosto do niego, jak otworzy szeroko usta, wejdą w jego środek i on sam popłynie, lekki jak piórko, tylko się prześpi trochę, ma tu poduchy puchowe, a ona nie pozwala mu się położyć, bez sensu, całkiem bez sensu.

Buba była zupełnie bezradna. Było jej zimno, chciała już do domu, ale Zenek kiwał się coraz bliżej płyt chodnika i nie wiedziała, co zrobić. Jednak pamiętała, że w środę, kiedy jej było tak strasznie niedobrze, trzymał jej głowę nad koszem i nie pozwolił, żeby upadła, kiedy wymiotowała na ulicy. Co prawda wtedy nie był na prochach.

A co ją obchodzą ludzie, gapią się, jakby nie byli ludźmi, wstrętnie patrzą, obrzydliwie, tak żeby tylko nie zahaczyć wzrokiem, żeby nie pomóc. Przecież Zenek jest chory, nie wie, co robi, a jak go tutaj zostawić, to przemarznie, początek marca był zimny, niechby ktoś jej pomógł.

– Zenek, ty potrzebujesz lekarza – przekonywała Buba, a wtedy Zenek spojrzał na nią i wstał. Chwiejnie, ale wstał.

Skoro chce, żeby poszedł, to pójdzie, zostawi puchowe poduszki, życie jest takie piękne.

– Zostaw mnie – powiedział i pomachał Matce Boskiej. Oto stała przed nim wysoka, jaśniejąca, dawała mu znaki, czy Buba tego nie widzi? Odsunie ją delikatnie i pójdzie w stronę jasności.

Odtrącił Bubę, aż przysiadła. Zbliżył się do mimki ubranej na biało, która groźnie tupnęła na niego nogą. Ktoś się roześmiał, a Zenek odpłynął za kościół, przecież dała mu znak, gdzie iść.

*

Basia siedziała w kawiarni i przyglądała się ludziom. Owszem, skończyła na dzisiaj i należała jej się nagroda. Jeden mały dżin z tonikiem i już wraca do domu.

Będą ślicznie mieszkali – za chwilę. Ale na żółtą glazurę nigdy się nie zgodzi. Pamiętała, jaka była zła na siebie za te osiemdziesiąt straconych złotych, kiedy wyszła z mieszkania wróżki na piątym piętrze i zbiegła schodami na dół, nie czekając na windę. Wybiegła na ulicę i skierowała się do swojego niebieskiego małego fiata, który stał nieprawidłowo zaparkowany na sąsiedniej ulicy. Nie ma teraz tego samochodu, niestety. Samochód daje wolność, a ona już nie miała własnego samochodu, tylko wspólny z Piotrkiem. Też stary. A Piotrek lubił prowadzić. I jemu jest bardziej potrzebny. I dlatego ona musi poruszać się środkami komunikacji. Kto je lubi?

I pamięta ten sklep z artykułami myśliwskimi, tuż obok bramy wróżki, i pamięta, że weszła, choć w życiu nie miała zamiaru nie tylko sama polować, ale nawet wychodzić za człowieka, który poluje. Po prostu zajrzała tam w nadziei, że znajdzie jakieś wyjątkowo ciepłe ubranie dla Piotra. Bo Piotrek wtedy jeździł z myśliwymi i fotografował zwierzęta, które jeszcze żyły. Niektóre potem nie żyły, i to było przykre.

Stosownych ubrań nie było, zresztą wypchana głowa dzika skutecznie odstręczyła Basię od rozglądania się po sklepie, ale spędzone tam trzy minuty okazały się najważniejsze w życiu Basi. W tym czasie, kiedy patrząc w porcelanowe oczy dzika, rzucała w duszy przekleństwa na całą ludzkość, która niszczy nie tylko dziki, o nie, ale co minutę wypala w amazońskiej puszczy powierzchnię równą jednemu stadionowi piłkarskiemu, bezpowrotnie niszcząc niepoznane jeszcze gatunki zwierząt i roślin – więc właśnie w tym czasie, kiedy Basia zajmowała się płucami ziemi, patrząc na martwe zwierzę, w jej niebieskiego małego fiata, zaparkowanego nieprawidłowo, wjechała furgonetka z napisem *Telekomunikacja Polska z nami bliżej*, po raz pierwszy zresztą nie zadając kłamu napisowi reklamowemu – już nie można było bliżej.

Huk giętej blachy rozległ się donośnym echem, a Basia nawet na wspomnienie tego drżała. Dobrze, że dżin z tonikiem nie jest żółty. W ogóle chyba nie ma żółtych drinków. Oprócz ajerkoniaku, ale za to ajerkoniak jest dobry.

No i kiedy przybiegła do samochodu, który nadawał się wyłącznie do kasacji, nogi ugięły się pod nią z przerażenia. Furgonetka z napisem *Telekomunikacja Polska z nami bliżej* była jaskrawożółta.

Wtedy przed oczyma Basi przewinęły się obrazy:

oto ona już w swoim małym fiacie, jeszcze nie odpaliła samochodu, kiedy żółty furgon wjeżdża na nią od strony kierowcy i pomięta blacha wbija się w jej serce, krew tryska na przednią szybę, a ona, Basia, opada na kierownicę, rozdarta na pół,
albo
właśnie podchodzi do samochodu, kiedy nagle żółta furgonetka przyciska ją do drzwi i gniecie jej wątłe ciało, prasując biodra i piersi na miazgę,
albo
właśnie usiadła za kierownicą i już-już prawie odjeżdża, kiedy żółty furgon trafia w bok jej samochodu, a ona, pchnięta siłą rozpędu, wylatuje przez szybę na bruk ze zmasakrowaną twarzą.

Basia osunęła się na chodnik i po prostu zemdlała, unikając w ten sposób dalszej gry wyobraźni i mandatu, który groził jej za nieprawidłowe parkowanie.

Kierowca żółtej furgonetki miał 7,34 promila alkoholu we krwi i nie powinien w ogóle żyć od jakichś 4 promili, ale statystyka wykazuje dalece idącą niedoskonałość, bo kierowca żółtej furgonetki dziarsko z niej wyskoczył i zabrał się do ratowania Basi tak nieszczęśliwie, że rozkwasił sobie twarz, potykając się o własne nogi i obryzgując krwią z rozbitego łuku brwiowego Basię, jej białą bluzkę i koszyk koloru słomy.

W każdym razie wróżba wróżki okazała się dla Basi najważniejszą prawdą życiową i nie pomogły tłumaczenia Piotra, że uderzenie w tył jej małego fiata nie było takie straszne, że kasacja samochodu była raczej konieczna ze względu na koszty naprawy przekraczające wartość samochodu, bo samochód Basi był wart wtedy niewiele ponad tysiąc złotych i cud, że jeszcze jeździł. Basia jednak wiedziała swoje: to znaczyło, że żółty przyniesie jej tylko nieszczęście.

Rozpłakała się, kiedy Piotr przyniósł jej kaczeńce, nie lubiła oglądać Polsatu, tak drażniło ją żółte słoneczko w rogu ekranu i przestała jeść jajka. Chyba że w postaci ajerkoniaku. Ale to rzadko. Bardzo nawet. Było tyle innych fajniejszych rzeczy do picia.

I oddała Bubie swoje dwa żółte podkoszulki. Nie zapomni nigdy pierwszego spotkania z Bubą – siedziało toto ubrane na czarno, w martensach siwych, na schodach na półpiętrze. Winda była zepsuta, gdyby nie ta winda, nie natknęliby się na Bubę. A to czarno ubrane siedziało i płakało. Ale jak!

Oczywiście Piotr był pierwszy przy tej kupce nieszczęścia, wzięli ją do domu, Basia nakarmiła i położyła w małym pokoju. Buba zgubiła klucze do mieszkania, sama wracała z pogrzebu ciotki, pani Gabrieli, ich sąsiadki, nawet nie wiedzieli, że umarła, i nie mieli pojęcia, że mieszka u niej bratanica. Owszem, parę razy widzieli jakąś dziewczynę, potem miesiącami pani Gabriela na pewno mieszkała sama, a tu nagle masz babo placek!

Nazajutrz Piotr załatwił ślusarza i wymianę zamków, a Basi spędzała sen z powiek świadomość, że naprzeciwko mieszka samotnie prawie dziecko.

Tak nie mieć absolutnie nikogo?

Basia postanowiła, że Buba będzie miała ją, Basię. I Julkę, i Różę, i Piotra. Tylko Krzysiek był przeciwny matkowaniu małolacie. Ale małolata dorastała, wyprawili jej huczną osiemnastkę, zdała pod ich okiem maturę, a potem pokazała rogi. Zaczęła mieć własne zdanie na każdy temat. Nawet na temat małżeństwa Basi.

I jakim prawem Buba zwraca jej uwagę na picie? Na pewno sama ma z tym problem.

*

Piotr uśmiechnął się do siebie – była zabawna z tą swoją fobią na punkcie żółcieni, ale jakie to ma w końcu znaczenie? Ważne, że kafelki zamówił i zadatkował – będą za cztery tygodnie – i że w końcu zaczną remont swojego – z akcentem na „swojego" – mieszkania.

Znikną duchy przeszłości, przemalują, odremontują, ze starego pokoju babci zrobią dwa mniejsze, kto wie, może Basia z czasem zdecyduje się na dziecko? W końcu dorośli ludzie mogą brać pod uwagę taką ewentualność. Jak zrobią remont, wszystko będzie inaczej niż dotąd, a Basia nawet nie wie, że w tym miesiącu CHOMĄTO zapłaci mu całkiem niezłe pieniądze.

A poza tym może zamiast zastanawiać się nad przyszłością, należy w końcu wziąć się za obróbkę zdjęć, ma jeszcze godzinę do wyjścia. Na dokładkę prośba Jędrzeja ciąży mu i czuje niewygodny ucisk, taki jakby miał za ciasne spodnie. Naprawdę, świat jest pełen potrzebujących, ale czy to jego wina? Wszystkich się nie zbawi. Nikogo się nie zbawi. Remont jest nieodzowny, wyczekany i słusznie im się należy. A za ciasne gacie są przyczyną spadku liczby plemników o jakieś 10–20 milionów w centymetrze sześciennym. Podobno najwięcej żywotnych plemników mają Finowie. Nie wiadomo, dlaczego tak jest. Ci kochankowie z południa to wymysł południowców. A naukowcy już się przygotowują do środka antykoncepcyjnego, który polegałby na podgrzewaniu jąder. Ciekawe, jak to zrobią?

Piotr zdecydowanie wolał myśleć o plemnikach, niż o czymkolwiek niewygodnym.

Byleby do jutra.

Jutro, jak zawsze, w co drugi piątek, wszyscy spotkają się u Róży.

Jedyne, co im zostało z młodości, to te spotkania. Dziesięć lat temu, w co drugi piątek jeździli razem z Jędrzejem na biwaki. Potem uczyli się do matury, w każdy piątek u kogo innego. Całe noce śmiechu i zabawy, ukradkowego picia piwa pod okiem nic niepodejrzewających rodziców. Potem studia, co prawda Basia nie skończyła, no i Krzysiek odpadł, wyjechał do Niemiec. Wrócił po czterech latach, zmieniony, ale cóż, każdy dorośleje. Oprócz Buby, rzecz jasna. Wszyscy się zmieniają.

Coś jednak ocalili z tamtych czasów. Te piątki, bez względu na wszystko.

Czarny kot siedział przy drzwiach wyjściowych, jak zwykle, kiedy Buba szykowała się do wyjścia. Miał nadzieję śmignąć jej między nogami i wybrać się w daleką podróż schodami w górę lub w dół. Dół był mniej pociągający, ponieważ kończył się oszklonymi drzwiami i strasznym hałasem zza szkła. To mocno niepokoiło uszy, aż musiał je kłaść po sobie i był wtedy podobny do skradającego się rysia, tylko oczywiście dużo mniejszy. Góra była bardziej nęcąca, raz udało mu się wymknąć na strych, tam ładnie pachniało, jakimiś potencjalnymi przyjaciółmi, a nawet przyjaciółką, był pewien. Niestety, Buba miała o tym inne zdanie, bo po pierwsze, nieraz słyszał, jak mówiła, że na strychu śmierdzi, a po drugie, nie była zadowolona, że się zgubił.

Zgubił! Też mi coś! Jak można się zgubić w tej kamienicy? Po prostu wyszedł na trochę i byłby przyszedł sam, załatwiwszy swoje sprawy. Co to, węchu nie ma, czy co? Ale Buba miała czerwone oczy już po dwóch godzinach. Kobiety są bardzo niekonsekwentne, sama wychodzi na całe dnie, on musi być sam, i wtedy Buba nie płacze z żalu nad nim. Ale wystarczyły dwie małe godzinki na strychu, żeby się stęskniła. Nigdy nie zrozumie kobiet. Nigdy nie zrozumie ludzi. Poza tym nie widzi nic złego w małej przechadzce, mogłaby sama wleźć z nim na ten strych. Bardzo proszę, nie ma nic przeciwko temu. Ale od czasu zwiedzania strychu Buba zrobiła się ostrożna i nie bardzo jest jak wyjść. Czy to nie świństwo, że ludzie nie liczą się z potrzebami zwierząt?

Buba wkładała sznurowane do kolan martensy koloru zniszczonej blachy. Kupiła je parę lat temu na wyprzedaży i pokochała miłością pierwszą. Nosiła je od wczesnej wiosny do pierwszych mrozów, a bywało, że dopóki gruba skarpeta wchodziła w but bez szwanku, to i w czasie pierwszych śniegów. Dopiero kiedy dotkliwe zimno przepełzało przez skórę, odkładała je na samo dno szafy, wyczekując wiosny. Wiosna mniej kojarzyła się Bubie z kwiatkami, pąkami bzów i wszelkimi duperelami, którymi zachwycała się Basia, a bardziej z możliwością włożenia – nareszcie! – ukochanych martensów.

Dla Buby święte piątki świętej piątki były niezwykle ważne.

Bo najpierw było ich pięcioro: Basia, Julka, Róża, Krzysiek i Piotr.

Zawsze mogli na siebie liczyć. Umówili się przed laty, że bez względu na to, jak potoczą się ich losy, będą się spotykać, przynajmniej raz na dwa tygodnie. Żeby nie zapomnieć, co jest ważne, że ważna jest przyjaźń, niezależnie od tego, co będą robić, jak i z kim będą żyć i ile będą zarabiać. Takie ble, ble, ble. Julka kiedyś powiedziała:

– Teraz trzymamy się razem, ale zobaczycie, jak znam życie, pojawią się faceci, praca, wyścig szczurów, i to będzie koniec. Będziemy się spotykać z ludźmi, którzy coś mogą załatwić, i zapomnimy szybko o głupich obietnicach.

Ach, jak się wszyscy oburzyli! No i co? Krzysiek wrócił po latach już jako ważna persona, Julia niedawno poznała Davida i wyjechała, dokooptowali ją – Bubę, i Romka.

Fajnie, że ją przyjęli. Miała drugą rodzinę. Choć nie miała pierwszej. No i jeszcze później Róża z rumieńcami na policzkach przedstawiła Sebastiana.

Romana to ona, Buba, przyprowadziła na święty piątek, który zresztą tego dnia był obchodzony w sobotę, właściwie przypadkiem. Była na jego wernisażu, na którym wszyscy zachwycali się obrazami i nikt nie zamówił ani jednego. Głupi, myśleli, że to jej facet.

Kiedy stanęła w drzwiach z Romanem, wszystkich zatkało. Buba nie lubiła mężczyzn, czemu dawała wyraz bardzo otwarcie – a potem zatkało Bubę, kiedy sztywny Krzysztof rzucił się na Romana i objął go serdecznie. I Roman rozpromienił się jak dziecko i długo klepał Krzyśka po plecach.

– Buba, kochana – wyrwało się Krzyśkowi – skąd ty wytrzasnęłaś Romka? Tyle lat! Romek, to chyba palec boży!

– Pedały, cholera – powiedziała wtedy Buba i znowu jej to uszło na sucho.

Święty piątek po raz pierwszy wtedy był suto oblany. Krzysztof po pierwszej półlitrówce z błyszczącymi oczami opowiadał o ich, jak się okazało, przyjaźni, jeszcze z czasów studiów. Ale dlaczego studiów, skoro Krzysiek studiował zarządzanie i marketing, a Roman psychologię? I jeden w Niemczech, a drugi w Warszawie?

Krzysztof nigdy nikomu słowem nie wspomniał o Romanie. Ale trzeba uczciwie przyznać, że w ogóle niewiele o sobie mówił. Taki typ. A kiedy i Róża, i Basia chciały dowiedzieć się czegoś więcej, obaj zamilkli, wzięli następną butelczynę i zamknęli się w kuchni.

*

Buba kochała ich wszystkich na swój sposób. Sposobem Buby na miłość było wyrażanie swojego zdania w sposób autorytatywny i bezwzględny. Nigdy nie kłamała, nigdy nie próbowała się przypodobać, ale to jej Basia zaufała, kiedy Buba, trzy lata temu, na widok jej wypożyczonej ślubnej sukni jęknęła rozdzierająco:

– Całkowite bezguście, pomieszanie „Jeziora łabędziego" z „Pajacami"!

Choć w pierwszej chwili Basi łzy zakręciły się w oczach z przykrości, w drugiej zdołała powstrzymać się od łez, a dwa dni później wystąpiła w kremowej prostej sukience, która zdobyła uznanie Buby, Piotra i jego rodziców oraz wszystkich gości weselnych.

Buba uważała, że wszystko jej wolno i, o dziwo, starsi przyjaciele jakoś zaakceptowali jej gruboskórność, jej niezbyt rozważne komentarze, niewyparzony język. Wszyscy oprócz Krzysztofa. Miał o Bubie swoje zdanie, którym się nie dzielił, ale uważał, że Buba przesadza. I że się wtrąca. I że jest nieuważna. W najlepszym wypadku. Znosił ją, oczywiście, zasady świętej piątki, rozrośniętej do siódemki, były jasne. Proporcje między światem zewnętrznym i tym, co mogli zobaczyć w dziennikach telewizyjnych, a tęsknotą duszy do szczerości i zrozumienia były zachowane. Te sześć osób (wliczy jednak Bubę) traktowało go szczerze i przyjaźnie, nie ze względu na stanowisko i samochód, jakim jeździł, tylko na niego samego.

*

Buba zdecydowanie cieszyła się na dzisiejszy wieczór, mimo że świat wokół niej lekko się kołysał. Dowiedziała się o powrocie Julii i w jej rudej ostatnio głowie powstawał misterny plan połączenia dwóch samotnych i zranionych serc, czyli porzuconego Romcia i zrobionej w konia Julci. Sznurując buty, zastanawiała się, co zrobić i w jaki sposób wpłynąć na rzeczywistość, żeby rzeczywistość tym razem poddała się jak modelina jej planom. Wiadomo było, że spotkają się w święty piątek, ale to nie wystarczało Bubie. Mogli się przegapić, mogli się od razu zaprzyjaźnić, czyli potraktować się niewłaściwie.

Najlepszym rozwiązaniem wydawał się grom z jasnego nieba, nagłe porozumienie dusz i ciał, te cholerne połówki, co są dopasowane od razu, energia uzupełniająca, szum skrzydeł anielskich, spojrzenie, co wszystko wyjaśnia, najlepiej pierwsze itd. Sęk w tym, że Buba wiedziała, że takie rzeczy się nie zdarzają. Losowi trzeba pomóc.

Na razie nie miała pojęcia, co zrobi w tej sprawie, oprócz oczywiście podzielenia się pomysłem z Różą i Basią. Niech one wszystkie popracują nad Julią, która – jak domyślała się Buba – będzie szczątkiem tej Julii, którą dwa lata temu żegnały na lotnisku w Balicach.

*

– Niestety, ta choroba rozwija się przez wiele lat bezobjawowo. Na nieszczęście jest pani młoda – muszę to powiedzieć: na nieszczęście – ponieważ u młodych ludzi rozwija się szybciej, inna biologia… W Niemczech na przykład ocenia się stopień zaawansowania choroby po ilości guzów poniżej czterech i pół centymetra, u pani guz był prawie dwunastocentymetrowy. No cóż, diagnostyka u nas jest jeszcze w powijakach. Wiem, że pani nie bolało, on rośnie w dużej jamie ciała, nieunerwionej, dolegliwości nie ma, to on sobie spokojnie rósł.

Na początek na ogół wywalamy nerkę, bo to poprawia rokowania, to jest jednak radykalne zmniejszenie guza, bo przecież z niego cały czas migrują komórki przerzutowe. Owszem, można go było embolizować, to znaczy zatkać tętnicę nerkową. Zakłada się sprężynę, która się rozpręża i zamyka światło. Nerka obumiera i sobie siedzi w organizmie, ale w pani przypadku zrobiono nefrektomię, blizna jest ładnie zagojona, nie ma czego żałować, bo jak wspomniałem, to znacznie poprawia rokowania.

Zaproponowałbym pani antracyklinę i zobaczymy. I zobaczymy. I zobaczymy, i zobaczymy... i zoba...czy...my...
Dlaczego mam o tym pamiętać?
Dzisiaj nie chcę o tym pamiętać.
Po co mi się to przypomniało?
Przecież to już było.

*

Pani Maria, matka Julii, siedziała w fotelu naprzeciwko włączonego telewizora, sztywna jakby połknęła kij. Nie uchroniła swojej córki przed niczym, co było jej udziałem, a myślała, że wychowa ją na silną osobę, na kobietę, która tak łatwo nie da poniesć się uczuciom i która w życiu będzie się kierować bardziej rozumem niż emocjami. Nic udało się. Porażka Julii jest bez wątpienia jej porażką. Oczywiście, świat się nie kończy, ale z przerażeniem myślała o powrocie córki. Posunęła się nawet do tego, że zamówiła panią Helenkę na dwa dni sprzątania, a nie jak zwykle tylko na piątkowe popołudnie. Pani Helenka od lat opiekowała się jej mieszkaniem, ktoś musiał myć okna i ogarniać wieczny kurz.
Pani Helenka, z nadwagą znacznie przewyższającą średnią krajową, była osobą obdarzoną przez los siłą, uczciwością, sumiennością i zwinnością, o którą nikt by jej nie posądzał. Swoje sto dwadzieścia jeden kilo nosiła godnie, nie marnując czasu na zbędne ruchy. Do tych stu dwudziestu jeden kilo Pan

Bóg dał jej głos piękny i dziewczęcy. Tym prawie koloraturowym sopranem wspomagała chór przykościelny w niedziele, a w piątki wieczorem, myjąc okna i czyszcząc muszlę klozetową mamie Julii, cieszyła uszy sąsiadów. Uważała, że każda minuta bez śpiewu i tańca jest czasem straconym. Pracowała tak, jakby tańczyła, lekko przemieszczała swoje wielkie ciało, w rytm okrągłych ruchów ścierką kołysały się jej rozłożyste biodra i piersi, kiedy przygotowywała pokój na powrót panienki Julii.

Matkę Julii trapił jeszcze jeden problem. Sama przed sobą nie śmiała się do tego przyznać, ale była przerażona powrotem Julii. Nie tylko dlatego, że, niestety, miała rację, z tej miłości nie mogło wyniknąć nic dobrego, lecz również dlatego, że nie wyobrażała sobie mieszkania z Julią. Przyzwyczaiła się do samotności, do spokoju, do ciemnego mieszkania i ze strachem myślała o zajętej łazience, o nieszczęśliwej córce, która będzie czekać na nią wieczorami, albo o nieszczęśliwej córce, która wieczorami będzie wychodzić i na którą trzeba będzie czekać, udając, że się od dawna śpi i że się nie ma zamiaru wtrącać w jej życie. Matka Julii nie umiała, niestety, przestać się martwić, choć przeczuwała od początku, że związek Julii z Davidem jest skazany na niepowodzenie. Inna kultura, inny sposób patrzenia na świat, owszem, mogło się udać. Ale okazało się, że to romans z żonatym mężczyzną! Jej córka? Którą zawsze wychowywała w poszanowaniu cudzych mężów, cudzych związków?

Poza tym, kto to widział, żeby rzucać się w romans z takim impetem? To musiało się źle skończyć. To się zawsze źle kończy. Stan zakochania trwa chwilę, siedem, osiem miesięcy, potem przechodzi, w najlepszym wypadku zamienia się w przyjaźń, a później w zobojętnienie. I zawsze, ale to zawsze, niedobrze jest, jeśli kobieta kocha bardziej. Ona, matka, wie to z własnego doświadczenia i przed tym starała się Julię ochronić. Nie udało się, nic jej się w życiu nie udało. A teraz boli bardziej niż wtedy, kiedy odchodził ojciec Julii, po szesnastu latach małżeństwa, po osiemnastu latach znajomości, mężczyzna jej życia, dla którego zrobiłaby wszystko. W końcu doszła do siebie, wiedziała, że już najgorsze za nią, że nic bardziej bolesnego jej nie spotka. A tu wczorajszy telefon Julii!

Ból własnego dziecka boli bardziej niż własny.

Matka Julii otarła oczy i wyprostowała się. Wzięła pilot do ręki i ściszyła telewizor – właśnie informował ją zupełnie nieodpowiedzialnie i bez krzty wdzięku, jaka będzie jutro pogoda. Jakby ktoś mógł to przewidzieć! I tak nie słuchała, a poza tym najwyższy czas wziąć się w garść. Trzeba tylko ustalić, jak mają żyć pod jednym dachem, musi być silna, bo Julka będzie jej potrzebować.

*

Roman się niecierpliwił. Chciał jeszcze wpaść do Galerii Niewielkiej, gdzie obiecano mu wstawienie dwóch płócien w oknie wystawowym pod warunkiem, że je oprawi. Ale w tym miesiącu nie miał już ani grosza, zresztą był głęboko przekonany, że jeśli już ktoś zechce kupić jego obraz, to na pewno zmieni ramy, żeby mu pasowały do okien lub zasłon, lub koloru mebli, lub jakiejkolwiek rzeczy, którą kupujący, w co Roman nie wątpił, uzna za bardziej wartościową niż jego płótna. Nie miał zbyt wygórowanych ambicji, ale też był zdania, że niewiele osób zna się na sztuce, a ci, co się znają, lokują pieniądze w nazwiskach, i to przeważnie sprzed wojen. W głębi duszy co prawda pieścił myśl, że pewnego dnia okaże się, że jest genialny, ale wątpił, czy to się zdarzy w przyszłym tygodniu i dzięki oprawieniu obrazów. Miał jednak nadzieję, że uda mu się przekonać właścicieli Galerii Niewielkiej, iż oprawa jest nieistotna. Tymczasem stał na schodach i słuchał podnieconego głosu właściciela swojego strychu. Pan Jan przechylał się przez poręcz, starą, drewnianą, na dole zakończoną prostą, wypolerowaną przez czas rzeźbką końskiej głowy, i pokazywał resztki swojego uzębienia w szerokim uśmiechu.

– Niech pan mnie dobrze zrozumie, słucha mnie pan? Przecież ten rząd w ogóle nie wie, co robi, pan mnie rozumie, prawda?

– O tamtym też pan tak mówił, panie Janie.

– Coś pan, dziecko, panie Roman? – Pan Jan spojrzał w górę, jakby chciał schody wziąć na świadka. – Przecież tamten rząd też nie wiedział, co robi! Zgadzasz się pan ze mną?

Roman westchnął i pokiwał głową. Właściwie zgadzał się z panem Janem, tylko nie chciał przedłużać rozmowy.

– A patrz pan, co z pogodą zrobili, dzisiaj ciśnienie 880, toż to się żyć nie da, rozumiesz mnie pan?

– Rozumiem – powiedział Roman i zbiegł po schodach na dół, rzucając przepraszające spojrzenie.

– Ale na pewno się podniesie!

– Coś pan taki optymista – zarechotało z góry. – Mnie się już nie podniesie, za stary jestem, ale wy, młodzi...

Roman postawił kołnierz od kurtki, wiało, powietrze było wilgotne, już nie zdąży do galerii. Całe szczęście, że ma przyjaciół, którym nie musi udowadniać, że jest coś wart, i nie musi się wstydzić braku pieniędzy, braku ciuchów, braku samochodu, braku kobiety u boku, i   co było niezmiernie ważne – którzy nigdy nie dręczyli go pytaniami i mądrościami w rodzaju:

To dlaczego, mój drogi, tak pochopnie zrezygnowałeś z psychologii?

Zaczepiłbyś się w jakiejś poradni, a malował w czasie wolnym.

Kafka, kochany, pracował na etacie całe życie, a mimo to miał czas, żeby pisać.

Każdemu się wydaje, że jest genialny, ale w tym świecie się nie przebijesz.

Jeśli chcesz zmarnować życie na takie fanaberie, to bardzo proszę, tylko na mnie nie licz.

*Aaa, pan artysta… czy to prawda, że wszyscy arty-
ści to homoseksualiści? Bez urazy, tak tylko pytam…
Czy ty nie masz co na siebie włożyć? Jak ty wyglądasz? Dzisiaj to nawet twórcy chodzą w garniturach.
Jak cię widzą, tak cię piszą.*

Postanowił ruszyć od razu do Róży, nie czekać na
autobus, ostatecznie to pół godziny drogi piechotą.

*

Krzysztof otworzył tylne drzwi swojego wypieszczonego volva i rzucił na siedzenie dwa czteropaki
piwa i butelkę wina. Cieszył się na spotkanie z przyjaciółmi, choć na myśl o zaczepkach Buby czuł
w głowie nieprzyjemny ucisk. Ale był zadowolony,
że przynajmniej raz na dwa tygodnie może wysko-
czyć z garnituru i nie zastanawiać się nad prognoza-
mi WIG 20 przynajmniej przez parę godzin.

*Panie dyrektorze, jak pan sądzi, czy alokacja akty-
wów pomiędzy dłużne i udziałowe papiery wartościowe...
Sytuacja makroekonomiczna gospodarek wskazu-
je, że analiza fundamentalna spółki...
Płynność funduszy i minimalizacja ryzyka utraty
wartości jednostek uczestnictwa...
Papiery wartościowe municypalne 3,05%...*

Raz na dwa tygodnie, nieobserwowany przez
podwładnych i zwierzchników, mógł robić to, co

chciał. To znaczy pić – gdyby chciał. Nie pił, bo lubił jeździć własnym samochodem. Nie pił także nigdy na bankietach, bo:

To szef zespołu Brinmaren, mamy z nimi do załatwienia sprawę zaległego...
Minister przekształceń własnościowych, musi pan z nim...
Dobrze by było, gdyby pan, panie Krzysztofie...
Panie dyrektorze, prezes zarządu fundacji Echosond chciałby z nami...
Z prezesem Udziału trzeba być bardzo ostrożnym...
Naczelny lubi wypić, potem się na wszystko zgodzi, więc, panie Krzysiu, taka uprzejma prośba...

A tu nie, tu nie musiał być ostrożny ani uważać na to, co ktoś powie, ani pilnować interesów, ani zadawać się. Mógł nie wiedzieć, nie przewidywać, nie zdradzać prognoz, nie mieć pomysłów.

W piątek mógł się trochę powygłupiać, nie za bardzo, żeby nie narażać się Bubie, zagrać w bridża z chłopakami, i potańczyć. Róża tańczyła znakomicie. I nie chciała go uwieść ani u niego pracować, ani dostać podwyżki, ani załatwić coś dla kogoś.

A ponadto cieszył się, że Roman, jedyny świadek jego przeszłości, okazał się dobrym kumplem i nie puścił dotychczas pary z gęby, bo to znaczyło, że jest jeszcze ktoś na świecie, komu można było zaufać.

*

Sebastian wracał z zajęć na rowerze. Wiatr dmuchał mu prosto w twarz, ręce marzły, zapomniał rękawiczek, a wiosna wcale nie miała ochoty nadejść. Nie miał pojęcia, co jeszcze może zaproponować swoim podopiecznym. Całe szczęście, że Róża nie wiedziała, co robił przez ostatnie dwie godziny. Wpadnie tylko do domu, przebierze się i pojedzie do Róży taksówką. Przynajmniej tyle tego dobrego, że zostanie na noc. Co za cholerna pogoda, myślał, wszystko przez tę pogodę. Ale może się wyrwać z kieratu. Uciec z domu. Zapomnieć, do czego wraca dzień po dniu.

Sebastianku, jeśli nie masz nic do roboty, czy mógłbyś…
Nie chciałabym cię kłopotać, ale…
Przepraszam, myślałam, że mogę…
Nie przejmuj się mną, poradzę sobie…
Nie musisz doprawdy tego robić…
Nie, nie, dlaczego tak myślisz?…
Nie, oczywiście, że nie mam nic przeciwko temu, żebyś wyszedł…
Znowu wychodzisz?…

Dzisiaj ma święto.
Nie musi myśleć o niczym, co jest związane z bólem, cierpieniem, obowiązkiem, czynnościami powtarzanymi tyle razy dziennie, dzień po dniu, a każ-

dy dzień podzielony na minuty czasem jest za krótki, żeby zadzwonić do Róży.

Piątek zdejmuje z niego wszelkie obowiązki. Co za ulga!

*

Nikt jej nie uprzedził, że tak się może stać. Siedziała w wannie, zamoczyła głowę, rozprowadziła szampon, potem zanurzyła się, tylko piersi sterczały, zamknęła oczy i chwilę leżała pod wodą. Lubiła tak leżeć, bo wanna i woda odbijały przedziwne dźwięki znikąd, spod ziemi, albo z rur, odbijały echem jej ruchy, pod wodą była rybą i delfinem, słyszała niesłyszalne. Nabierała powietrza i znowu leżała, a czasami leżała tylko z uszami pod wodą, żeby czuć te dźwięki i wywoływać je, czasem stukała lekko paznokciami po dnie wanny, piętą zatykała spływ wody i usuwała szybko piętę z otworu, pod wodą miała własną kąpielową symfonię. Ale teraz podniosła głowę, bo chciała jeszcze nałożyć odżywkę, odkręciła prysznic i spłukiwała włosy, odżywka była konieczna. Na wymyte włosy nakłada się cienką warstwę, która dba o strukturę włosa, więc trzeba spłukać szampon dokładnie silnym strumieniem prysznica. Nagle coś przykleiło się do jej szyi i piersi, oczy miała zamknięte, bo resztki szamponu spływały również po czole i oczach, więc w pierwszej chwili tylko przeciągnęła ręką po ciele i ogarnął ją wstręt. Była oblepiona czymś obrzydliwym, jakimś brudem nie wiadomo skąd i nawet już wtedy kiedy spojrzała, nie mogła przyjąć do wiadomości, że to są włosy, jej włosy, które spłynęły z głowy, jakby nigdy tam nie były przymocowane.

Nikt jej nie uprzedził.

*

Basia przyszła do Róży wcześniej, zanim dotarli inni. Nie o wszystkim można było mówić. Są rzeczy, których może słuchać tylko jedna osoba.

Basia siedziała blada na kanapie i ogrzewała dłonie o duży parujący kubek herbaty. Róża obejmowała ją ramieniem.

– Dzwoniłaś do Piotra?

– Tak, powiedziałam, że muszę zostać dłużej w pracy i przyjadę od razu do ciebie.

– A może ty po prostu robisz z igły widły?

– Róża, przecież nie jestem idiotką! Mówię ci, on ma kogoś... Ja to czuję... po prostu czuję... Już nie jest tak jak kiedyś... Nawet... – Basia przełknęła ślinę, bo niezbyt łatwo było zdobyć się na tak odważne wyznanie – nawet nie sypiamy z sobą często. Wychodzi i nie mówi, kiedy wraca. Jak go pytam, zbywa mnie głupimi tekstami. – Teraz wyrzucała z siebie słowa gorączkowo. – Ja tak nie mogę żyć, nie pyta mnie o nic, nie rozmawiamy, nie ma go, ciągle go nie ma, a jak już jest, to jakby go nie było, tylko gapi się w ten głupi komputer, a dzisiaj...

– A ja cię pytam – Róża podniosła się i dolała sobie herbaty – czy twoja wyobraźnia przypadkiem cię nie ponosi? To był samochód Piotra czy tylko podobny do samochodu Piotra?

– Nie chodzi o samochód, tylko o kobietę, nie rozumiesz?

– Nie możesz go normalnie spytać?

– Przecież jeśli coś go łączy z tą zdzirowatą pindą, to i tak zaprzeczy!

– A jeśli powie, że podwoził koleżankę, to i tak nie uwierzysz. Nie kijem go, to pałką, kochanie.

Koleżankę? Której ja nie znam? W życiu jej nie widziałam, a poza tym co on robił na Matecznym, gdy miał zdjęcia w Nowej Hucie?

Basia otarła oczy i zaczynała się wściekać, co Róża z ulgą odnotowała. Róża w ogóle nie wiedziała, jak się zachować, kiedy ktoś się mazał, ponieważ Róża była racjonalistką.

– Niech on ci wytłumaczy. Ty jesteś specjalistką od wymyślania różnych rzeczy, które nigdy się nie zdarzają, Baśka, pamiętaj o tym, bo w chwilach trzeźwości umysłu sama sobie z tego zdajesz sprawę.

– Tak sądzisz? – Basia spojrzała na nią z nadzieją. – Naprawdę sądzisz, że ja to wszystko wymyślam?

– Nie, nie wszystko, ale wszystkiemu dorabiasz dalszy ciąg i zaczynasz wierzyć, że to prawda. Po prostu go zapytaj o tę babkę, i tyle. I przyjmij, że odpowie prawdę. Tylko się na tę prawdę nie obrażaj. Baśka, zazdrość zniszczy każdy związek.

– Głupia trochę jestem, tak? – Baśka pociągnęła nosem i uśmiechnęła się do Róży.

Jakie to szczęście, że jest otoczona życzliwymi ludźmi i nie musi sama borykać się ze swoimi problemami. I oczywiście zapyta go, co robił na Matecznym z tą znakomicie ubraną rudą dziewczyną, bo przecież to mógł być przypadek. Najważniejsze, żeby sobie nie kłamać.

– Różyczka, to otwórzmy wino, zanim przyjdą, tak się dobrze z tobą rozmawia!

Basia uśmiecha się do Róży, a Róża do niej. Róża wkręca zgrabnie korkociąg w korek butelki, nalewa do dwóch, z siedmiu przygotowanych kieliszków, już jest wszystko w porządku, ona, Basia, już nie musi być sama ze swoim podejrzeniem, już napięcie zelżało, a Róża się uśmiecha do niej, nie jest sama na świecie, nie będzie Piotra o nic pytać, jeszcze by pomyślał, że go śledzi, po prostu przyjmie do wiadomości, że wszystko jest w porządku. Basia wypija kieliszek wina jednym haustem, przyjemnie się robi na myśl, że ma prawdziwych przyjaciół. I zapomina, że od jakiegoś czasu nie wierzy w przypadki.

*

W piątek nikt od nikogo nic nie chciał. Pełny luz.

*

Krzysztof pedałował co sił w nogach. Po plecach spływały mu cieniutkie strużki potu, czuł to wyraźnie, ale wcale go to nie peszyło.

– Dawaj, dawaj stary! – Roman, skupiony, patrzył na licznik. – Dawaj, jesteś już przy Rycerskiej!

– Zapaliłbym – jęknął Krzysztof i przyspieszył. Licznik wskazywał czterdzieści sześć kilometrów na godzinę.

– Przy Rycerskiej jest otwarty o tej porze sklep – powiedziała Buba – wysiądź i kup sobie fajki.

– Tętno sto pięćdziesiąt! – ogłosił Sebastian i pociągnął łyk piwa.

– Tego się nie robi w naszym wieku – jęknęła Basia.

– Czego się nie robi? – Piotr stanął za Romanem i śledził pasjonujący wyścig z czasem. – Masz jeszcze trzy minuty i dwa kilometry do mnie.

– Jak to czego? Nie jeździ się stąd na Rycerską. W marcu.

– W nocy na dodatek – dodała Róża.

– Szczególnie na stacjonarnym rowerze treningowym – powiedziała Buba. – Jesteście chorzy umysłowo.

– Wiesz co, Buba? – Krzysztof zwlókł się z roweru i otarł pot z czoła. Serce waliło mu jak oszalałe, ale czuł przyjemny przypływ energii. Może to nie takie głupie od czasu do czasu coś poćwiczyć? – Ty mi przypominasz *Idolomantis diabolica*.

– Indolentną diablicę?

– Chciałabyś – mruknął Piotr pod nosem i natychmiast zamilkł, pochwyciwszy karcące spojrzenie Basi.

– Rodzina *Empusidae*. Żyje w Afryce i dość trudno ją dostrzec wśród liści, bo barwą i kształtem ciała przypomina kwiat.

– Krzysiu, tyś chyba za dużo wypił, skoro przypominam ci kwiat – powiedziała Buba zgryźliwie i zdjęła nogi ze stoliczka.

– Na taki kwiat chętnie siadają motyle…

– Ale tobie do motyla daleko, Krzysiu…

– …i padają ofiarą drapieżcy, bo *Idolomantis diabolica* to modliszka.

– Jeden zero dla Krzyśka, Buba! – krzyknął Roman.

– A teraz do stołu, proszę państwa. – Róża spojrzała na pokój, w którym bezskutecznie usiłowała utrzymać jaki taki porządek. Ale tym razem ubrania mężczyzn leżały w nieładzie na kanapie, a jej rower treningowy otoczony był puszkami po piwie. – Sprzątać mi to i do stołu!

– Modliszka zżera partnera *post coitum* – powiedział Sebastian i sięgnął po puste puszki.

– No to, Krzysiu, śpij spokojnie, bo na partnera się nie nadajesz. – Buba odrzuciła rudawe włosy do tyłu i uśmiechnęła się niewinnie.

– Jeden jeden, ale artyleria trochę za ciężka – skwitował Piotr.

– Modliszki są niegłupie – Róża położyła na stole zielone serwetki w białe aniołki – kobiety też powinny pożerać partnera *post coitum*…

– Ale tylko *interruptum* – mruknął Piotr.

– Nie możecie rozmawiać o czymś przyjemnym? Na przykład o… – Sebastian omiótł spojrzeniem wszystkiej panie – o czymś najważniejszym dla kobiet…

– Czyli?... – Róża stanęła naprzeciwko niego wojowniczo.

– No wiesz…

– Czyli?... – Róża nie ustępowała ani na krok.

– Diecie, czy czymś podobnym… – Sebastian objął Różę i pocałował w policzek.

– Idiota. – Róża wywinęła się z rąk Sebastiana i usiadła przy stole.

– Ależ kochanie, od tygodni słyszę o nowej cudownej diecie…

– Jakiej? – Basia nie zauważyła kpiny na twarzy swoich męskich przyjaciół. – Jakiej nowej diecie?

– Niełączenia. Jedzcie i niech wam pójdzie w szare komórki. – Róża podsunęła pachnący prodiż w stronę Sebastiana. – Przy takim niedoborze nie możesz mówić do rzeczy.

– Niełączenia? – Basia próbowała się dowiedzieć czegoś więcej. – Niełączenia czego z czym?

– Niełączenia śniadania z obiadem, a obiadu z kolacją. – Krzysztof uśmiechnął się i sięgnął w stronę prodiża. Niedostrzegalnie dla innych skrzywił się i podał prodiż Piotrowi.

– Rozpoznaję bazylię, czosnek, ziemniaki. – Piotr wąchał zawartość. – Nie rozpoznaję tego czerwonego i zielonego.

– Czerwone są krasnoludki. – Buba podsunęła swój talerz. – Nie jedz, jak nie lubisz.

– A zielone?

– Ufoludki – parsknęła Róża.

– Różyczka, czego nie łączysz? – Basia patrzyła na nią prosząco. – Powiedz.

– Najogólniej rzecz biorąc, ta dieta polega na tym, żeby do dwunastej jeść owoce...

– Dlaczego akurat owoce?

Krzysztof starannie wybrał paprykę i cebulę, bakłażany i pomidory.

Ziemniaków nienawidził. Róża wyśmienicie gotowała. Niestety, następny święty piątek wypadał u niego, a on potrafił ugotować co najwyżej wodę na herbatę, i to w czajniku elektrycznym, bo zapominał, że coś postawił na gazie.

– O rany, Krzysiu, dla ciebie mam makaron, zapomniałam przynieść. – Róża ruszyła do kuchni i wróciła z małym naczyniem i puszką wątróbek dorszowych. – Masz, lubisz. – Postawiła naczynie obok Krzysztofa. – A niełączenie polega na tym, że jesz najpierw tylko owoce, a dopiero potem resztę, i nie kwaśnieje ci w żołądku – wyjaśniła Róża mgliście.

– Jezu, nie przy jedzeniu – jęknął Sebastian.

Basia z uwagą spojrzała na Różę.

– Do której jem owoce?

– Do dwunastej.

– O rany, aż do dwunastej? – Buba wyciągnęła rękę po wino, Piotr się zerwał i z miną znawcy nalewał do wszystkich kieliszków. – No, ale jeśli wstaniesz wcześniej, to dwunastą masz już o dziesiątej.

Piotrowi zadrżała ręka.

– No, chyba że tak. – Basia podstawiła swój kieliszek. – Wezmę od ciebie tę dietę, najwyżej będę wstawać o szóstej. – Co tak na mnie patrzysz? Nalej!

Otóż Piotr nie rozumiał, że o dziesiątej może być dwunasta dla kogoś, kto zwykle zaczynał dzień o ósmej, a przy diecie o szóstej. Nie mógł tego pojąć. Wiedział, że elektryczny przepływ zapewniał stałą pracę jego synapsom, ale czasem miał wrażenie, że Basia misternie niszczy odebrane wykształcenie i inteligencję. Był bezbronny wobec kobiecej logiki i nie rozumiał, że południe może nastąpić przed południem, a wieczór rano, w zależności od tego, kiedy się człowiek położy.

Kątem oka zauważył, że nie tylko on ma problem z druzgocącą logiką Basi, bowiem Krzysztof, Roman i Sebastian również zamarli nad swoimi talerzami, a potem spojrzeli po sobie, jakby szukając potwierdzenia, że wszystko z nimi w porządku.

Sebastian mrugnął lekko, Piotr opuścił butelkę i udało mu się wylać parę kropli na obrus.

– Co się tak gapicie? – Basia podniosła wzrok i popatrzyła na mężczyzn. – Co oni tak się gapią, dziewczyny?

– Może nie potrafią nic innego – zaszczebiotała Buba. – Ryby też się gapią. A propos gapienia się… Romek co z twoimi obrazami? W końcu powinieneś uwierzyć, że ktoś się na tobie pozna.

– Mam nadzieję, że nie *post mortem*.

– Co to znaczy? – Basia nachyliła się do Piotra.

– Pośmiertnie – wyjaśnił Piotr.

Buba skrzywiła się.

– Jeśli w coś głęboko wierzysz, to dostajesz to. Naprawdę.

– Jakieś przykłady? – Krzysztof spojrzał na Bubę i starał się, żeby w jego głosie nie było słychać kpiny.

– Ja dam wam przykład. – Sebastian się podniósł i zastukał widelcem w kieliszek. – Otóż wierzę, że jak ktoś ma mnie kopnąć w tyłek, to na pewno kopnie. Innej możliwości nie ma. Przerabiałem to tysiące razy na własnej skórze i z całą odpowiedzialnością twierdzę, że tak jest.

– Jesteście niepoważni, a ty, Buba, myślisz magicznie, i to często. Otóż na świecie nie jest tak, jak chcesz, żeby było, tylko tak jak jest. I to wszystko. Należy się pogodzić z rzeczywistością.

– Nie mam zamiaru się godzić z takimi rzeczami.

– Bo nie chcesz być dorosła.

– Bo nie chcę być zmurszałym trupem za życia.

– I całą swoją energię pakujesz w odmienianie się. Lepiej ci było w blond włosach. Buba, nie zdajesz sobie sprawy z tego, jak będziesz cierpieć, kiedy ci wylezą.

– Teraz są świetne farby, naprawdę nie niszczą włosów.

– Masz skarb na głowie i niszczysz go. Wiesz, ile osób oddałoby dużo, żeby mieć tak piękne włosy?

– Mogę sprzedać – Buba potrząsnęła swoją rudą czupryną – komuś potrzebującemu.

– Chwila moment, panowie i panie – Piotr postanowił wziąć dyskusję w swoje ręce – chwila. Są rzeczy, które od nas nie zależą. Pamiętacie Jamesa? Otóż on przeżył huragan Andrew. Opowiadał mi, jak siedzieli trzynaście godzin w wannie razem z żoną i synem, przykryci kocami, nie wiedzieli co robić, bo nic nie było do zrobienia, i wierz mi, Buba, bardzo chcieli, żeby to się skończyło, a z nimi tego samego chciało tysiące innych osób w pogodnej Kalifornii, o której marzymy. Otóż w tym raju huragany i trzęsienia ziemi są na porządku dziennym, a my narzekamy na nasz cudowny klimat, choć nam się nic nie trzęsie, najbliższy wulkan we Włoszech, wiatry umiarkowane, jadowite węże, słownie jeden gatunek, i to pod ochroną...

– *Ad rem*, Piotruś!

– Nic. Po prostu chcę powiedzieć, że na niektóre rzeczy nie mamy wpływu, tak jak James nie miał. A jak już wyleźli z tej wanny, to w salonie zobaczyli traka, razem z częścią olbrzymiej naczepy... No i tyle. Ale przeżyli, w przeciwieństwie do innych, którzy nie przeżyli.

Piotr zamilkł.

– A dlaczego w wannie? – spytała Róża.

– Nie mam pojęcia. Bo najbezpieczniej. Chyba dlatego. A huragan podchodził do nich i huk był nie do wytrzymania, potem wszystko umilkło i to znaczyło, że są w oku huraganu, a potem znowu...To jest skrajne przeżycie. Jamesowi światopogląd od tego czasu się całkiem zmienił, wierzcie mi.

Milczenie, które zapadło, przerwała Basia.

– A skąd wiedział, kiedy wyjść z tej wanny?

– Bo woda wystygła – Buba weszła jej w słowo i roześmiała się serdecznie.

– Masz dość dziwny sposób traktowania rzeczy poważnych. – Krzysztof spojrzał Bubie prosto w oczy. – Może powinnaś zapisać się do jakiejś partii politycznej?

– ...lewej albo prawej, pieprzą jednakowo i z przekonaniem.

– O nie, tylko nie polityka, ja bardzo przepraszam. – Róża zgarnęła ze stołu resztki jedzenia. – Kawa, herbata, paltocik? Tak nie rozmawiajcie. Naprawdę nic się ważnego nie wydarzyło? Baśka, co z waszym mieszkaniem?

Basia spojrzała na Piotra i lekko skrzywiła usta.

– Nic.

– O bardzo przepraszam, moja żono, powiem to przy świadkach, nie nic, tylko bardzo, bardzo dużo...

– Chwilowo jesteśmy na etapie kłócenia się o kolor kafelków, na które i tak nie ma pieniędzy. Piotruś chce żółte, a ja nienawidzę żółtych, po prostu nie-na-wi-dzę.

Krzysztof podniósł się od stołu i podszedł do okna. Padało. Cały dzień zanosiło się na deszcz i w końcu zaczął padać. Kocie łby błyszczały jak nasmarowane oliwą. Najładniejsza ulica w ich mieście. Żółty kolor był najpiękniejszym kolorem świata dla Krzysztofa, ale nie będzie nikogo przekonywał.

– Żółte są ła... – Róża ugryzła się w język. – No tak, ale ty...

– Nie zapominaj, że ja coś wiem na temat żółtego. – Basia wydęła usta. – I mam podstawy, żeby wierzyć temu, co usłyszałam kiedyś. Mało brakowało, a by mnie tu nie było. Proszę mi jeszcze nalać!

– Basieńka, daj spokój.

– Dlaczego ma dać spokój? Jeśli człowiek się czegoś boi, racjonalnie czy nie, to nie wolno go przekonywać, że czuje inaczej. Dobry związek polega też na tym, że szanuje się strachy partnera. – Buba wytarła usta serwetką i zmrużyła oczy.

– O, znawczyni związków! Mam nadzieję, że w tym kraju w końcu dopuszczą kobiety do ambon i zostaniesz kaznodzieją. Szanuję jej strach, ale nie szanuję przesądów. Basia, a tobie chcę powiedzieć, że zamówiłem ci dzisiaj terakotę i glazurę, i zapłaciłem, i wszystko będzie za trzy, cztery tygodnie.

Basia, trochę już zawiana, podskoczyła z radości i podbiegła do Piotra. Objęła go ramionami i tak wykręciła głowę, że Piotr zacharczał.

– To nie jest powód, żeby zrobić z siebie wdowę!

– Piotrusiu, ale jakie? Jakie?

– Baśka, a jakie mogłem wziąć, jak myślisz? – Piotrek niezręcznie uchylał się od uścisków.

– Dajcie znać, kiedy będę potrzebny – mruknął Roman – przynajmniej dwie godziny wcześniej, żebym mógł zaplanować wolny czas…

Bubie zrobiło się przykro. Wiedziała, że Roman będzie kładł kafelki razem z Piotrem, bo tylko z takich robót żył, i w tym zdaniu, które miało być dowcipne, rozpoznała swój własny smutek.

– Nie martw się, Romulus, nie od razu Rzym zbudowano… – powiedziała wobec tego szorstko i wszyscy przenieśli się na kanapę.

– To co sobie coś dzisiaj obejrzymy? Masz coś nowego, Róża?

Do tradycji należało kończenie każdego wieczoru u Róży jakimś filmem. Miała wspaniałe kino domowe i świetny sprzęt grający, czasem słuchali jazzu.

Basia przytuliła się do Piotra, Piotr spojrzał na nią, położył jej rękę na czole:

– Czy ty masz gorączkę?

Basia opuściła mu rękę na ramię i stuknęła się w czoło, Buba podciągnęła nogi pod siebie, martensy leżały obok fotela, Róża podeszła do półki i zaczęła przeglądać tytuły równiutko poukładanych filmów. Musi się trzymać, jeszcze przez chwilę, jest po prostu zmęczona, ale zaraz usiądzie i odpocznie.

– Horror poproszę. – Sebastian stanął za Różą i objął ją w pasie, Boże, jaką ta dziewczyna ma figurę!

– Melodramat! Dzisiaj my wybieramy, tylko melodramat!

– Sensację, dziewczyny, nie bądźcie takie!

– „To właśnie miłość", „Człowiek w ogniu", „Nie oglądaj się teraz" – Róża odczytywała głośno tytuły, a głośne NIE i TAK mieszały się ze sobą.

Roman przysiadł na oparciu fotela Buby.

– Mogę?

– Ty zawsze – powiedziała Buba i przesunęła się, robiąc mu miejsce.

– Uważaj, bo ją zgniECiesz, Buba jest jak motylek, jak już wspomniał Krzysio.

– Raczej ćma, leci do ognia i nawet nie zauważy, że spłonie.

– Krzysiu, wystarczająco daleko od ciebie siedzę, żeby się nie poparzyć twoim jadkiem.

– A ja tylko przypominam, że zanim z poczwarki wykluje się motyl, mija parę lat. Gasienice są najgroźniejszymi szkodnikami, potrafią zeżreć tysiące hektarów lasu.

– Hej, hej, przestańcie, „Oszukani", „Niewinni", „Córka prezydenta", „Miłość w Białym Domu". – Róża była niezmordowana.

– „Ojciec chrzestny" jeden…

– Tak! Tak! – krzyknęli wszyscy naraz.

Róża włożyła krążek i wróciła na kanapę. Sebastian usiadł koło Krzysztofa i stuknął go w ramię.

– I jest sensacja, wyszło na nasze – szepnął.

Róża nachyliła się do ucha Basi.

– Widzisz, sami wybrali melodramat, trzeba im tylko pozwolić wybrać to, co same przedtem wybrałyśmy. To najładniejszy film o miłości, jaki widziałam.

Kiedy Al Pacino stanął jak rażony gromem na widok Sycylijki, Buba lekko dotknęła kolana Romka.

– Ty byś tak właśnie chciał, prawda?

Roman pomyślał, że Buba ma niezwykły dar odgadywania, co komu w duszy gra, albowiem właśnie zrobiło mu się żal, że jego nigdy nie spotka nic tak magicznego, taka wiedza prosto ze wszechświata, absolutne przekonanie, że tak właśnie ma być, jakie pewnego słonecznego południa spadło na Ala Pacino, kiedy wyszedł na spacer w małej sycylijskiej wiosce.

Kiwnął głową potakująco, bo akurat do Buby miał całkowite zaufanie. Ona nigdy nie wykorzysta przeciwko niemu żadnej śmiesznej rzeczy, która jego jest.

Ani tego wieczoru, ani następnego Basia nie zapytała Piotra, co to była za kobieta, którą widziała wysiadającą z ich wspólnego samochodu. Bo po prostu o tym zapomniała. Kiedy nieco podchmieleni wrócili do domu, miała siłę tylko na to, żeby byle jak się umyć i zasnęła kamiennym snem, nie czekając, aż otulą ją miękkie dłonie Piotra.

*

Poruszam się cicho i cicho zamykam windę. Sąsiadka na moim piętrze kiedy tylko słyszy ruch na klatce, na pewno staje za wizjerem. Ma przenikliwe oczy, musi mieć takie, bo jest zawsze w ciemnych okularach, jak generał, czuję na plecach ten jej wzrok, kiedy zamykam swoje drzwi i kiedy je otwieram, a robię to najciszej jak potrafię. Mam wrażenie, że jej wzrok przenika przez podwójną płytę jej metalowych drzwi i przez moje, drewniane, ciężkie.

Czuję ten wzrok, wychodząc z windy, więc delikatnie ją zamykam, tak żeby nie słyszała, żebym mogła pobyć sama, ale ktoś ściąga windę i metalowa klata rusza z tym swoim głośnym tarciem żelaza w dół.

No i mam rację, ledwie udało mi się zamknąć moje, słyszę, jak tamte się uchylają. Sąsiadka, grubiutka pani w niebieskawym dresie, okrągłe pośladki w tym dresie, to pani sześćdziesięcio- albo siedemdziesięcioletnia, wyobrażam sobie, jak głaszcze swoje ciałko przed lustrem, bo o ciałko trzeba dbać...

Nie chcę mieć sześćdziesięciu lat i głaskać się sama, uchylając drzwi, kto też idzie, zawsze uchyla drzwi, jakby drzemała przy tym wizjerze, więc dlatego wychodzę cichutko i wchodzę cichutko, i nikt mnie nie przyłapuje,

a ona tam przy tym szklanym oku patrzy, kto to i do kogo, bo do niej nikt, i drzwi ta sąsiadka tak uchyla,

a ja tak nie uchylam,

bo przecież nie przyjdziesz do mnie.

*

A więc za trzy godziny będzie w domu. Po dwóch latach. Niewygodne są siedzenia w samolocie. Ale to tylko dwie godziny z hakiem.

– Pani Julio, odebrałam list polecony, listonosz dał, o proszę. – Koperta w dłoni, wyciągam rękę, to już dwa lata?

– O, z Londynu ten list. – Ramię w granatowym swetrze nie wyciągało się w moją stronę, a jej oczy lizały twoją kopertę bezprawnie.

– Dziękuję – mówiłam i wyrywałam jej twoją obecność, uśmiechałam się i wchodziłam do mieszkania, w którym czekałeś na mnie w białej kopercie z Londynu.

Jeszcze nie, jeszcze nie teraz, za chwilę, za moment, pomiędzy przyjściem listu a zdjęciem pieczęci z pośpiechem...

Forgive me, please, I'm so sorry...

Ty sobie sprawy nie zdajesz, moje dziecko, że z tej mąki chleba nie będzie!

– Przepraszam, napije się pani czegoś?

– Dziękuję, nie.

Stewardesa odchodzi do innych pasażerów, z tym samym ciepłym uśmiechem nachyla się przy następnym rzędzie.

– *I will never let you go away* – szeptał i wiedziałam, że to prawda, „nigdy" istnieje bardziej niepodważalnie niż cokolwiek, czułam, że to prawda, i nie spełniałam się w oczekiwaniu na najgorsze, tylko byłam ptakiem w jego dłoniach,

– *Don't be afraid* – mówił i nie bałam się niczego, ani ziemi, ani nieba, ani ognia, ani wody, ani powietrza – tego wszystkiego co jest nim, przecież się nie bałam, bo poza nim nie było świata, ani wody, ani ognia, ani powietrza.

– *I love you* – mówił i czułam, jak jego dłonie opuszczały moje ramiona, przechodziły na plecy, bluzka spadała do góry, a palce wolno wchodziły pod stanik, moje piersi są ciężkie, lekko opadają, a jego dłonie przechylały się w ich stronę i łagodnie obejmowały moją chłodną nagość...

– Przepraszam, kurczak czy wołowina? Mogą być same warzywa. Kawa czy herbata?

– Dziękuję, nie będę jadła.

– *I will be back about 8 p.m.* – szeptał i całował mnie rano, głowę mam zawsze w poduszce, całował mnie w plecy, usta miał chłodne, łapałam niedbale, nie otwierając oczu, połę jego płaszcza, kiedy się odwracał, szarpałam...

– *I have to* – powtarzał, ale nie puszczam.

– Naprawdę muszę.

Obejmowałam jego ubrane ciało, jego szorstką marynarkę, jego niebieską koszulę i cienki jasny płaszcz, obejmowałam nagimi ramionami i piersi przytulałam do szorstkości, nachylał się nade mną, całował...

– Muszę iść – szeptał – wrócę koło ósmej – szeptał, a moje piersi czekały przez cały dzień na wspomnienie tego głosu...

Owijałam się ręcznikiem kolorowym, w pasy, słyszałam, jak zjeżdża winda, ktoś się dosiada na niższym piętrze, stałam przy drzwiach i słuchałam, i biegłam do okna, stawałam za firanką, niech nie myśli, że patrzę na niego, ale patrzyłam, oto idzie mój mężczyzna, idzie szybkim krokiem, nie patrzy do góry, nie wie, że stoję w oknie i czekam na niego od tej chwili do ósmej lub do koło ósmej. Jest siódma dziesięć rano, a ja już zaczęłam czekanie, widzę, jak idzie, jak podchodzi do samochodu, wyjmuje zza wycieraczek jakieś papierki z domów publicznych, jakieś rozebrane zdjęcia kobiet przez całą dobę, trzecia godzina gratis, jak podnosi wycieraczki i wyrzuca te folderki z trzecią godziną gratis i nagimi piersiami, otwiera drzwi samochodu, siada i po chwili odjeżdża.

I tak mogłoby zostać.

Po co leciałam do niego?

I wczoraj, to było wczoraj, te miliony lat świetlnych były wczoraj:

– Nie odjeżdżaj, wszystko się zmieniło, nie pozwolę ci odejść, teraz będzie inaczej...

Jego głos po tak długim czasie, jego głos, który obiecywał kochać, jego głos...

– Proszę pani, proszę zapiąć pasy!

Nie do wiary, że jednak zasnęła w samolocie, przecież tak się bała latać. Posłusznie spięła metalową klamrę i odchyliła głowę do tyłu. Próbowała rozprostować nogi, miała napuchnięte kostki, ale się nie dało, siedzenie przed nią było postawione do pionu, a miejsca pod nim akurat tyle, żeby wsunąć stopy, kolana prawie dotykały oparcia. Musi poczekać, aż będzie w domu.

O Boże, nie chcę wracać do tamtego mieszkania!

– *Ależ kochanie, przecież ty nie masz gdzie wrócić! Czyś ty wymówiła tym ludziom? Nie pomyślałaś, no cóż... jakoś sobie poradzimy, mówiłam: nie stawiaj wszystkiego na jedną kartę, możesz postawić na siebie, ale nie na mężczyznę!*

*

Buba z Romkiem stali w bramie. Romek lubił to miejsce, takich miejsc w tym mieście już nie było. Ładnie mieszkają, Piotr i Basia, a obok, za winklem na tym samym piętrze Buba, brama półokrągła, ręcznie kuta, z końca dziewiętnastego wieku, otwierała świat, o którym marzył – stałości, powrotów do domu, niedzielnych obiadów, świata, w którym ludzie się nie rozstawali, mężczyźni kochali kobiety, kobiety nie odchodziły do innych, nie musiały się zastanawiać nad związkiem, świat starych dobrych zasad, jasno określonych powinności, granic, między tym, co można i czego robić nigdy nie należy. Ceglany, świecący od starości mur nie był ozdobiony graffiti, żadnych napisów w rodzaju – ZIEMNIAKI DO ZIEMI, A KSIĘŻA NA KSIĘŻYC, czy RÓB ZE ŚWIATEM TO, CO ON Z TOBĄ, PIERDOL GO.

– Wejdziesz? – spytała Buba.

Roman spojrzał na zegarek, dochodziła pierwsza. Za późno na wizyty, a za wcześnie, żeby móc zasnąć spokojnie.

– Chętnie – powiedział wobec tego.

Wyszli wcześniej niż reszta, on pierwszy, Buba pojawiła się tuż za nim na ulicy, nawet nie wiedział, że też pójdzie, ale to miłe, odprowadził ją, a teraz...

Buba nie jest kobietą dla niego, więc nie musi się denerwować, unikać, czuć się podrywany. Skinął głową potakująco i skierował się za nią do zielono malowanych dębowych drzwi, podwójnych, z okienkiem na górze. Zawsze go ciekawiło, ile mogą ważyć takie stare drzwi, z podłużnym otworem na listy i mosiężną klamką. Musiały mieć z metr sześćdziesiąt szerokości. Zamykał je za sobą ostrożnie, dziwiąc się lekkości jednego otwartego skrzydła.

Buba schyliła się do kota i pogłaskała obrażony grzbiet.

– Tylko mu dam jeść.

– Masz coś do picia? – Roman uchylił lodówkę i ledwie zdążył cofnąć rękę, tak gwałtownie Buba zatrzasnęła z powrotem drzwiczki. Spojrzał na nią w osłupieniu.

– Zwariowałaś?

– Ręce precz od mojej lodówki. Wolę cię sama obsłużyć.

– A syjoniści do Syjamu, jak podobno mawiał Gomułka.

– Coś w tym rodzaju, *sorry*, Romuś, ale wiesz, jaka jestem.

– Widzę... – Roman odsunął się – i czuję. – Wsadził palec do ust, bo jednak drzwi lodówki lekko go ścisnęły. – Co ty tam trupy chowasz?

– Ale tylko kochanków. – Buba wyjęła puszkę piwa i rzuciła w Romka. – Masz. I do sypialni też nie wchodź, tylko idź do dużego pokoju albo pogadamy w kuchni.

Czarny kot pochylił się nad miską i z zadowoleniem podwinął łapki, różowy język zaczął lizać kompletną karmę.

*

Krzysztof zaparkował swoje volvo na strzeżonym parkingu, skąd miał tylko siedem minut szybkiego marszu do wynajętej kawalerki. Z przyzwyczajenia sprawdził, czy wziął wszystko z samochodu. Nigdy nie zostawiał w nim nawet torby z bułkami, żeby nie kusić potencjalnych złodziei, jakby to, że płacił sporo co miesiąc za jedno z lepszych miejsc na tym parkingu, tuż w pobliżu budki strażnika, nie liczyło się. A do pieniędzy co miesiąc dokładał butelkę zacnego trunku, tak na wszelki wypadek, żeby strażnik miał poczucie wdzięczności. No i miał.

Krzysztof delikatnie zamknął drzwi, nacisnął pilot, samochód pożegnał się z nim cichym podwójnym „pim-pim" i trzaśnięciem centralnego zamka. Strażnik w budce podniósł głowę i na moment na jego twarzy zagościło coś na kształt uśmiechu, a potem znów głowa znikła w okienku. Pewno miał tam mały przenośny telewizor, czyli wszystko, co takiemu człowiekowi jest potrzebne do szczęścia, pomyślał Krzysztof i przyspieszył kroku, choć nie miał się do czego spieszyć. O ile pamiętał, nawet nie schował rano pościeli. I bardzo dobrze, nie trzeba będzie teraz ścielić łóżka. Mógł żyć, jak chce, i robić to, co chce, nikt mu się do niczego nie wtrąca.

Całe szczęście, że nie mieszka z kobietą. Wszedł do mieszkania, rozebrał się i położył.

*

Immunochemioterapia. Połączenie leczenia cytokinami, które mają wzmocnić układ odpornościowy, a jednocześnie, oprócz zdolności pobudzania układu odpornościowego do reakcji przeciwko komórkom nowotworu, mogą być jeszcze dla nich bezpośrednio toksyczne.

To są zastrzyki dożylne. Będzie pani dostawała zastrzyki dożylne.

Interleufina w warunkach szpitalnych.

Objawy? No cóż, my to nazywamy objawami rzekomo grypowymi. Bóle mięśni, bóle stawów, gorączka do trzydziestu ośmiu, dziewięciu stopni, uczucie ogólnego rozbicia, typowa ciężka grypa. Mogą się pojawić nudności, wymioty, obrzęki kończyn.

*

Basia obudziła się rano z niejasnym poczuciem, że czegoś nie dopilnowała. Nie dzisiaj, Boże broń, tylko w ogóle. Niepokój nie opuszczał jej od jakiegoś czasu. Tak, od momentu, kiedy przestraszyła się tego, co ją czeka.

Tego dnia Piotr zadzwonił, że wróci dzień później, potem miał wyłączoną komórkę, a potem wrócił do domu i zachowywał się tak, *jakby się nic nie stało*. Bardzo wyraźnie to poczuła, bo właściwie wszystko było jak zwykle: jak zwykle ją pocałował, jak zwykle pierwsze kroki skierował do lodówki, jak zwykle wyjął kawałek czegoś i pogryzał, stojąc przy zlewie, choć milion razy powtarzała, że od jedzenia na stojąco się tyje i organizm tego odpowiednio nie przetwarza, ale pod tymi normalnymi zdarzeniami coś się kryło. Coś, co przypominało jej ojca, który też udawał, że *nic się nie stało*. Im bardziej wszystko było tak jak zwykle, tym większą mogła mieć pewność, że pił. W okresach kiedy nie pił, był nieprzyjemny, napięty jak struna, agresywny. Opowiadał krótkimi zdaniami, warcząco, aż chciała, żeby się napił i był znowu jej kochanym tatusiem, który bierze ją na kolana i udaje, że *wszystko jest w porządku.*

Co się takiego stało? Co ją tak bardzo dotknęło w zachowaniu Piotra? Podobieństwo do tej sytuacji sprzed lat? Czy niejasne poczucie, że jednak nie jest jedyną kobietą w życiu Piotra? Czy Piotr zakochał się w innej? I nie miał odwagi jej o tym powiedzieć? To dlaczego kochał się z nią wtedy tak namiętnie, jak na początku znajomości? To było wspaniałe, ale dlaczego miała wrażenie, że coś chciał jej *wynagrodzić?*

Od tych „dlaczego" robiło jej się słabo. Poruszała się od tego czasu między dwoma lękami – lękiem, że jednak coś się wtedy wydarzyło, że nie myli jej kobieca intuicja, i lękiem, że przestaje odróżniać rzeczywistość od wymyślonego. Bo jeśli wtedy nic się nie stało, jeśli z przyzwyczajenia fantazjuje, to dlaczego te fantazje zawsze kończą się katastrofą i dlaczego, mimo że tego nie chce, zaczyna szukać potwierdzenia katastrofy?

Często nie chciała się przyznać przed samą sobą do tych upokarzających czynności. Do przeszukiwania ubrania Piotra, sprawdzania billingów, podsłuchiwania rozmów. To się działo poza jej udziałem, po prostu było silniejsze niż jej kolejne postanowienia, że nigdy więcej. Na dodatek kalendarz Piotra, którego nigdy nie ukrywał, zaczął wyglądać dziwnie pojawiały się nieznajome nazwy, a ona przecież nie mogła zapytać wprost, bo to by znaczyło, że nie darzy go zaufaniem.

Poprosiła, żeby skończył z rozebranymi modelkami. Przecież są inni fotografowie na świecie.

Przez tydzień panowały między nimi ciche dni. Piotr myślał, że to z powodu fotografii nagich dziewczyn, a ona strasznie wstydziła się swojej prośby, która obnażyła jej wszystkie słabości! Na myśl o tym jeszcze dzisiaj robiło jej się niedobrze.

Wiedziała, że daleko jej do tych pięknych szczupłych dziewczyn, z nogami do samego nieba, i była przekonana, oglądając zazdrośnie zdjęcia wtedy, kiedy Piotra nie było w domu, że w nocy on siedzi przed komputerem i porównuje ją, krótkonogą Basię, z tamtymi kobietami.

Czasem nie mogła się pozbyć wrażenia, że Piotr ożenił się z nią niechcący, przez pomyłkę, że teraz jest mu głupio się wycofać, że nie przypuszczał, że małżeństwo jest takie trudne. Robiła wszystko, żeby mu się przypodobać, a on obiecał, że nigdy jej nie zrani. I rzeczywiście, każda zapowiedź kłótni była duszona w zarodku, nigdy na nią nie podniósł głosu, i wystarczyło, żeby w jej oczach błysnęły łzy, a Piotr natychmiast przypominał sobie o danym przyrzeczeniu. Naprawdę miała poczucie, że ją kocha, kiedy trzymał ją w ramionach i mówił, jakim jest nieczułym palantem.

Jak zresztą może porównywać Piotra do swojego ojca, cóż to za pomysł! Jej ojciec był... po prostu inny. Mogła mu siadać na kolanach, jak był w dobrym humorze, ciągnąć za uszy, prosić, żeby na coś pozwolił, a im ona była milsza, tym on był bardziej speszony i łatwiej jej było coś od niego wydębić.

Uśmiechnęła się na wspomnienie ojca, który wchodził do domu wieczorem, rozbierał się w przedpokoju, słyszała ściszony syczący głos matki: „Nie budź jej, jesteś pijany!". I roześmiany męski głos ojca: „Gdzie moja mała córuchna?". A potem silne ramiona, które ją podnosiły do samego sufitu i kręciły w kółko, a ona trzymała się mocno lekko drapiącej twarzy – „Tatusiu jeszcze, jeszcze", i ostre słowa matki: „Zostaw ją w tej chwili", i cichy głos ojca pachnący alkoholem: „Teraz będziesz grzecznie spać, a jutro tatuś ci kupi wszystko co zechcesz! Mamusia jest zazdrosna!".

Ach, jak bardzo się czuła związana z tym silnym mężczyzną, i jak bardzo w takich chwilach nie lubiła matki, choć nigdy, nigdy by się do tego nie przyznała. Matka jest zazdrosna – to tłumaczyło wszystko, to znaczyło, że dla taty ona jest najważniejsza, ważniejsza niż mama. I to było takie podniecające.

Chciała być również najważniejszą kobietą dla Piotra, ale wiedziała, że jakoś go traci. Z wesołego, fajnego chłopaka, który dla niej wsiadł na łańcuchową karuzelę, który śmiał się, wynosił ją przerzuconą przez ramię od Krzysztofa, kiedy bardzo nie chciała wyjść, a już wypiła trzy piwa, z roześmianego bliskiego mężczyzny wykluwał się jakiś obcy, spoważniony twór, dostatecznie daleki, żeby nie mogła go dotknąć. Przecież nie prosi się o miłość, to jedyna rzecz, o którą nie można prosić, można się tylko modlić, żeby trwała, a ona straciła pewność, że Piotr ją kocha.

Wczorajsza kobieta w jego samochodzie to nie przypadek, widziała ją, widziała, jak wysiadła, jeszcze trzymała otwarte drzwiczki, jeszcze się pochylała do niego, może umawiali się na następny raz? Łatwo Róży powiedzieć: zapytaj go. I to publiczne ogłoszenie wszem lecz i wobec bzdurnej przecież i wyłącznie ich dotyczącej sprawy kafelków, o które nie mogła się doprosić! Jakby potrzebował audytorium dla swojej wspaniałomyślności. A ona, idiotka, ucieszyła się! Taka była zadowolona!

Kiedy mężczyzna bez powodu kupuje kobiecie kwiaty? Kiedy ma powód, żeby ją przeprosić, tylko się do tego nie przyznaje. Ojciec też jej robił niespodzianki, przyjemne – zamiast czegoś. Obiecał jej, że wyjadą tylko we dwoje i zapuszczą się w Mylną, nie tylko oznaczonym szlakiem, ale pójdą korytarzami, w które turyści nie mają wstępu. I kiedy przyszedł do domu w piątek przed planowanym wyjazdem z olbrzymią i drogą lalką z Peweksu, z lalką, która płakała jak małe dziecko i wyglądała jak trzymiesięczny niemowlak, wiedziała, że to zamiast Mylnej, zanim ojciec powiedział słowo. Nigdy nie polubiła tej lalki i nigdy nie poszła z ojcem do Mylnej.

Stojąc pod prysznicem pod ciepłym strumieniem wody, nabierała pewności, że to, co brała za szczerość Piotra, było tylko sprytnym kamuflażem. I że jeśli sama nie dowie się prawdy, nikt jej nie pomoże. A kiedy spojrzała w lekko zaparowane lustro i zobaczyła niezgrabną, krótkonogą bladą kobietę, o zbyt rozłożystych biodrach, okrągłej twarzy i mysich włosach, pomyślała, że ma za swoje, skoro mogła pomyśleć, że taką pokrakę jak ona można kochać.

*

Roman był pod wrażeniem wczorajszego wieczoru u Buby. Gadali do późna. Buba była fajnym rozmówcą, nie czuł się skrępowany, nie chciał jej poderwać, a ona nie wydawała się z tego powodu obrażona, a przecież często słyszał, że kobieta czuje się urażona wtedy, kiedy jej nie szanujesz, czyli chcesz ją natychmiast zaciągnąć do łóżka, i wtedy, kiedy ją szanujesz, to znaczy nie chcesz jej zaciągnąć do łóżka.

Z Bubą sprawa była prosta – wystarczyło słowo, żeby się porozumieć bez tych okropnych podtekstów, bez domyślania się, co miała na myśli lub czego nie miała na myśli.

Śmieszne było to, że wypatrzyła go przed rokiem na tej nieszczęsnej wystawie, na której rozpylano zapach „Nocny kowboj" (bo przecież, panie Romanie, ktoś musi to sponsorować) i większe zainteresowanie budziła firma kosmetyczna i próbki rozdawane przy wejściu, a on – autor! autor! – stał w tym tłumie ludzi i nie wiedział, co ze sobą zrobić.

No cóż.

Śmieszna Buba.

Maluj, Romek, maluj, cokolwiek! Nie możesz przestać malować! Jak otwieram oczy, to tak się cieszę!

Dziecinna Buba, dał jej kiedyś szkic, niezupełnie udany, a ona oprawiła go i powiesiła naprzeciwko łóżka.

Julia, Julia wraca z Londynu!

No i co z tego?

Nie znał Julii, prawdę mówiąc, nie chciał jej tak poznawać, z taką intencją, jak życzyła sobie tego Buba. Nie czuł się gotowy do jakiegokolwiek zaangażowania, a próba zainteresowania go nieznajomą wydała mu się niemądra. A poza tym wydawało mu się śmieszne, że Buba prezentuje zalety Julii i wierzy, że można polubić osobę, bo tak się postanowi. Oczywiście, Julia wracała do świętej piątki, więc na pewno się z nią zaprzyjaźni, ale Roman, choć skrzętnie to ukrywał, nie wierzył, że się zakocha. Próbował Bubie wyjaśnić, że za wiele zainwestował rok temu, że tamtej dziewczynie udzielił zbyt wielkiego kredytu, który roztrwoniła, zupełnie się z nim nie licząc, ale Buba spojrzała na niego dość nieprzyjemnie.

– Ty posłuchaj, jaką frazą ty do mnie przemawiasz: inwestycja, kredyt, spadek zaufania. Nie rozmawiasz z Krzyśkiem o akcjach, na miłość boską! Gadasz jak buchalter!

Nie odpowiedział, ale to go ubodło i zaraz mu przyszła na myśl następna rzecz, z której już się nie zwierzył. W dzisiejszym świecie należało mieć coś więcej poza wynajętym strychem, dwoma koszulami, jedną w czerwoną kratę, a drugą czarną, niepewnymi zarobkami i – ciągle miał nadzieję – talentem.

– Pasowalibyście do siebie. – Buba zawsze była pewna, że wystarczy powiedzieć słowo, a słowo ciałem się stanie.

Lubił Bubę, zawsze wydawała mu się krucha. Pod pancerzem żółwi z Galapagos też jest kruche, bezbronne mięso. Buba przypominała mu żółwia, który w każdej chwili może przewrócić się na grzbiet i wtedy trzeba mu będzie pomóc znów stanąć na nogi. Albo dobić. Ale jest naiwna, sądząc, że wystarczy sobie wymyślić osobę do kochania i taka osoba, czary-mary, hokus-pokus – pojawia się na świecie.

A poza tym zauważył coś niepokojącego. Buba miała problem z alkoholem albo z prochami, albo z jednym i drugim. Nie chciał być nielojalny wobec niej, ale widział ją w środę na Rynku w bardzo nieciekawym towarzystwie dilera Zenka, który zresztą, jak mówiono, powoli wypadał z interesu, ponieważ zaczął brać. Buba również wyglądała, jakby była na haju. Śmiała się głośno, za głośno, a Zenek obejmował ją tak, jakby nie tylko ćpanie ich łączyło. Ale Roman nie chciał się wtrącać; w przeciwieństwie do Buby szanował prawo do stanowienia o sobie. Buba była dorosła, robiła, co chciała.

Wzruszająca była jej wiara w to, że on i nieznana mu Julia są dla siebie stworzeni. On już został stworzony dla jednej kobiety. Która wybrała innego. Niech to szlag trafi. Nie narazi swojego serca powtórnie, tego był pewien.

W pracowni było zimno, wciągnął na siebie sweter i na stopy grube wełniane skarpety. Na sztalugach czekało płótno, nagie, przyzywające, płótno wyrzut sumienia, blejtram, na który nie mógł patrzeć – ponieważ już od paru miesięcy nie miał nic do namalowania.

*

Ksiądz Jędrzej przetarł grube szkła. Coraz mniej przez nie widział, ale mimo swojej głębokiej wiary nie chciał wierzyć, że Pan Bóg obdaruje go jeszcze jedną łaską – łaską ślepoty. Miał jeszcze tyle do załatwienia na świecie i do tego potrzebne mu były oczy.

– Zrozum mnie, Boże – szeptał czasami, zapominając o niewłaściwości takiej konstrukcji, wiedział, że Pan Bóg rozumie wszystko, tylko on, Jędrzej, nie wszystko przyjmuje do wiadomości. – Jeszcze trochę, proszę o jeszcze trochę czasu…

A potem przypominał sobie kobietę, która kiedy się dowiedziała, że jej syn zginął w wypadku w wieku dwudziestu dwóch lat, uklękła i powiedziała:

– Dzięki Ci, Panie, że pozwoliłeś mi się dwadzieścia dwa lata cieszyć jego obecnością na tej ziemi.

I chylił głowę z pokorą, modląc się o łaskę akceptacji wyroków Bożych. A potem podnosił się z kolan i biegł w miasto załatwiać wszelkie niecierpiące zwłoki sprawy, takie jak pieniądze na kolejne ludzkie biedy, bo choć wychodził z założenia, że świat jest najlepiej urządzonym miejscem we wszechświecie, to serce go bolało, że nie dla wszystkich.

A poza tym miał słabość. Słabość ta poległa na wierze, że oczy można zmusić do widzenia lepiej, pod warunkiem, że się ich sztucznie nie wspomaga. Ksiądz Jędrzej natrafił na broszurę, w której niemiecki instytut polecał ćwiczenia wzroku – zabawę piłką na gumce i śledzenie wzrokiem tej piłki, gimnastykę gałek ocznych, patrzenie do góry i na dół bez podnoszenia i schylania głowy. Jednym słowem, ćwiczenie mięśni oczu. Miało to przynieść efekty i ksiądz Jędrzej używał okularów ukradkiem, kiedy nikt nie patrzył, nie przyznając się do postępującej ślepoty.

No cóż, nikt nie jest doskonały. Teraz jednak wzrok nie może odmawiać mu posłuszeństwa, przynajmniej dopóki nie załatwi tych cholernych pieniędzy.

Usłyszał kroki gospodyni, pani Marty, i natychmiast schował okulary do kieszeni.

– O, dzień dobry, pani Marto!

– Niech będzie pochwalony… Mówiłam, żeby ksiądz poszedł do okulisty!

– A po co?

Marta wzruszyła ramionami. Schyliła się do lodówki i wyjęła garnek. Postawiła na palniku, zapaliła gaz. Ksiądz przysunął gazetę do oczu.

Pani Marta trzaskała naczyniami, co było zawsze oznaką niezadowolenia i oczywiście chęci zwrócenia na siebie uwagi. Ale ksiądz Jędrzej nie podnosił głowy.

Postawiła przed nim kubek, z którego rano zwykł pijać kawę, talerz, sztućce, niemiłosiernie przy tym dzwoniąc, szeleszcząc i dźwięcząc. Z dzbanuszka na stole wyjęła trzy zwiędłe różyczki i podstawiając swoją białą dłoń o serdelkowatych palcach pod kapiące łodygi, podreptała się do kosza na śmieci. Ksiądz Jędrzej wykorzystał okazję i podszedł do kuchenki. Podniósł pokrywkę garnka.

– Jajeczka! – ucieszył się.

Pani Marta patrzyła w osłupieniu, jak ksiądz pochylił głowę nad garnkiem i uśmiechnął się:

– Pachną jak mięsko…

– Niech ksiądz siada nareszcie! Jajeczka! – prychnęła pani Marta i zestawiła garnek z połciem ładnej wieprzowiny z ognia. – To na obiad.

– Ale ja tylko kawę wypiję, spieszę się – powiedział szybko ksiądz Jędrzej. – Przegryzłem co nieco po rannej mszy.

Pani Marta obróciła się tyłem, nalała kawy do dzbanka i ze stuknięciem postawiła na stole. Ksiądz Jędrzej nalał sobie do kubka wody z dzbanka po kwiatkach, spróbował, skrzywił się, spojrzał przepraszająco na Martę, upił odrobinę, wziął gazetę do ręki i macając po stole, dolał do kubka z wodą po różach świeżo zaparzonej kawy.

– Bardzo dobra – powiedział, wypił jednym haustem i już go nie było. Pani Marta stała w kuchni znieruchomiała niby żona Lota. Pokręciła głową, jakby chciała strząsnąć z siebie ten obraz, zajrzała do dwóch dzbanków, skrzywiła się i rzuciła w stronę drzwi:

– Żeby mi się ksiądz nie spóźnił na obiad więcej jak półtorej godziny! Nie tak jak ostatnim razem!

Zza drzwi dobiegło:

– Przecież ostatnim razem w ogóle nie wróciłem na obiad!

– No właśnie!

Pani Marta zgarnęła talerz, kubek i dwa dzbanki ze stołu i z takim impetem wrzuciła naczynia do zlewu, że mało się nie potłukły. W oddali trzasnęły drzwi.

Też coś! Niby ksiądz, powinien być poważny, a lata jak kot z pęcherzem. Poza tym są pewne rzeczy na ziemi, którym nie można się przeciwstawić, i trzeba je przyjąć do wiadomości. Taką rzeczą – w to pani Marta nie wątpiła – jest śmierć. Dlatego dopóki nie nadejdzie, można jeszcze coś zrobić – pani Marta zakręciła wodę i wyjęła z kieszeni kupony – może tym razem się poszczęści? Zakreślała kolejne cyferki z wyraźnym zadowoleniem – w końcu jej strategia przyniesie rezultaty, była tego pewna.

*

– I wypełniła pani formularz E-112? Bo zgodę wydaje tylko prezes NFZ. – Głos lekarza był łagodny, obojętny.

– Tak. Mówiłam panu, że otrzymałam odmowę.

– No cóż… No tak… Oni nie mają pieniędzy na wszystko, a ta operacja jest obciążona za dużym ryzykiem. – W białym fartuchu zabrzmiała melodia, biały fartuch podniósł się przepraszająco, odwrócił od niej, cicho coś powiedział do telefonu, znowu usiadł naprzeciwko niej. – Przepraszam. – Nieskazitelnie białe zęby wyszły jej naprzeciw. – Podejmiemy próbę leczenia u nas... Antracyklina była niepotrzebna, no cóż, tak się czasami zdarza, że lekarze chwytają się ostatniej deski ratunku, ale poza tym, że pani straciła włosy... Jest pewna metoda, ale nie daje żadnej pewności. Dotychczas mamy sześć udokumentowanych przypadków całkowitego wyleczenia, ale pieniądze na operację musi zebrać pani sama.

*

Po powrocie do domu zwinęła się w kłębek na kanapie. To niemożliwe, to po prostu niemożliwe, to się nie dzieje naprawdę, niemożliwe, że to koniec życia, to tylko sen, obudzi się i wszystko będzie w porządku... Ogarniał ją paraliżujący strach i wszystkie komórki nagle zaczęły w panice wyczyniać coś, czemu nie mogła się przeciwstawić, panika rozpełzała się do nóg i rąk, i głowy, serce biło szybko i poczuła się tak, jakby leciała w przepaść, a razem z nią cały świat. I nic, czego się można chwycić. W głowie jej wirowało i osuwało się, podnosiło i przesuwało, okno, które widziała spod zmrużonych powiek, zmieniało kształt, malało i rosło, robiło się owalne, a potem ten owal jak mgła rozsuwał się i widziała już tylko jasność, w którą powoli zaczęły spadać ciemne małe kulki znikąd, było ich coraz więcej i więcej, robiło się ciemniej, wiedziała, że musi wstać, zanim zemdleje, że to tylko jej strach, a nie choroba, choroba jeszcze się czai, dlatego taka wredna, dlatego ją zaskoczyła i zabija, to nie choroba sprawia, że traci wzrok, a świat wokół niej rozpada się na czarne kulki, tylko panika, więc zmusi się do wstania, weźmie prysznic, pooddycha głęboko przeponą, weźmie prysznic i wszystko minie.

Pomyśli później, nie będzie się bać, przecież jeszcze nie zaznała nawet miłości, jeszcze nic za nią i ma już być nic przed nią? Przecież powiedział, że będziemy leczyć, tylko inaczej. To inny lekarz, może mądrzejszy, może tamten nie wiedział, co robi, a ten będzie wiedział.

Więc wstać, wstać powoli, żeby świat przestał kołować, i iść do łazienki.

*

Róża wycierała się niebieskim ręcznikiem i z zadowoleniem tarła swoje ciało po zimnym pryszniku aż do zaczerwienienia. Krew zaczęła szybciej krążyć, Róża sięgnęła po balsam do ciała i konsekwentnie nakładała cieniutkie warstwy, najpierw na łydki i uda, i ruchami od dołu do góry masowała nogi. Była z nich zadowolona, szczupłe, ale silne, ćwiczenia trzy razy w tygodniu pozwalały jej zachować świetną sylwetkę. Potem brzuch, w prawą stronę wokół pęp-

97

ka, zgodnie z ustawieniem esicy i okrężnicy, potem pośladki, kształtne i silne: *gluteus maximus*, *gluteus medius*, *gluteus minimus*, potem ramiona i przedramiona. Na bliznę nakładała specjalny krem na blizny. Działał. Teraz Róża wyjęła tubkę kremu do piersi, roztarła na dłoni przezroczysty żel i lekkimi okrężnymi ruchami namaściła najpierw lewą, a potem prawą pierś. Żałowała, że nie może zgodnie z zasadami sztuki wysmarować mięśnia kapturowego, ale nawet przy jej giętkości musiałaby zawinąć i wykręcić ręce na plecach w sposób dostępny chyba tylko małpom. Zakręciła tubkę z żelem i sięgnęła po krem do oczu. Nie naciągając skóry, wklepywała koniuszkami palców białawą masę, dopóki nie pozostał żaden ślad. Potem zamoczyła palce w okrągłym słoiczku, którego napis donosił, że zawartość odmłodzi, udrożni, utleni, zaowocuje, i rozprowadziła krem *zygomaticus maior*, *zygomaticus minor* i *risorius*.

Róża okropnie bała się małpiego pyszczka, a wiedziała, że te właśnie mięśnie wyciągają się nieprzyjemnie i są odpowiedzialne za starcze zmarszczki wokół ust. Wreszcie zaczesała ciemne włosy do tyłu i związała w koński ogon grubą frotką, która nie powinna uszkodzić struktury włosa. Spojrzała w lustro z zadowoleniem. Była zgrabna. Co prawda, różnica między talią a biodrami nie wynosiła wymarzonych trzydziestu centymetrów, tylko dwadzieścia sześć i pół, ale i tak wyglądała bardzo nęcąco.

Uśmiechnęła się do swojego odbicia w lustrze – zabieliły się równe zęby, o które dbała tak jak o całą resztę. Udawała, że nie widzi koloru swojej cery, w końcu jak jest podmalowana, to naprawdę nie widać, żeby coś było nie w porządku. Narzuciła szlafrok i weszła do kuchni. W szafce nad zlewem równo poukładane naczynia czekały na wezwanie. Wyjęła czerwony kubek – dzisiaj potrzebuje energii, odruchowo poprawiła szklanki, jedna z nich wysunęła się poza równy szereg, i nastawiła kaszę jaglaną, którą jadła zawsze na śniadanie. Kasza była zdrowa, nie miała zbyt wielu kalorii, natomiast bardzo dobrze wpływała na trawienie i czyszczenie jelita cienkiego lub grubego. Róża włożyła do szklanki pół łyżeczki miodu, oczywiście scukrzonego, i zalała go ciepłą wodą. To wypije przed śniadaniem, żeby wzmocnić serce. Teraz ma czas, żeby się ubrać i zrobić makijaż.

Kasza cichutko pyrkała na ogniu, kiedy Róża ostatnim pociągnięciem tuszu, przy lekko zmrużonych powiekach, kończyła się malować. Spojrzała jeszcze raz na siebie z satysfakcją. Sebastian lubi zadbane kobiety – tyle razy jej to powtarzał. I tak pięknie zachwyca się jej ciałem. No cóż, trzeba cierpieć, żeby się podobać. Żeby jeszcze udało jej się zmniejszyć obwód pasa do sześćdziesięciu dwóch centymetrów...

Usunęła lusterko ze stołu, podniosła się i otworzyła szafkę koło okna. Na najwyższej półce ustawione według wzrostu siedziały dzbanki i salaterki, półmiski i miseczki. Na drugiej od góry duże talerze, talerzyki, głębokie talerze i dwa półmiski na rybę w kształcie ryby. Na dolnej w przezroczystych pojemnikach, od prawej, stała mąka pszenna poznańska, kasza jaglana, kasza gryczana, ryż długoziarnisty, rodzynki sułtańskie, sól kamienna, cukier brązowy, ziarna słoneczników, ryż biały. Na pierwszej półce Róża ma siebie, na drugiej również siebie, co jest na trzeciej, nie widać. Może jakieś przyprawy?

Na której półce Róża przechowuje miłość?

*

Piotra nie opuszczało poczucie, że coś się bezpowrotnie w jego życiu zmienia, i to zmienia na gorsze. Właśnie teraz, kiedy powinno być lepiej, kiedy już nie muszą walczyć o każdy grosz, kiedy stać ich na więcej, kiedy mieszkają sami (a pierwsze lata małżeństwa mieszkali kątem u rodziców Piotra). Starał się jak mógł, ustępował Basi we wszystkim, chciał, żeby była szczęśliwa i zadowolona, a ona szczęśliwa nie była. Chwilami czuł, że się dusi w domu, że wokół niego zaciska się jakaś pętla. I lepiej mu było poza domem; to spostrzeżenie sprawiało mu wyraźną przykrość.

Kochał swoją żonę, wtedy kiedy nie była blisko niego. Starał się teraz mówić jej o wszystkim, ale rozmowy jakoś nie szły. Mówił, o której wraca i gdzie robił zdjęcia, kiedy się ukażą i jaki korek był na placu Wolności. Mówił, kogo spotkał i o czym rozmawiali, ale Basia, tak dociekliwa kiedyś, teraz słuchała tego wszystkiego bez zainteresowania i podejrzewał, że i tak myśli swoje.

Miał wrażenie, że słowa zaczynają służyć do tego, żeby coś ukryć. Miał wrażenie, że zaczęła go traktować, o nie, nie jak powietrze, bez powietrza nie można żyć, ale że był *obok*, wepchnięty wbrew sobie do innego wymiaru. Basia była za szybą, mógł jej dotknąć, ale nie mógł jej poczuć.

Kiedyś zapytał wprost:

– Czy ty mi wierzysz?

Basia uśmiechnęła się wtedy do niego i powiedziała zdawkowo:

– Wierzę, wierzę.

Ale miał dziwne poczucie, że przestał ją obchodzić. A jednocześnie... to grzebanie po kieszeniach, otwarte koperty (myślałam, że to rachunek), otwarty kalendarz. Przecież niczego nie ukrywał.

A jeśli ukrywał, to w trosce o nią i rzeczy nieistotne. Dla niego nieistotne.

Może małżeństwo właśnie w taki sposób ewoluuje?

Brakowało mu tamtej Basi, wesołej i ufnej.

Siedział przy komputerze i przeglądał stare płyty, porządkował i wyrzucał niepotrzebne zdjęcia. Z ekranu patrzyła na niego Basia, przyłapana oczywiście przez aparat. Basia nie znosiła, kiedy kierował w nią zoom, nienawidziła, kiedy ją fotografował, zdjęcia, które miał przed sobą, robił ukradkiem, kiedy nie widziała, i to były najlepsze jego zdjęcia. Których oczywiście nie mógł jej pokazać, bo obiecał, że nie będzie jej fotografował bez jej zgody. Nie dotrzymał słowa i lubił je przeglądać.

Może w ten sposób ludzie dojrzewają do dziecka? Jest czas na bycie tylko we dwójkę, a potem czas na scementowanie związku, na inne problemy? Ale przecież oni nie mieli żadnych problemów.

Zamknął plik pod tytułem Fabryka Trzciny, Basia zniknęła i zmieniła się w drobne litery na desktopie. Wyjął płytę i schował do ochraniacza. Otworzył fotoshopa i następny plik i zabrał się do obrabiania zdjęć. Do siedemnastej musi je wysłać do redakcji, a potem przyjdzie Konrad, któremu obiecał pomóc.

Konrad stracił cały twardy dysk, a przecież pomaga się koledze po fachu, udostępni mu swój komputer.

*

Śniło jej się, że jedzie autobusem. Ludzie drzemią z opuszczonymi głowami, jest noc, choć w świetle księżyca widać krajobraz. Jest coraz bardziej zaniepokojona, bo autobus wyraźnie zboczył z drogi, nie widać żadnych pasów, żadnego asfaltu, wokół jest pustka, nie może dostrzec, co się dzieje i gdzie są, choć przytula twarz do szyby. Podnosi się z fotela, coraz bardziej przerażona, i potrząsa za ramię drzemiącą najbliżej kobietę. Kobieta podnosi głowę, jej włosy rozsypują się na boki, i wtedy widzi, że kobieta nie ma twarzy, tylko plastikową bezkształtną maskę, bez oczu, ust, jak niedoskonały manekin. Odsuwa się z przerażeniem, jej nagły ruch budzi mężczyznę tuż za kobietą, mężczyzna podnosi twarz i znowu ma przed sobą maskę, więc w panice biegnie do przodu, potrącając kolejne osoby, wszystkie z maskami zamiast twarzy, podbiega do kierowcy, jest oddzielony pleksiglasową szybą i serce jej martwieje z przerażenia, ponieważ w długich światłach autobusu widzi bagno, zielonkawe błoto, na spleśniałą powierzchnię wydostają się spod ziemi bąble pękające w zwolnionym tempie.

A więc to tak, to kwestia czasu, za chwilę koła autobusu ugrzęzną tu na zawsze i wszyscy powoli zostaną wciągnięci pod zjełczałą, chorą ziemię, autobus zapadnie się, zrobi się ciemno, błotnista breja pozalewa najpierw szyby, potem przez nieszczelności dostanie się do środka i wypełni pogrzebany autobus po brzegi. Nikt się nigdy nie dowie, gdzie i jak zginęli.

Waliła mocno w pleksiglasową szybę, bo kierowca zdawał się nie widzieć, że się zgubił, pojechał za daleko, nie rozumiała, jakim sposobem nadal utrzymują się na powierzchni bagna, waliła i waliła w szybę oddzielającą ją od kierowcy, a ludzie podnieśli maski i utkwili w niej swój bezwzrok i kierowca się odwrócił.

W plastikowej twarzy miał puste szpary w miejscu oczu. Odwrócił się jak manekin znowu w stronę bagna.

Byli straceni.

Obudziła się z charczeniem, gwałtownie uniosła się na pościeli, żeby złapać oddech, dopiero po chwili dotarło do niej, że to tylko sen, tylko niedobry sen.

*

Inwentaryzacja i kontrola w jednym. Przed likwidacją! I jeszcze jak jej się przyglądają! Mogłaby, flądra jedna, ciszej wygłaszać komentarze!

– Popatrz na tę kobietę! – Jedna z tych pań mówi o niej niby szeptem, ale scenicznym.

Wie bardzo dobrze, jak wygląda.

Poza tym nie jest tu potrzebna, pójdzie w głąb, między półki, ma listę książek, które powinny tu być, ale nie ma ich na miejscu, poszuka, nie będzie słuchać komentarzy obcych kobiet.

*

– Co komu po urodzie – usłyszała Basia pewnego wieczoru.

Już od ósmej leżała w łóżku, w jej domu panowały niezmienne zwyczaje, dziecko musiało być w łóżku po ósmej, najdalej wpół do dziewiątej, i chociaż Basia miała już dwanaście lat, grzecznie mówiła dobranoc i szła do swojego pokoju. Światło musiało być zgaszone, potem mama przychodziła sprawdzić, czy Basia śpi, czasem wchodził ojciec, jeśli akurat był w domu.

Tej nocy Basia do późna pod kołdrą przy latarce czytała „Hrabiego Monte Christo". Kiedy odłożyła książkę, w ogóle nie chciało jej się spać.

Zastanawiała się, czy miałaby dość siły, żeby latami szukać ludzi, którzy ją skrzywdzili, czy wytrzymałaby pobyt w twierdzy If i co by zrobiła z fortuną, oczywiście, gdyby była na miejscu hrabiego.

Na pewno kupiłaby od razu piękny czerwony samochód i wszyscy w klasie by jej zazdrościli i miałaby kierowcę, który by ją woził.

I wtedy zza ściany, usłyszała:

– Co komu po urodzie, no powiedz?

To był głos cioci Ireny i Basi aż ścisnęło się serce. Jak ona tak może mówić o jej mamie? Mama na pewno była ładniejsza od cioci Ireny. Była prawie tak ładna jak aktorki w filmach, tylko miała pomarszczone czoło, między oczami trzy albo cztery zmarszczki, które nadawały jej twarzy ostry wyraz. Ale jakie prawo miała ciocia Irena, żeby tak mówić? Z tym swoim kartoflanym nosem i wąskimi ustami i grubymi paluchami u dłoni, jakby pożyczonymi od innego człowieka?

I dopiero kiedy mama odpowiedziała, Basia zrozumiała, że to nie o urodę mamy chodzi.

– No wiesz – powiedziała mianowicie mama Basi – z brzydkiego kaczątka czasem wyrasta piękny ptak, a Basia ma jeszcze czas.

– Ja mówię, że to dobrze właśnie! – Ciocia Irena podniosła głos. – Ładne to głupie, a lepiej, żeby dziewczyna miała w głowie dobrze poukładane! Tylko żeby ona sobie kogo znalazła…

– To przecież jeszcze dziecko – powiedziała mama, a Basia wtuliła nos w poduszkę i starała się nie oddychać. Naciągnęła na głowę kołdrę i żałowała, że nie śpi.

Hrabia Monte Christo nic nie jadł i nie pił, kiedy był z wizytą w domu prokuratora, ponieważ nie je się i nie pije w domu wroga. Czy gdyby ona przestała jeść i pić, rodzice zorientowaliby się, co o nich myśli? Zastanowiliby się przez chwilę? Czy zmuszaliby ją do jedzenia? Pomyśleliby, że się odchudza. A przecież od odchudzania nie jest się ładniejszym.

Pomyśleliby, że ma muchy w nosie.

– Znowu masz muchy w nosie? – prawie usłyszała pod kołdrą głos matki.

– Panno Mary kapryśnico, rozchmurz zagniewane lico – powiedziałby ojciec, gdyby był w dobrym humorze. Bo tak mówił zawsze, jak Basia się nie uśmiechała, a on był w dobrym humorze. Czyli nieczęsto.

Jak wyjrzały – zobaczyły i nie chciały dalej spać, kaprysiły, grymasiły, żeby im po jednej dać, przypomniała jej się piosenka z dzieciństwa, którą nuciła do snu babcia.

– Grymasisz – mówiła babcia.

– Mygrasisz – powtarzała mała Basia.

– Powiedz: lokomotywa. –Tata trzymał ją na kolanach i tarmosił za warkocz.

– Lomokotywa – powtarzała mała Basia.

– Moje kaczątko! – zachwycał się wtedy tatuś.

A nie zachwycał się.

Po prostu była jak kaczka. I tyle lat myślała, że to zachwyt, uwielbienie, ukochanie.

– Byleby miała poukładane w głowie.

Bybyle łamia upołakdane w wiegło.

Dotychczas Basi nie przyszło do głowy, że może być nieładna, że może się różnić, że jest inna, a najbardziej nie przyszło jej do głowy, że ciocia Irena może o tym wiedzieć.

Ale od tego wieczoru wszystko się zmieniło.

Jak duszno było pod tą kołdrą!

Kiedy mama zamykała drzwi za ciocią Ireną, Basia przewróciła się na brzuch, objęła rękami poduszkę i zacisnęła oczy. Mama mogła jeszcze wejść i sprawdzić, czy wszystko w porządku. Ale tym razem szczęśliwie nie weszła i Basia powoli uspokajała kołatanie serca. Widziała stada kaczek, brzydko kiwających się na krótkich nogach, widziała siebie, niemogącą oderwać się od ziemi, aż wreszcie zmęczona zasnęła.

Następnego dnia odmówiła zjedzenia śniadania.

Nie jem i nie piję w domu moich wrogów! – myślała, pilnie obserwując zachowanie rodziców. Ale mama nie odzywała się do niej ani do ojca, a jej jakby nie zauważała. Ojciec odpowiedział tylko krótkim burknięciem na jej dzień dobry i zatopił nos w gazecie, Basia chwilę posiedziała przy stole, słuchając trzaskania naczyniami, które mama gwałtownie wrzucała do zlewu, a potem podniosła się i poszła do szkoły.

Tego dnia w klasie zauważyła, że dziewczynki patrzą na nią inaczej niż zwykle. Na lekcji wychowania fizycznego nie chciała się przebrać, skłamała, że nie ma kostiumu. Siedziała na ławce i przyglądała się swoim koleżankom. Były zgrabne, długonogie, niektóre miały piersi. Coraz bardziej kuliła się na ławce pod drabinkami i coraz większą widziała różnicę między sobą a innymi.

Wracała do domu sama, z kluczami w zaciśniętej dłoni. Potem czytała „Hrabiego Monte Christo" przy biurku, na książce leżał zeszyt do języka polskiego, wystarczająco duży, żeby przykryć rozłożoną książkę.

– Uczysz się, córeczko? – Mama wsadziła głowę w drzwi. – Jadłaś zupę? – zapytała, nie czekając na odpowiedź na pierwsze pytanie.

– Jadłam – skłamała Basia.

Ojciec wrócił z pracy po południu, skruszony, z różami, przepraszał mamę, obiecywał coś ściszonym głosem, a hrabia Monte Christo mścił się i mścił.

– Basiulek, jesz z nami kolację? – Matka z mokrymi oczami zajrzała do jej pokoju, kiedy było już ciemno.

– Nie, dziękuję – powiedziała Basia.

I hrabia Monte Christo zemścił się jednak.

Ale nikt nic nie zauważył i Basia zrozumiała, że nie je i nie pije na próżno.

Następnego dnia na śniadanie zjadła cztery kromki chleba z kiełbasą i ogórkami kiszonymi.

Po których zwymiotowała.

*

Basia szła między regałami i chciało jej się płakać. Dlaczego życie jest takie wredne? Dobrze, że wraca Julia. Dobrze, że wracasz, pomyślała Basia.

Julia przyszła do ich szkoły na początku szóstej klasy. Była już wtedy olśniewająca i Basia wiedziała, że na taką szarą myszkę jak ona, ta nowa, na pewno nie zwróci uwagi.

– „Ten obcy" – to jest książka, pożyczę ci, myśmy już przerabiali – zachwycały się koleżanki w klasie. – A gdzie mieszkasz? A co robi twój tata? Ale masz czadowe spodnie!

Każda z nich chciała rozmawiać z Julią, przynajmniej stać przy niej, bo wtedy spojrzenia chłopców wędrowały w stronę Julii i można było być zauważoną, chociaż jako tło.

Tylko Basia się nie pchała, stała z boku i czuła się coraz bardziej osamotniona.

– Zadziera nosa – oceniły koleżanki Julię, Basia słyszała to w szatni, schowana za płaszczami, kiedy udawała, że jej nie ma. – Głupia gęś!

– Jedziesz na narty na Słowację? – zaczepiały Julię.

– Nie wiem – odpowiadała cicho Julia.

– Ona uważa, że jest lepsza, pokażemy jej – ustaliły.

Basia była przezroczysta, nie musiały się przed nią kryć.

– Schowajmy jej kurtkę!

Po lekcjach Basia zeszła do szatni ostatnia. Usłyszała cichutki szloch i zobaczyła Julię, która siedziała koło Basinego nieładnego płaszcza i ocierała oczy.

– Wiem, gdzie ci schowały kurtkę – powiedziała Basia i w tym momencie straciła wszystkie koleżanki, a zyskała przyjaciółkę.

Obie nie pojechały na wycieczkę szkolną do Słowacji.

– Moi rodzice się rozwodzą – powiedziała Julia – w ogóle ich nie obchodzę.

– Moi rodzice nie mają pieniędzy – powiedziała enigmatycznie Basia. Matka znowu miała czerwone oczy, a tata znowu przychodził w dobrym humorze i robił jej niespodzianki.

Nie chciała pamiętać, jak matka trzęsła rowerem górskim przyniesionym przez ojca i krzyczała:

– Coś ty jej kupił, ja nie mam na czynsz, co my będziemy jedli?! Oddaj to do sklepu, czyś ty postradał zmysły?!

Rower górski został tego samego dnia odniesiony, a miał bordową ramę i był najładniejszą rzeczą, jaką Basia w życiu widziała. Nienawidziła tego dnia matki i nie rozumiała, jak mama mogła być zazdrosna o jej rower.

Wtedy Basia doszła do wniosku, że najbardziej na świecie kocha Julię. I tylko one dwie w całej klasie wiedziały, że Mercedes to imię ukochanej hrabiego Monte Christo, a nie marka samochodu.

*

O tym, że złapała Pana Boga za nogi, Basia dowiedziała się pewnego słonecznego popołudnia. Pamięta dokładnie ten dzień, było zimno, mroźno, srebrnomgliście, Piotrek podjechał pod jej dom samochodem swoich rodziców, a ona zbiegała po schodach, po dwa stopnie, byle szybciej znaleźć się w jego ramionach, szczęśliwa, już nie kaczka, tylko kobieta, którą on wybrał i którą – nie śmiała o tym pomyśleć, ale... – kochał. W każdym razie do tego zimowego dnia pamięć Basi drzemała sobie spokojnie, ta pamięć, która wiedziała, że ona, Basia, jest gorsza.

Wprost przeciwnie – była lepsza! Lepsza lub najlepsza, była najważniejsza, była najszczęśliwsza, bo Piotrek podjeżdżał·

– żebyś mi nie zmarzła (bo dzisiaj w nocy było minus osiemnaście),

– żebyś mi nie stała na przystanku (przecież pada),

– żebyś mi się nie zgubiła, nie zachorowała, nie uciekła, nie zniknęła.

Jednym słowem, Piotrek był szczęśliwy, że była.

I to „mi"! Jemu miała nie zmarznąć, nie zachorować, nie uciec, nie zginąć. Jemu! Ach, życie było tak piękne!

Piotr wysadzał ją przed gmachem Uniwersytetu, a sam szukał miejsca do zaparkowania.

Tego dnia, parę lat temu, Piotr się jej oświadczył, malutkim pierścionkiem z szafirem i ciepłem swoich dłoni, z których nie wypuszczał jej rąk przez cały wieczór. Och, pamięta ten dzień, mogłaby go odtworzyć minuta po minucie, od tego ranka i tych schodów, aż do knajpy Pod Aniołem, w której Piotr się oświadczył.

A mianowicie zapytał:

– No?

– Co: no? – zapytała Basia.

– To jak?

– No! – pokiwała głową Basia.

Zupełnie jakby nie była na trzecim roku polonistyki.

Wróciła do domu jak na skrzydłach!

– Mamusiu! Jestem zaręczona z Piotrem! – krzyknęła od drzwi, równo cztery lata temu, no, nie całkiem równo.

– Złapałaś Pana Boga za nogi! – ucieszyła się matka Basi, a Basię ogarnął chłód, choć jeszcze nie wiedziała dlaczego.

Leżała w wannie i przyglądała się pierścionkowi. Błyszczał w pianie, jej upierścieniona ręka już należała do Piotra. Położyła się w swoim pokoju, zgasiła światło i przyglądała się cieniom na ścianie. Chciała przypomnieć sobie to uczucie radości sprzed paru godzin, ale coś się zrobiło i ta radość nie chciała wrócić.

– *Żeby sobie tylko kogoś znalazła.*

– *Żeby ktoś ją zechciał.*

– *Trafiło się ślepej kurze ziarno.*

– *Kto by się spodziewał.*

Czy gdyby ojciec żył, toby się ucieszył?

Czy ten wspaniały Piotr jest taki wspaniały, skoro ją pokochał? Może ma jakiś feler? Kiedy się zorientuje, że ona nie jest ani ładna, ani wspaniała, ani taka mądra, ani dobra? I co będzie, kiedy to nareszcie zauważy? Ale może nie zauważy, ona się postara, będzie się starała ze wszystkich sił.

I Basia zasnęła, mocno przytulając do siebie obie nogi Pana Boga, bo nie miała wyjścia.

*

– Zobacz, jak ta kobieta wygląda! – Kontrolerka ściszyła głos. – Co za niezwykłe włosy, twarz. Co ona robi w tej bibliotece?

Ale Basia oczywiście już nie mogła tego słyszeć.

*

Krzysztof przyszedł do pracy jak zwykle pół godziny wcześniej. Czekał go dzisiaj niemiły obowiązek powiadomienia sekretarki, że nie podpisuje z nią umowy na czas nieokreślony ani nawet określony, po prostu w ogóle z nią niczego już nigdy nie podpisze, bo okres próbny się kończy z dniem trzydziestego pierwszego, i to by było na tyle. Jego firma działała w tym zakresie dość brutalnie, ale zaakceptował tę brutalność, ponieważ tak robili wszyscy.

Jednak rozmowa z sekretarką będzie nieprzyjemna, bo on musi wspierać stanowisko firmy, a chociaż naprawdę nie lubił kobiet, to rozumiał, że przed

113

świętami taka wiadomość może nie być przyjemna. Wolałby, żeby sprawę załatwiły kadry, ale miał na tyle poczucia przyzwoitości, że brał odpowiedzialność za swoje decyzje.

Udawał, że nie słyszy szeptanek pod swoim adresem, choć nie sprawił mu przyjemności komentarz wysłuchany kiedyś w ubikacji męskiej na pierwszym piętrze.

Rozpoznał głosy zza drzwi kabiny i bardzo szybko szef działu konsumentów został przeniesiony do Rzeszowa, pozostając w błogiej nieświadomości, że stało się to wyłącznie na życzenie Krzysztofa.

Komentarz był dla Krzysztofa dość nieprzyjemny, a ponieważ znajdował się w sytuacji dość groteskowej, w dodatku w kabinie zabrakło papieru, nie mógł zachować się stosownie do sytuacji, to znaczy wyjść, spojrzeć, zobaczyć paraliżujący strach w ich oczach, odwrócić się i spokojnie odejść.

– Prezes przypomina żyrafę – mówił głos szefa działu konsumentów.

– Żyrafę? To spokojne stworzenie, nikomu nie wadzi, nie popierdoliło ci się? – Ten głos należał do kogoś z działu administracji, ale Krzysztof nie zwykł zwracać uwagi na ludzi, którym się nie powiodło.

– Żyrafę. Długa szyja, głowa wysoko, pije taki źródlaną wodę i ona mu tak ładnie spływa do gardła, tak długo się nią może rozkoszować, a potem listki wcina, słodziutkie i one tak długo wędrują do żołądka, w błogostanie takim taka żyrafa jest, pojmujesz!

Odgłosy sikania do pisuaru zlewały się ze sobą, potem rozległ się odgłos spłukiwania wody i Krzysztofowi uciekło parę słów, ale na nieszczęście dla kierownika działu konsumentów usłyszał końcówkę:

– ...i mam nadzieję, że będę przy tym i ja pierwszy będę się śmiał, kiedy on zacznie rzygać, wyobrażasz to sobie? I będzie rzygał i rzygał, tak długo jak się pasł tą trawką... bo żyrafy mają długie szyje, nie?

Żeby wszystko było jasne, Krzysztof nie zabiegał o dowody sympatii pracowników, było mu zupełnie obojętne, czy go lubią, czy nie, był ponad to, ale nie lubił ludzi nieinteligentnych, a właśnie brakiem inteligencji popisał się kierownik działu konsumentów, nie sprawdzając, czy przypadkiem jego szef nie ma jakichś dolegliwości gastrycznych.

Sekretarka również właściwie mu nie przeszkadzała, z trudnością pamiętał, jak ma na imię, przed nią była Magda, jeszcze przedtem Zosia, ale łatwiej było zatrudnić nową, na próbny trzymiesięczny okres, potem następną i następną, bez konieczności podwyższania pensji. Okres próbny to było dużo niższe wynagrodzenie i brak zobowiązań. A wiadomo, stały etat to początek zwolnień, ciąż, chorobowego i całego tego bałaganu związanego z tak zwaną kobiecością. Jeśli mógł zatrzymać pieniądze firmy w firmie, to OK, Krzysztof nie przywiązywał się do ludzi, a już na pewno nie do kobiet.

Spojrzał na zegarek i nacisnął interkom.

– Pani Ewo, proszę przyjść do mnie koło jedenastej – powiedział chłodno – i do jedenastej nie przyjmuję nikogo, jestem zajęty.

Nie czekając na służbowe „tak jest, szefie", wyłączył się.

*

Julia weszła do kuchni i jednym rzutem oka oceniła i doceniła starania matki: na stole stały filiżanki, przy tosterze przygotowane do włożenia kwadratowe kromeczki żytniego chleba, ser, dżem, zaparzona kawa. Jak w niedziele, dawno, dawno temu, kiedy była jeszcze dzieckiem i na stole były trzy nakrycia. Potem ona i matka robiły sobie śniadania osobno.

– Cześć, mamusiu. – Pocałowała matkę w nadstawiony policzek, a matka lekko się uchyliła.

Nie lubiły się dotykać, to rodziło u obu nieprzyjemne uczucie zażenowania, a Julię przebiegał nieprzyjemny dreszcz, bo nie wiedziała, jak się zachować. Matka nie dotykała jej często i nie musiały się witać, mieszkając w tym samym mieszkaniu, ale dzisiaj… Przecież nie widziały się dwa lata, więc jakoś tak naturalnie nienaturalnie się zachowała i teraz było jej trochę wstyd, ale matka zdawała się tego nie zauważać.

– Siadaj, kochanie, chcesz jajecznicę?

– Nie, dziękuję.

Miała nadzieję, że jakoś uda im się wspólnie zjeść śniadanie, wczoraj nie było czasu na rozmowy, wymówiła się zmęczeniem. Dziś też nie czuła się na siłach długo znosić tej udawanej swobody matki. Siadła przy stole, położyła obok krzesła matki dużą torbę z napisem Marks & Spencer – w środku były prezenty dla niej – a potem włączyła toster.

Matka usiadła naprzeciwko, sztywna i starannie ubrana, mimo wczesnej pory, spojrzała na nią i, oczywiście, zapytała:

– I czy warto było wszystko rzucać, żeby teraz wracać na tarczy?

*

Buba weszła do sekretariatu Krzysztofa i na widok podnoszącej się sekretarki machnęła ręką uspokajająco i powiedziała:

– Krzysio czeka. – I zanim mocno zdziwiona pani Ewa zdążyła otworzyć usta, była już w gabinecie Krzysztofa.

– Mówiłem, żeby... – warknął Krzysztof znad laptopa i zamarł.

Buba, w krótkiej spódnicy – pierwszy raz widział jej nogi – i w swoich nieśmiertelnych martensach podeszła wprost do jego fotela i nachyliła się nad nim. Jej prawa ręka spoczęła na jego prawym ramieniu, odchyliła mu lekko głowę i pocałowała w policzek.

Krzysztof poczuł szum w uszach, zapachniało mu mieszaniną bzu, konwalii? A może tych wczesnych peonii? Buba dotychczas nie kojarzyła mu się z perfumami, był pewien, że raczej używa szarego mydła. W każdym razie siedział nieruchomo z Bubą przytuloną do swojego policzka. Jej rudawe włosy lekko łaskotały go w czubek nosa, ale wstrzymał oddech i czas stanął w miejscu, a jego sparaliżowało wspomnienie innych włosów, siedział jak zaczarowany, nieruchomy cel w chaosie, który rozpętał się bez jego udziału.

– Kawy czy może…

Buba podniosła głowę i wtedy zobaczył twarz pani Ewy; jej pytanie zawisło w powietrzu, na jej bladą twarz powoli jak choroba wstępowały rumieńce, coraz silniejsze i silniejsze. Buba nie zdjęła ręki z ramienia Krzysztofa, wprost przeciwnie, przyciągnęła go do siebie i powiedziała:

– Dziękuję, nic nie potrzebujemy.

Drzwi zamknęły się za sekretarką i Krzysztof zerwał się z fotela, strącając rękę Buby i po raz pierwszy od dawna stracił panowanie nad sobą.

– Czyś ty kompletnie oszalała? Zwariowałaś? Zgłupiałaś?

– To są wyrazy bliskoznaczne, Krzysiu. – Buba nie wydawała się speszona.

– Ty… ty… – Krzysztofowi brakowało słów – jesteś nienormalna! Ja tu pracuję! Co ona sobie pomyśli?

– A obchodzi cię to choć trochę? – Buba patrzyła na niego spod zmrużonych powiek i zauważył, że ma bardzo interesujące oczy, zielonkawe z jakimiś jaśniejszymi brązowymi plamkami.

Wypuścił z siebie powietrze i zamilkł. Był niebotycznie zdumiony, nigdy nie widział takiej Buby.

Wiedział, że owszem, prowokuje, ale nigdy jego. Podejrzewał, że miewa przygodnych przyjaciół, ale zawsze byli to mężczyźni, których nie znał ani on, ani Piotr, ani Roman. Buba skrzętnie ukrywała swoich kochanków.

– Nie nadają się do pokazywania, tylko do używania – powiedziała kiedyś. Wzbudziło to w nich coś na kształt wstrętu. Że też kobieta może tak myśleć!

– Nie życzę sobie, żebyś się tak zachowywała – powiedział teraz oschle i przesunął krzesło. – Nie kompromituj się.

– Przyniosłam ci tylko zdjęcia, byłam u Baśki, leżały przygotowane, to pomyślałam, że wpadnę, i oto jestem. Decyduj, skoro już bawisz się w Pana Boga. – Buba z obszernego plecaka wyjęła kopertę i rzuciła na biurko. – Ekstra. A w środku jest płyta.

Nie podziękował, tylko sięgnął po kopertę, żeby zająć się czymkolwiek i nie patrzeć na Bubę, która w ogóle nie wydawała się skrępowana sytuacją.

Zdjęcia były zachwycające. Piotrowi udało się uchwycić coś, czego nie umiał nawet nazwać. W spojrzeniu kobiety na zdjęciu było wszystko: lekka zaduma, pragnienie, radość, że oto przygląda się czemuś, w obecności kogoś, kogo kocha, kąciki ust na pograniczu rozbawienia i rozmarzenia, jakie możliwe jest tylko u osoby, która nie wie, że jest fotografowana. Zdjęcie wymykało się wszelkim ocenom, nie było zdjęciem symbolem, było tylko niezaplanowanym zdarzeniem i świadkiem tego zdarzenia jednocześnie. Ułamek sekundy przyłapany i utrwalony na zawsze.

Kobieta patrzyła na motyla, który przysiadł na jej wyciągniętej dłoni, gotów do lotu, a przysiadł tak, jakby sfrunął na gotowy do oddania swojego nektaru płatek róży. Kruchość tej chwili podkreślało niezwykłe światło, jak na pierwszych Hamiltonowskich fotografiach, rozmyte światło znikąd lub zewsząd. Obiekt i fotograf stali się jednym. Takiego Piotra nie znał, i to go poruszyło.

– Odlot, nie? – Buba już była przy drzwiach, uchyliła je, a potem celowo, był tego pewien, celowo słodkim i nienaturalnym głosem dodała: – To pa, misiaczku, pa, całuski, rybie łuski, do zobaczenia wieczorem...

Wiedział, że robi mu na złość i kompromituje go przed sekretarką, ale nie mógł nic zrobić, bo głowa Buby zniknęła za drzwiami.

*

Julia wybiegła z domu, trzaskając drzwiami, chwyciła tylko swój długi płaszcz przeciwdeszczowy. Jeszcze słowo i nie wytrzyma. Zostawiła matkę łkającą w kuchni, a przecież obiecała sobie, że spróbuje z nią rozmawiać normalnie. Niestety, to było niemożliwe, niemożliwe kiedyś i niemożliwe dzisiaj.

Już na ulicy uprzytomniła sobie, że w kieszeni ma tylko dziesięć funtów angielskich i musi natychmiast znaleźć kantor, bo nie umiała się poruszać bez grosza przy duszy, a Róża mieszkała dość daleko. Poza tym chciało jej się palić i właśnie, że zapali, pół roku nie paliła, papierosy w Anglii były strasznie drogie, zresztą nie było gdzie palić i palenie jest szkodliwe jak diabli, to prawda, ale teraz... Zaraz wymieni pieniądze i kupi sobie mocne, dobre, długie papierosy i z rozkoszą zapali. Co ją tak zirytowało? Że matka powiedziała: „Wiem, jak się czujesz"?

Wiedza matki była ciężka jak ołów, przytłaczała Julię zawsze, od kiedy pamięta, słyszała tylko:

– wiem, co myślisz, ale...

– wiem, że czujesz się niedobrze, ale...

– wiem, jak to jest, ale...

Przetykane ze znienawidzonymi przez Julię frazami:

Córeczko, to trzeba

– przemyśleć, zrobić, nie robić, wytłumaczyć, pominąć,

lub córeczko, powinnaś

– mieć więcej rozumu, mniej myśleć, więcej robić, zastanowić się, zanim coś zrobisz,

lub

– musisz, kochanie, pamiętać, że nie jesteś pępkiem świata,

lub

– musisz pamiętać, że to ty jesteś najważniejsza.

Otóż Julia nie chciała zawsze musieć i zawsze wypełniać powinności. Trzeba by wynieść śmieci. Trzeba by się pouczyć. Trzeba by skończyć studia. Trzeba by znać świetnie języki obce. Trzeba by rozejrzeć się za jakąś pracą. Trzeba by zapomnieć o tym incydencie.

Incydencie?

Jeszcze dzisiaj rozejrzy się za jakimś mieszkaniem do wynajęcia. To idiotyczne, wynajmować cudze mieszkanie, kiedy ma się własne, ale Julia nie chciała wracać do mieszkania, które było świadkiem jej romansu z Davidem. Nie chciała zbędnych skojarzeń, to okno, które na niego patrzyło, i ta sąsiadka, która oddawała listy, i to:

– Ach, jaka szkoda, nie wyszło, pani Julio, tak to już w życiu jest...

Triumfujące.

Nie chciała tamtego widoku z okna, tamtej kuchni i łazienki.

Dostawała za swoje mieszkanie, wynajęte przed wyjazdem, osiemset złotych miesięcznie, przez dwadzieścia cztery miesiące to sporo pieniędzy. A jej teraz wystarczy kawalerka, da sobie radę, jak zwykle, pod warunkiem, że będzie z dala od matki i jej karcącego wzroku, sposobu mówienia, rad i pomysłów na życie córki.

Julia owinęła się płaszczem, nie było aż tak zimno, ale była pewna, że będzie padać. Niebo było zasnute po horyzont. I co z tego, że już nie ma pracujących dookoła hut, skoro wiecznie jest ciemno? W Londynie przynajmniej raz dziennie słońce przebijało się przez chmury, nawet jeśli lało cały dzień. Tam niebo żyło, zmieniało się z każdą godziną, trochę mgły, a potem cudne słońce, potem deszcz, a już po południu kałuże znowu odbijały jasne niebo. A o zachodzie feerie barw, niebo granatowo-zielone z przebłyskami różowości, chmury wysokie jak ubita dobrze przez Pana Boga śmietana, mięsiste i smakowite. Nad Anglią niebo było wyższe niż tutaj. Skąd ta bajka, że Anglia jest krajem mgły i deszczu?

Gdzie jest jakiś cholerny kantor w tym mieście? Zbierało jej się na płacz. Nie zdołała wytłumaczyć matce, że sprawa z Davidem od dawna jest nieaktualna, od przeszło półtora roku. Właściwie tuż po przyjeździe zorientowała się, że David nie jest zachwycony, że przyleciała na stałe. Myślał, że na dwa tygodnie i przez dwa tygodnie było cudownie w małym domku na Bramin Street. A potem okazało się, że to nie jest domek Davida, tylko jego znajomych. Kiedy powiedziała, że zostaje, twarz mu się zmieniła. Ale jeszcze się łudziła, że nie chciał jej zranić, gdy tłumaczył, że jego sprawy są nieuregulowane prawnie, ale z żoną od dawna są w separacji. Pomógł jej wynająć pokój i znaleźć pracę w barze szybkiej obsługi za osiem funtów za godzinę i okazało się, że musi służbowo wyjechać do Lancaster. Pracowała pod czujnym okiem Anglików, którzy nie mogli zrozumieć, po co cudzoziemcy przyjeżdżają do nich. To znaczy wiedzieli – żeby kraść. Po co mają kraść to, co może ukraść rdzenny Anglik?

Szef baru bał się donosu, zatrudniał ją oczywiście na czarno. Ale pracowała i czekała. Pracowała dwanaście godzin dziennie, a potem czekała na telefony.

Oh, my love, to chodzi o córeczkę, córeczkę, którą kocha nad życie, i nie bardzo wie, co robić.

My daugther jest oprócz ciebie moją jedyną *love*.

A potem zjawiła się u niej Mandy i właśnie wtedy okazało się, że angielski Julii jest znakomity, bo o dziwo, zrozumiała prawie wszystko. Że Mandy i David są małżeństwem od dziesięciu lat i Mandy rozumie, że Davidowi trudno być z jedną kobietą, czyli z nią, ale o ile romanse są wpisane w ich małżeństwo, taką mają umowę, to jednak umowa działa pod warunkiem, że to nie będzie rzutować na ich rodzinę, bo mała Iris musi mieć pełną, szczęśliwą rodzinę, niezbędną dla prawidłowego rozwoju dziecka, a tymczasem rzutuje! Ach, rzutowało, niestety! Choć ona, Mandy, taka cierpliwa.

Więc żeby Julia o tym wiedziała, że ona, Mandy, nie ma nic przeciwko niej *personally*, ale chce uprzedzić lojalnie, że w przypadku złamania umowy konsekwencje będą bardzo przykre i David tego nie chce.

Och, jak bardzo tego nie chce, uppss!

Rozumie?

Proszę bardzo, może zadzwonić, zapytać, nie jest pierwszą cudzoziemką, której Mandy musi wyjaśniać zachowanie Davida, przed nią była bardzo przyjemna Słowenka, Marija, też młodziutka dziewczyna, studentka technik Alexandra.

Ach *very* pracowita, mądra.

David był bardzo zaangażowany, biedny David!

Potem, jak miał kontrakt we Francji, to poznała Françoise, *very special lady*, przyjaźnią się do dzisiaj, więc, ona, Mandy, proponuje Julii wsparcie i jest *very sorry about David*.

You have to understand – to taki chłopiec w krótkich spodenkach, który zawsze napyta sobie biedy, a ona, Mandy, musi mu pomagać i wyciągać go z kłopotów.

Ale rozumie Julię i chce być *helpfull*, jeśli może.

Na wspomnienie tej rozmowy Julii robiło się zimno. Dlaczego tak bardzo dała się nabrać, nie miała pojęcia. Ale po wyjściu Mandy, przemiłej, ładnej trzydziestoparoletniej kobiety, która naprawdę była *very sorry*, Julia postanowiła, że za nic nie wróci do matki.

Właśnie dlatego, żeby matka jak najpóźniej miała okazję do powiedzenia swojego sakramentalnego:

– A nie mówiłam? Przecież to było dla mnie jasne od początku!

Otóż dla Julii nic nie było jasne od początku, poza tym, że zakochała się bez pamięci i bez rozumu.

– Właśnie przy miłości trzeba najwięcej myśleć!

W każdym razie nie wróciła z niczym. Sześć tysięcy funtów to więcej niż trzydzieści tysięcy złotych. Ma z czym zaczynać nowe życie, tylko teraz już będzie ostrożniejsza, i to nie dlatego, że matka tak chce, tylko dlatego, że postanowiła już nigdy się nie narazić na takie odrzucenie.

*

Krzysztof nie chował zdjęć, leżały rozrzucone na jego biurku. Gdzieś w zakamarkach jego mózgu tlił się pomysł, jak je wykorzystać w kampanii reklamowej, całkowicie innej, niespotykanej dotychczas. Wiedział, że jego mózg w odpowiednim czasie zaskoczy i wypluje jasną myśl, którą będzie mógł przeforsować na zebraniu zarządu. I czuł, że ten pomysł postawi w innym świetle nie tylko problem kampanii reklamowej, ale ma szansę zmienić *image* firmy.

Jak bardzo Piotr musiał kochać tę dziewczynę, skoro widział w niej to, co uwiecznił na zdjęciu.

Coś na kształt lekkiej zazdrości przemknęło przez głowę Krzysztofa i uciekło, bo drzwi się otworzyły i z przygaszoną miną weszła pani Ewa, sekretarka, z którą jeszcze dwie godziny temu nie chciał podpisywać przedłużenia umowy o pracę.

Odchylił się w fotelu i gestem wskazał jej krzesło naprzeciwko siebie. Przycupnęła na brzegu. Wziął głęboki oddech i znowu czas stanął w miejscu.

Przez głowę przemknęły mu niespodziewanie myśli, do jakich nie był przyzwyczajony. Miało to jakiś nieokreślony związek z Bubą. Oto zwolni tę kobietę. Ona pomyśli, że to dlatego, że zobaczyła swojego szefa w niezręcznej sytuacji. Na wspomnienie Buby szczęki mu się zwierały ze złości. Ale przecież nie obchodzi go to, co pomyśli ta osoba, która w dodatku nie przekroczy więcej progu firmy. Nigdy go nie obchodziło, co kto pomyśli, ale zawsze postępował jak należało: słusznie, zgodnie ze swoim interesem lub interesem firmy, co na jedno wychodziło. Dlaczego wobec tego teraz ma chwilę wahania? Bo nie chodzi o to, co ludzie pomyślą, jeśli on wie, że postępuje słusznie. Ale pewność tę stracił nagle, bo oto sekretarka pomyśli, że z powodu tych cholernych całusków Bubowych ją zwalnia, a chodzi przecież o zupełnie coś innego. I to jej zaraz wytłumaczy, bo przecież z raz podjętych decyzji nie ma zamiaru się wycofywać.

Ale jej spuszczony wzrok i cała postawa, czujna jak zwierzątka gotowego do ucieczki, była dla niego obrazą. Chrząknął.

– Pani Ewo, okoliczności...

– Nic mnie nie obchodzi pana prywatne życie. Myli się pan, jeśli pan myśli, że wynoszę poza obręb tego pokoju jakiekolwiek słowa, spostrzeżenia czy uwagi. Ale i tak wiem, że mnie pan zwalnia.

Jej głos był silny i brzmiał tak absurdalnie w połączeniu z jej uniżoną pozycją, że Krzysztof zanim zdążył pomyśleć – to przez Bubę, cholerna Buba – usłyszał, jak mówi:

– Nie mam zamiaru pani zwolnić – zawahał się – to znaczy, prawdę powiedziawszy... chcę z panią podpisać umowę na czas nieokreślony... jeśli pani chce ze mną pracować.

Na sekundę ich oczy się spotkały i jej nieopanowana radość zaraziła go, bo uśmiechnął się, dopiero po chwili przybrał zwykły wyraz twarzy i dodał już bardziej oficjalnym tonem:

– Projekt umowy jest w pani komputerze, proszę wypełnić dane, zostawić mi miejsce na wynagrodzenie. I jeszcze jedno – zatrzymał ją gestem – nic mnie

nie obchodzi, co pani myśli o mnie i o tej pani, i nic mnie nie obchodzi, czy pani będzie o mnie opowiadać poza tym pokojem, czy nie. Mam nadzieję, że nie opuści pani ani jednego dnia pracy bez bardzo poważnego uzasadnienia, nie możemy sobie na to pozwolić. I że nie planuje pani ciąży – wymknęło mu się i poczuł gorąco na plecach, wobec tego szybko zakończył, sięgając po podpisane rano dokumenty:

– Niech pani to weźmie i natychmiast prześle do radcy prawnego.

Pani Ewa wstała i wzięła dokumenty. Krzysztof zatopił wzrok w ekranie komputera i czekał, aż odejdzie, ale kątem oka widział, że ciągle stoi. Zastanawiał się, jak długo może tak sterczeć i co tu jeszcze robi. Może niechcący podrzucił jej pomysł? Miał nadzieję, że przy nim nie będzie planować ciąży. W końcu podniósł pytająco wzrok i zobaczył, że pani Ewa nie może oderwać oczu od fotografii.

– Dobre, prawda? – Sam był zaskoczony, że wdaje się w rozmowę z sekretarką.

– To... to jest... – pani Ewa w końcu się odważyła – pierwszy raz widzę zdjęcie marzenia...

To było to! Ta kampania nie produkt postawi na pierwszym miejscu, lecz marzenie!

O ile silniej działa na podświadomość twarz kobiety kochanej i zakochanej, zapatrzonej z nadzieją w przyszłość, niż ich produkt? Ileż możliwości oddziaływania! Już widział olbrzymie billboardy z tą twarzą, i nic poza tym, tylko w prawym górnym rogu logo firmy.

Uśmiechnął się z zadowoleniem i nawet nie zauważył, że jest sam w gabinecie.

*

– Czy jest Piotr? – w słuchawce zabrzmiał niski głos Buby. – Basia, daj mi Piotra.

– Poczekaj, sprawdzę, czy jest – powiedziała Basia.

– Chwileczkę! – krzyknęło w słuchawce. – Basia?

– Tak, jestem, poczekaj, zobaczę, czy wrócił – Basia zareagowała nerwowo, tak bardzo głos Buby był teraz zmieniony.

– To ja właściwie nie muszę z Piotrem.

– Coś się stało? – Basia poczuła nagły niepokój, nieokreślony i inny niż ten, do którego była przyzwyczajona.

– Coś ci powiem, mogę?

– Mów – powiedziała Basia i przeszła do kuchni, wyjęła z kuchenki teflonową patelnię, postawiła na gazie, dodała odrobinę masła i wyjęła smażoną rybę. Ryba z warzywami, łączymy; mięso z warzywami, łączymy; warzywa z ziemniakami, ale już bez mięsa – to była dieta niełączenia, którą Basia od jakiegoś czasu bardzo niekonsekwentnie stosowała.

– Ile metrów ma wasze mieszkanie? – zabrzmiało w słuchawce, którą przytrzymywała brodą.

– Zwariowałaś? Dzwonisz do nas, żeby zapytać o metraż?

129

– Ile? – pytanie ze słuchawki wymagało natychmiastowej odpowiedzi.

– Nie wiem. Około siedemdziesięciu. Ale z balkonem czy bez? Nie mam pojęcia, Piotr wie, mieszka tu od urodzenia.

Basia zmniejszyła gaz i podlała rybę odrobiną wody. Przyciskała wciąż słuchawkę ramieniem, bo patelnia niebezpiecznie przechyliła się na jedną stronę i groziła upadkiem.

– Mieszkasz, Basiu, w jednym mieszkaniu ze swoim mężem na siedemdziesięciu metrach, mieszkasz z nim i nie wiesz, czy twój mąż, którego obiecałaś kochać aż do śmierci, którego wzięłaś sobie na zdrowie i na chorobę, na szczęście i na nieszczęście, jest w domu?

Głos Buby zamilkł nagle i przeszedł w ciągły sygnał rozłączonej rozmowy. Basi słuchawka wypadła spod brody. Chwyciła ją w locie, patelnia przechyliła się i ryba zsunęła się na kuchenkę, Basia syknęła i przykręciła gaz. Odłożyła telefon na widełki i siadła przy kuchennym stole.

Jakim prawem Buba wygłaszania takie kwestie? Przesadziła, tym razem przesadziła, Basia czuła to wszystkimi porami ciała. Nikt nie będzie jej pouczał, ani w kwestii Piotra, ani w żadnej innej. Przecież stara się wiedzieć o każdej minucie i o każdej czynności Piotra, której nie jest świadkiem. Na przykład wczoraj, sprawdziła to, nie było go wcale w redakcji, a powiedział, że tam jedzie. Był w Niewiadomogdzie. Był w Kłamstwie. Nie wiedział, że koleżanka znajomej jest tam sekretarzem redakcji. Nie było go w redakcji, to wiedziała. A czy jest w tej chwili przed komputerem, czy w łazience, czy zszedł po gazetę? Jakie to ma znaczenie? Przecież go nie śledzi, wzięła się za siebie, wbrew pozorom nie rozsypała się, nie płakała. Piotr po prostu pokazuje swoją prawdziwą twarz i jak się całkiem odsłoni, ona nie będzie bezbronną kobietą, będzie wiedziała, co robić. Już nie jest przyklejoną Piotrusiową. Jest Basią. Całe szczęście, że nie mają dzieci!

A Buba jest idiotką, ot co, i Basia obiecała sobie, że na dzisiejszym spotkaniu prosto w oczy jej to powie! Niech się przestanie wtrącać! Albo opieprza ją Róża, że śledzi i kontroluje Piotra, albo ją opieprza Buba, że nie wie, gdzie Piotr jest!

Basia zakręciła gaz pod patelnią, podniosła się i weszła do pokoju. Piotra nie było, komputer świecił jaskrawymi liniami, które splatały się ze sobą i umykały w dal i znowu pojawiały się, plotły i znikały. To znaczy, że wyszedł tylko na moment. Basia siadła przed ekranem i chociaż miała to sobie za złe – kliknęła parę razy myszką. Tylko zobaczy, nad czym Piotr ostatnio pracował.

– Co ty robisz? – usłyszała za sobą głos męża i podskoczyła.

– Nie strasz mnie! – To było wszystko, co jej przyszło do głowy.

– Basia, jak pracuję, to nie ruszaj, zdjęcia się wysyłają. – Piotr odsunął ją. – Przerwiesz mi połączenie.

– Chciałam wyłączyć, myślałam, że zapomniałeś.

– Basia podniosła się i poczuła, że do jej głosu wkrada się pretensja. Ale dlaczego Piotr się najpierw chowa, a potem chce ją na czymś przyłapać?

– Nie zapomniałem. – Piotr usiadł przed komputerem. – Jeśli ci potrzebny komputer…

– Nie jest mi potrzebny twój komputer. – Basia była prawie obrażona, tak głupio się zachowała! – Jesz teraz czy później?

– Później – powiedział Piotr i natychmiast się poprawił: – Albo jak chcesz, to mogę teraz.

– Ja nic nie chcę, nie jestem twoim żołądkiem.

– To może później.

Basia odwróciła się na pięcie.

Bardzo proszę, później to później, co prawda socjologowie światowej klasy już dawno ustalili, że wspólne posiłki to jest to, co sprzyja rozwojowi rodziny, ale ona nie musi swojej rodziny rozwijać w ten sposób. Zje sobie sama i rozwinie się sama, ot co. Później, to ona idzie do Róży, i kto wie, może zostanie na noc, ciekawe, czy Piotra zainteresuje, dlaczego nie wróciła, zobaczymy. A teraz zje swoją rybę, wypije kieliszek białego wina i przejrzy prasę, choć może nie przejrzy, bo jeszcze trafi na artykuł, z czego składa się ryba. Ostatnio trafiła na taki, który opisywał, z czego się składają hamburgery i zmielone uszy świni o mały włos nie znalazły się z powrotem na talerzu.

I zostanie w kuchni, żeby mu nie przeszkadzać.

*

Rozpadało się na dobre. Roman cofnął się do mieszkania tym chętniej, że w ten sposób mógł uniknąć spotkania z panem Janem, którego chrząkanie dobiegało z dołu. Zerwał z wieszaka nieprzemakalną kurtkę i wyskoczył z powrotem na schody. Pan Jan widać słyszał trzaśnięcie drzwi na górze, bo nie dał za wygraną, stał na półpiętrze i patrzył do góry.

– No i co pan, panie Romanie, na te komisje do spraw komisji?

– Ja nie oglądam telewizji, panie Janku.

– Błąd, błąd, inteligentny człowiek powinien wiedzieć, co się dzieje. – Pan Jan oparł się o poręcz schodów, Roman musiał się zatrzymać. – Wiesz pan, widziałem rekiny w telewizji, one mają o dwa zmysły więcej niż my, i to są, proszę pana, prawdziwi mordercy. One bokiem wyczuwają, czy krew w żyłach, proszę pana, płynie w jakiejś rybie, one nie muszą patrzyć, żeby wyniuchać i zabić. Ale, proszę pana, jak pan postawisz rekina, a naprzeciwko któregoś naszego ministra, to panie Romku, niech się rekin boi! – Pan Jan zachichotał.

Roman zrobił nieokreślony ruch ręką. Owszem, ogólnie rzecz biorąc, nie szalał za rekinami, na co niewątpliwie miał wpływ obejrzany we wczesnej młodości film „Szczęki", ale zawsze mu się zdawało, że rekiny trzeba wziąć pod ochronę, zanim człowiek je zagryzie na śmierć, kompletnie wyniszczając środowisko, natomiast z niektórych osób należy zdjąć ochronę, zanim zagryzą innych na śmierć i kompletnie wyniszczą środowisko.

W gruncie rzeczy więc w tej kwestii gotów był zgodzić się z panem Janem, tylko że naprawdę się spieszył. Coś mruczał pod nosem, wycofując się prawie tyłem (nie chciał obrazić sąsiada) z ostatnich schodków ku wyjściu, szybciej, szybciej, byle tylko zejść z linii celnych słów pana Janka. Potknął się i wypadł na ulicę prosto w kałużę i prosto na kobietę.

Bryznęła woda, a kobieta, która pojawiła się znikąd na plecach Romana, odrzucona impetem odskoczyła na jezdnię. Roman błyskawicznie się odwrócił, wyciągnął rękę, pochwycił przez połę czarnego płaszcza jej dłoń i pociągnął ją ku sobie, zanim czerwony autobus lunął w nich błotnistą breją.

– Jezu – powiedział i zrobiło mu się słabo z wrażenia.

Kobieta była snem snów, a rękę miała zimną i tak dopraszającą się ciepła, że głęboka pretensja do tamtej, której imienia nie wymieniał, zmieniła się w jednej chwili we wdzięczność, że namyśla się, czy go kocha, już tak długo. I może czas przestać czekać na wnioski wynikające z jej namysłu.

– Mam inaczej na imię – powiedziała dziewczyna, wyciągnęła dłoń z jego dłoni. Odwróciła się na pięcie i mimo ulewy poszła dalej, pustą ulicą, bo przechodnie pochowali się w bramach.

Roman stał i patrzył, krople deszczu spływały mu za kołnierz i nie mógł oderwać wzroku od jej smukłej postaci, jasnych włosów przylepionych do czarnego długiego płaszcza, jej płynnego kroku. Płyty chodnikowe błyszczały i odbijały matowo jej sylwetkę, czarny płaszcz szarpany wiatrem unosił przezroczyste poły, jakby chciał, żeby odfrunęła. Ciemne domy, rozrzedzona ciemność zasnutego nieba, ona ze skrzydłami z czarnego plastiku i błyskawica, która przecięła rzeczywistość krótkim fleszem, obrysowując kontury portalu oszklonych drzwi biblioteki miejskiej, utrwaliła na sekundę ten obraz. Lew nad drzwiami zaryczał i Roman cofnął się do swojej bramy. Minął susami drzwi pana Jana i wbiegł na strych niesiony niesłabnącym porywem. Nareszcie, nareszcie ma!

Otworzył drzwi, ściągnął kurtkę, przetarł głowę ręcznikiem i rzucił go na tapczan. Chciał stanąć przy sztalugach i szkicować, póki jeszcze zdjęcie, zrobione przez Pana Boga, miał przed oczyma.

*

Julia, potrącona przez jakiegoś idiotę, który widać miał w zwyczaju tyłem wyskakiwać na przechodniów i wpychać ich pod środki komunikacji miejskiej, była dopiero teraz w szoku. Jezu, przed chwilą niemal chciała upaść na jezdnię, i tam zostać, przemoczona do cna i zziębnięta – taki koniec wydał się jej nagle romantyczny. Ale zanim zdążyła pomyśleć, wyciągnęła rękę i o dziwo, tym razem (a przecież ile razy wyciągała rękę, napotykała pustkę) jej dłoń trafiła na dłoń innego człowieka, mężczyzny na dodatek, który chwycił ją mocno, pomógł zachować równowagę. I nie tylko chwycił i przytrzymał, ale jeszcze przyciągnął do siebie i nagle wydarzyło się coś, czemu nie mogła tak od razu dać wiary, a jednak... Ta ciepła dłoń to była dłoń mężczyzny jej życia. Teraz, po przejściu dwudziestu albo trzydziestu metrów, była tego pewna. Ogrzałaby ją i uchroniła.

Takie rzeczy nie dzieją się naprawdę, ale właśnie po to wróciła z Londynu, żeby znak prosto z nieba temu zaprzeczył, bo błyskawice na przedwiośniu nie istnieją, a przecież nic jej się nie wydawało, daleki poszum grzmotu poniósł się w przestrzeń, kamienne lwy nad drzwiami zaryczały, a deszcz obmywał ją z przeszłości. Głos tego mężczyzny zapamięta na całe życie, w tym „Jezu!" był zachwyt i strach, może o nią, autobus był blisko, no, może strach przed fontanną brudnej wody, ale nie, nie będzie tak myśleć, bo przyjemniej jest myśleć, że o nią, strach, czyli troskliwość, czyli... Julia zatrzymała się i odwróciła.

Ulica była pusta jak okiem sięgnąć, wyjąwszy następny autobus, który też chlusnął spod kół fontanną wody, tam gdzie przed chwilą był mężczyzna, któremu mogła pozwolić, żeby jej dał wszystko.

Wobec tego Julia skręciła za róg i weszła do hotelu, zostawiając mokre ślady na czerwonym dywanie. Stanęła przy kontuarze, gdzie wesoły napis obwieszczał „Wymiana pieniędzy", i powiedziała:

– Poproszę dziesięć deko.

*

Róża siedziała z podwiniętymi nogami naprzeciwko Julii, Julii przebranej w jej ciuchy, Julii promieniejącej, Julii, która nie wyglądała na porzuconą narzeczoną, Julii, której nie trzeba było pocieszać, a to niestety było troszkę przykre, bo Róża nade wszystko chciała pocieszyć przyjaciółkę i... nie mogła.

– ...Okazało się, że nie byłam pierwsza ani zapewne ostatnia w tym małżeństwie – głos Julii brzmiał jak dzwon i Róża poczuła niepokój, że przyjaciółka mogła tak łatwo mówić o czymś, co przecież podobno złamało jej serce.

– Dlaczego od razu nie wróciłaś? Byłoby ci łatwiej – szepnęła.

Julia odrzuciła mokre włosy do tyłu. Nie mogła powiedzieć prawdy, ale też nie chciała kłamać.

– Po prostu nie mogłam. Różyczko, powiedz, co u was? Dlaczego nie pobraliście się z Sebkiem?

– Dobrze jest, jak jest – powiedziała Róża i zastanowiła się, dlaczego właściwie się nie pobrali. Z wiadomych powodów: małżeństwo wszystko psuje.

– Dopóki nie jesteś mężatką, to nie widzisz swojego partnera w papilotach – powiedziała więc Róża, a Julia pokiwała ze zrozumieniem głową.

*

Roman malował po raz pierwszy do trzech miesięcy. Zapadła noc, a on stał przy sztalugach i dopiero kiedy zorientował się, że musi zapalić dodatkowe światła, przypomniał sobie, że jest głodny, że napiłby się czegoś. Odłożył pędzle i wstawił wodę, co zawsze, kiedy pracował, wydawało mu się zbędnym zajęciem. Wyjął z lodówki piwo, otworzył, wypił prosto z butelki. Wyłączył wodę i patrzył na szkic obrazu.

Ulica w deszczu, przezroczysty płaszcz przeciwdeszczowy na nagiej, odchodzącej w dal kobiecie, poły płaszcza trzepocą, krople rozbryzgują się o bruk, świetliste, napełnione światłem znikąd, wśród ciemności i wilgoci. Udało mu się uchwycić ten szczególny czar: dziewczyna ma mokre długie włosy przyklejone do pleców, jest cała mokra, jest cała z deszczu i mgły. Jest – albo jej nie ma.

Był z siebie dumny. Do rana powinien skończyć.

Był podniecony i szczęśliwy po raz pierwszy od bardzo, bardzo dawna.

To Bezimienna będzie jego kobietą, a nie kobieta, której imienia nie wymieniał.

Był tego absolutnie pewien.

*

– Basiunia, ty już piłaś?

– Wpadła Buba i wypiłyśmy butelkę wina. Do obiadu. Ale zostaję u ciebie, nie wracam, tak się cieszę, że cała noc przed nami! Julia, jak ty pięknie wyglądasz, spodziewałam się czego innego…

– Przykro mi, że cię rozczarowałam. – Julia owinęła się za dużym szalem Róży i uśmiechnęła się.

– Nie powinnaś pić z Bubą, ona ma problem – powiedziała Róża i odwróciła się do okna.

– Buba? Jaki problem? – Basia nalała sobie wina, które przyniosła, i uniosła kieliszek w kierunku Julii.

– Buba chyba ma problem alkoholowy…Typowe objawy. Podniecenie, radość z niczego albo wpadanie w dołek…

– To napięcie przedmiesiączkowe, Róża, a nie alkoholizm!

– Romek mi mówił, że ma nieciekawe towarzystwo… Siedziała na rynku i nie mogła się podnieść parę dni temu… Jakby ludzi nie poznawała. Znika czasem i nawet telefonu nie odbiera, to typowe zachowania osoby uzależnionej. I najważniejsze, nie widzi tego problemu. A my patrzymy na to z boku.

– Jest ponadto blondynką – obwieściła Basia i pociągnęła łyk.

Jej zdaniem Buba nie miała problemów alkoholowych, piła nie więcej niż ona, Basia. Poza tym bez przesady. Kiedy mają pić, jak nie wtedy, kiedy spotykają się w bezpiecznym gronie, można o wszystkim porozmawiać i niczego się nie wstydzić? Jeszcze tego brakuje, żeby wszędzie było smutno i szaro, nie tylko na ulicach, ale i w duszach. A dusza Basi dopominała się o radość.

– Za to grozi teraz kara? – spytała Julia.

– Za co?

– Za blond włosy?

– Nie o to chodzi, tylko Buba przesadza. We wtorek była ruda. I na dodatek ma dla ciebie faceta. – Basia roześmiała się, ponieważ właśnie tego jej było trzeba.

– Nosi go przy sobie? – Julia skrzywiła się. – Niepotrzebny mi facet.

– To spokojny facet. Nasz Romek. Spodoba ci się.

– Nie spodoba mi się. – Julia odstawiła swój kieliszek i sięgnęła po kromkę chleba ze smalcem, który wypatrzyła w kuchni u Róży. – Nie spodoba mi się wasz Romek.

– Nasz! – poprawiła ją Róża. – Jest absolutnie cudowny, jest... – zabrakło jej słów, ale wiedziała, że od tego, co powie, dużo zależy. – Jest... jest... poznasz go w piątek!

– Nie poznam, przykro mi, ale muszę wyjechać na parę dni.

– Żartujesz chyba! Jeszcze się z nami dobrze nie zobaczyłaś, a już chcesz jechać?

– Nie chcę, tylko muszę, wracam środa, czwartek w przyszłym tygodniu.

– Oj, kurczę, zapomniałam, że ja też mam kurs w ten weekend. – Róża postawiła na stole nową porcję kanapek. – Musimy przełożyć piątek na przyszłą sobotę.

Basia bawiła się kieliszkiem. Też miała inne plany, ale nie powie nikomu. Nikt się nie dowie. I wtedy zobaczy, co się stanie.

*

Piotr stał naprzeciwko szkicu i nie wierzył własnym oczom. Obraz kojarzył mu się z Julią. Ten charakterystyczny chód, uchwycony jakimś cudem przez pociągnięcie pędzla, długie włosy, sylwetka, ale Roman dodał coś, czego nie umiał nazwać, i oto nagi anioł szedł deszczową ulicą, a jemu zaparło dech w piersiach.

– Znasz ją? – zapytał, ale Romek machnął tylko ręką.

– Piwa?

– Chętnie.

Piotr musiał coś ze sobą zrobić. Przychodziło mu do głowy, żeby rzucić to wszystko w cholerę i wyjechać na Bali. Zastanawiał się dłuższą chwilę, ale po pierwsze, Bali było daleko, po drugie, nie miał paszportu, po trzecie, nie miał pieniędzy, a po czwarte, miał żonę, której nie mógł tego zrobić, a Roman mieszkał dwa kroki od nich i Romanowi mógł to zrobić.

Rozglądał się po pracowni – bardzo rzadko tu bywał, poza piątkami oczywiście, ale i tak piątki u Romka przypadały raz na trzy miesiące – rozglądał się więc po raz pierwszy, ostrożniej jakoś i uważnie. Po raz pierwszy rzuciła mu się w oczy samotność Romana: strych był niedogrzany i ubogi, zeschnięte pozostałości po jajecznicy zdobiły jeden porzucony obok zlewu talerzyk – i zdał sobie sprawę z tego, że gdy byli tu wszyscy razem, ten strych trącił tajemnicą, drewniane belki przytrzymujące strop wisiały nad nimi opiekuńczo. W świetle świec, które Roman wtedy zapalał, i przy wesołym rozgardiaszu dziewczyn, strych wydawał się oazą sztuki i miejscem godnym pozazdroszenia. Teraz w świetle jaskrawej lampy widać było wszelkie niedoskonałości: przybrudzone ściany, popękane belki, nędzę starych sprzętów.

– No, mów, stary – Roman przerwał milczenie. To było dobre między nimi, że się nie opieprzali, Roman od razu wiedział, że o coś chodzi i walił prosto z mostu.

– Mam przechlapane – powiedział wobec tego Piotr i usiadł na tapczanie z butelką piwa w ręku.

*

– A ja najbardziej lubię ćmy. – Buba wyciągnęła nogi, ukazując w całej okazałości kolorowe wełniane rajstopy w drobne różyczki.

– Chyba zwariowałaś, brr – wstrząsnęła się Róża.
– Ty jesteś jakaś nienormalna.

– Nigdy nie mówiłam, że jestem normalna – zdziwiła się Buba.

– Nie można lubić ciem. – Basia znowu nalała sobie wina, a świat wydobrzał. – W ogóle nie można lubić niczego, co lata. Oprócz motyli, oczywiście.

– Można, bo ja lubię.

– Obrzydlistwo. – Róża wydęła usta i wyglądała

wypisz wymaluj jak Pamela tuż po operacji pla-
stycznej.

– A motyle lubisz?

– Motyle to zupełnie co innego!

– Ćmy to motyle nocne. Lubię je najbardziej. To
podobno dusze ludzi, którzy odeszli, a jeszcze mają
coś do załatwienia. Albo w procesie reinkarnacji za-
trzymali się na chwilę... Ćmy są... boskie.

– Karaluchy też – Julia wtrąciła z rozmarzeniem.

Nie da się wciągnąć w znajomość z żadnym Romanem, niech to sobie wybiją z głowy. Teraz będzie
marzyć o tamtym mężczyźnie, deszczowym chuliga-
nie. Może szkoda, że nie upadła, może by sobie
skręciła na przykład nogę, on by się wtedy nią za-
opiekował, może nawet zemdlałaby i musiałby się
nią zająć na dłużej. Karetka pogotowia, czy pan
jest z tą panią, oczywiście, obudziłaby się, a nad nią
te oczy, takie normalne, właściciel ręki być może
nawet trzymałby w swojej jej dłoń, a ona uśmiech-
nęłaby się...

– Nie chodzi mi o to, że to są stworzenia boskie
– zdenerwowała się Buba. – Ćmy są po prostu niezwykłe. Są jak życie i jak śmierć i mają w sobie go-
towość oddania życia za...

– Za ojczyznę! – Basia roześmiała się, a wino
z kieliszka chlusnęło na jej sweter. To było więcej niż
śmieszne, Basia pociągnęła palcem po plamie, jaki
ładny wzorek się zrobił, miły wzoreczek, milusi...

– A ja bym chciała być krokodylem.

– I od razu byś się przerobiła na swoje buty. –

Buba przyglądała się Basi, wysysającej ze swetra pozostałości wina. – Baśka! Co ty robisz?

– Krokodyle są najgroźniejsze na świecie. Najbardziej drapieżne. Przecinają bawołu na pół.

– A ty wiesz, że są motyle, z rodziny trociniarkowatych, których gąsienice mają potężne szczęki. Te szczęki tną nie tylko drewno, ale metal. Kiedyś te gąsienice wyrządziły szkody w fabryce kwasu siarkowego, przegryzając płyty ołowiane. – Buba popatrzyła zwycięsko na przyjaciółki. – Myślisz: motyl, nic nie znaczy, ulotny, bezbronny, takie nic kolorowe, a ma nieprawdopodobną siłę, jak jest młody.

– Motylem się jest na starość, Buba. I skąd ty masz takie wiadomości?

– Przecież ci tłumaczę, że je lubię. – Buba wzruszyła ramionami. Jak się kogoś lubi, to trzeba wykazywać maksimum zainteresowania, tak to trudno zrozumieć?

– Ja jestem panterą. Panterą, dziką i nieujarzmioną, jestem królem puszczy, królową puszczy, mogę robić, co chcę, i jestem atrakcyjna, śliczna, prężna, zgrabna i wszyscy możecie mi naskoczyć! Szczególnie krokodyl! – Basia dopija czwarty kieliszek wina, wyraźnie jest wstawiona.

– Krokodyl daje sobie radę nawet z panterą.

– Róża, krokodyl jest obrzydliwy! Dlaczego nie chciałabyś być innym zwierzątkiem? Jakimś puszystym kociaczkiem czy nawet sarenką? Albo krową? One mają takie śliczne oczy! Hera była wolooka, i to był największy komplement!

– Ale bardzo dawno temu. Wyobraź sobie tytuły w gazetach: znana aktorka, woolooka Iksińska...

– Krokodyl wzbudza respekt – powiedziała Róża i przestraszyła się swoich słów.

Na szczęście żadna z kobiet nie zauważyła jej powagi. Róża zawsze chciała, żeby się z nią liczono. A Sebastian się z nią nie liczył.

– Julia, a ty?

– Ja? Ja się zakochałam – powiedziała Julia i spojrzała w okno.

Deszcz ostro zacinał i po szybach lały się strumienie wody. Uwielbiała taką pogodę!

– Przecież przed chwilą powiedziałaś, że jest dla ciebie nikim! – Buba nie mogła zrozumieć. Siedziały razem od sześciu godzin, Julia wyspowiadała się z nieszczęsnego Davida, i nagle zmieniła zdanie?

– Ja się dzisiaj zakochałam – powiedziała spokojnie Julia i uśmiechnęła się do Buby. – I dlatego przysięgam, polubię Romka, nie martwcie się, ale nie wymagajcie ode mnie nic więcej, albowiem jestem zajęta.

– A ja się rozwiodę – powiedziała Basia i zaczęła chichotać.

– A ja wyruszę na księżyc i nigdy mnie nie znajdziecie – powiedziała Buba.

Nie spodziewała się, że przyjaciółki tak szybko będą na rauszu. I co to za idiotyczne rozmowy, dorosłe kobiety, a zachowują się gorzej niż trzynastolatki. Trzynastolatki przynajmniej interesują się wszechświatem albo czarnymi dziurami, albo dlaczego nie są kochane, albo tym, kim będą, kiedy będą dorosłe. A oto przed nią siedzą trzy dojrzałe kobiety i plotą jak potłuczone.

– Jestem absolutnie pewna, że to ten mężczyzna. – Julia nalała sobie znowu wina, zaczynało jej potężnie szumieć w głowie.

Właściwie powinna zadzwonić do matki, że nie wróci na noc, ale przecież jest dorosła i nie musi się tłumaczyć.

Róża wynosi brudne naczynia do kuchni. Opiera się o zlew, słabo jej się zrobiło, ale to zaraz minie, powinna się położyć, odpocząć, powinna komuś wreszcie powiedzieć, ale będzie milczała, bo sama musi podjąć decyzję, sama, zupełnie sama. Oddycha głęboko, szafki przestają się kołysać, żadna z nich nie zauważyła, to dobrze, to świetnie, właśnie tak ma być, że nikt niczego nie widzi, kogo to obchodzi, jak ona da sobie radę, to jej sprawa i niczyja inna...

*

– Ja nie wiem, co się pochrzaniło. Baśka jest zupełnie inną osobą. Ona – nie chciało mu to przejść przez gardło – zachowuje się tak, jakby kogoś miała i tylko szukała pretekstu, żeby mieć na mnie jakiegoś haka.

– Zwariowałeś? – Roman przyglądał się schnącemu płótnu. – Baśka poza tobą świata nie widzi, Piotrek.

– Ja bez niej jak bez jaj...

– Wiadomo. – Roman przewieszał dwa pozostałe szkice.

– Nie było jej w bibliotece, mają tam urwanie głowy, Baśka wyszła wcześniej. Myślisz, że mi o tym powiedziała? O niczym mi nie mówi. Właściwie zaczyna mnie informować. A to różnica. Będę, nie będzie mnie, wybieram się, nie wiem, czy wrócę. Czy ja się w ogóle nie liczę?

*

– Nie musiałaś dzwonić, obudziłaś mnie, jesteś dorosła, wiesz, co robisz, szkoda, że nie miałaś czasu ze mną porozmawiać, no ale cóż, dopiero wróciłaś z wojaży...

Cztery zdania złożone w krótki czteropak, Julia znała języki obce, znała język matki, umiała przetłumaczyć te dwadzieścia sześć słów.

To znaczyło:

– Droga córko, co prawda dopiero przyjechałaś, ale czegóż się mogłam po tobie spodziewać. Nie miałaś dla mnie czasu, lecz nie musiałaś dzwonić, po co dzwonisz i mnie budzisz, czy myślisz, że ja w ogóle dbam o cokolwiek, co ma związek z twoim pożałowania godnym trybem życia, za dużo sobie wyobrażasz, co ty sobie myślisz, ja muszę pracować, wkrótce północ, od dawna śpię. Śpię jak dziecko, nie przyszło mi do głowy niepokoić się tobą, mam ważniejsze sprawy na głowie, a myślałaś, że się niepokoję, daj spokój, dziecko, te czasy minęły, jesteś dorosła, skoro byłaś na tyle dorosła, żeby robić, co chcesz, to dalej rób, co chcesz, zobaczymy, kiedy wyjdziesz na tym jak Zabłocki na mydle, no skoro nie miałaś czasu dla matki, twój wybór, a poza tym nie myśl, że te dwa sweterki, które przywiozłaś mi od Marksa i Spencera, to taki rarytas, tutaj też jest ich sklep, zarabiam, mogłabym sobie kupić sama, niepotrzebnie trwonisz pieniądze, lepiej byś oszczędziła, pomyślała o przyszłości, nie trzeba było…

Cztery wypowiedzi zwinięte w krótki rulonik, poręczny, wszędzie się zmieści.

Julia odłożyła słuchawkę i spojrzała na Bubę z pretensją:

– Zadowolona?

– Tak – powiedziała Buba – zadowolona.

– Nawet nie wiesz, co to znaczy taka matka! Wykastruje cię ze wszystkiego! Nic nie rozumie!

– Nie wiem – powiedziała Buba. – Masz rację, nie wiem. I bardzo ci zazdroszczę.

Buba stała w swoich rajstopach w róże na klepce dębowej klasy trzeciej, z sękami, ciepło wylakierowanej, na dużym palcu rajstopy się przecierały, widać było fioletowy lakier. Julia podeszła do Buby, stanęła przed nią, a potem otoczyła ją ramionami i tak trwały w przedpokoju, przy nieprzenośnym telefonie.

– Przepraszam – szeptała Julia w płowe włosy Buby – przepraszam, nie pomyślałam, wybacz mi…

*

Matka Julii odłożyła słuchawkę z westchnieniem ulgi.

Może się nareszcie położyć, Julka po prostu poszła się spotkać z przyjaciółkami, nie ma w tym nic złego, ona sama wolała kiedyś spotykać się z przyjaciółkami niż zwierzać matce. Taka kolej rzeczy. Nie chciała przytłaczać Julii, dobrze zrobiła, że nie wymknęło jej się „martwiłam się". To by Julię ograniczało – przyzwoitość nakazuje zadzwonić do domu, w którym się mieszka, i powiadomić rodzinę, ale niech Julia nie czuje się związana tym jej czekaniem, niech myśli, że spała, niech wraca, o której chce, mój Boże, też musi jej być nielekko, wracać na tarczy, dobrze, że wróciła, jakoś się jej życie ułoży... dobranoc, córeczko...

*

– Chcesz się kochać? – Piotr dotknął ramienia Basi.

– Nie... nie wiem... – odpowiedziała i odwróciła się do ściany.

Wobec tego podniósł się i wstał z łóżka.

Basia z trudem przełknęła łzy.

Nie zależy mu na niej, dawniej nie pytał, przytulał ją i głaskał i ich ciała same znajdowały ochotę na miłość. A teraz pyta ją, jak pierwszą lepszą: chcesz czy nie? Nie, tak nie chce.

*

Nie miała ani cienia ochoty na miłość! Od jakiegoś czasu, od dawna.

Posunął się nawet do tego, że pożyczył jakiś durny film, soft porno, podobno niektórym kobietom to się podoba, ale Basia oczywiście się obraziła, trzy tygodnie chodził za nią jak pies i przepraszał. Cholera, facet na jej miejscu by się ucieszył.

Zdał sobie sprawę z absurdalności takiej logiki i przycisnął guzik. Komputer zacharczał cichutko. Skoro nie chce się kochać, to nie, ale to znaczy, że nic ich nie łączy, nic, po prostu Basia się zmienia. Ktoś ma na nią zły wpływ, był tego pewien.

Ilekroć przychodził po południu do domu, Basia była po kieliszku.

– Buba przyniosła, z Bubą piłam, sama nie piję, odczep się ode mnie!

Spojrzał na zegarek, wpół do dwunastej, wszedł do kuchni i wyjrzał przez okno. Z tego okna widział, czy u Buby pali się światło. Teraz było ciemno, mieszkanie po pani Gabrieli, ciotce Buby, było ostatnie za windą, za załomem, naprzeciwko tłuściutkiej sąsiadki, wścibskiego Różowego Dresika. Za późno, żeby pogadać z Bubą, Buba ma jakiś problem, trzeba jej pomóc, i niech nie wykorzystuje Baśki jako towarzystwa do picia, oczywiście, że za późno, ale obiecał sobie, że to zrobi, jutro, najdalej pojutrze.

*

Noc w szpitalu jest najgorsza. Pozornie życie zamiera, a czasami niepozornie również. W każdą minutę zgaszonych świateł na salach, zapalonych małych światełek, ruchomych kresek na ekranach monitorów, dzwonków nad salą, które nie dzwonią, ale objawiają czyjąś potrzebę żółtawym światłem, w każdą minutę tej ciszy wkrada się śmierć. Niepostrzeżenie, nie ma przecież strażników przy wejściu, nie legitymują, kto wchodzi, zresztą na nic by się to zdało, wykrywacz metalu nie zareaguje, licznik Geigera nie zacznie tykać, promienie ultrafioletowe przejdą na wylot, rentgen nie zostawi śladu na kliszy.

Wszystko na nic, drzwi są uchylone, światło z korytarza pada podłużną smugą na płytki PCW, które jutro rano znowu będą myte i froterowane na wysoki połysk, a ona przychodzi, staje u wezgłowia i myśli sobie: Ten? A może ta? Kogo dzisiaj wezmę ze sobą?

Stoi tak już od dłuższego czasu, chociaż nawet cienia nie ma na podłodze, nawet płytka PCW nie straciła błysku, a jednak stoi. Nie ma nikogo, kto mógłby stanąć z nią twarzą w twarz i zapytać: Co tu robisz? Nie masz tu nic do roboty, zmiataj stąd!

Nie ma żadnych siatek zabezpieczających ani systemów alarmowych, ani żadnego innego sposobu, żeby ją choć trochę powstrzymać. Choć trochę, choć na dzień, dwa, miesiąc. Rok.

Odmawia współpracy i kontaktu z żyjącymi, a przecież im jest najbardziej potrzebne zrozumienie.

Proszę jeszcze o dwa tygodnie
...dla mojego ojca,
...dla mojej matki,
...dla mojego dziecka.

Wtedy zrobię coś
...poprawię się,
...porozmawiam,
...poczuję,
...dam szansę, wykorzystam, zapewnię, zamienię na lepsze, dojrzalsze, trwalsze, słodsze, jaśniejsze.

...jeszcze raz, choć raz, zrobię takie pierogi, jakie lubił.

...pojadę do tego sklepu na końcu miasta, który dotychczas był za daleko, żeby kupić, o co mnie proszono.

...porozmawiam, choć nie miałam czasu, teraz będę go miała w bród.

...i kupię te spodnie, które tak chciał mieć,
...nigdy nie podniosę głosu,
...przeproszę,
...poproszę,
...podziękuję,
...wybaczę,
...mnie wybaczą.

Poproszę tylko o następny rok, miesiąc, dzień, godzinę i na pewno nie zapomnę, że obiecałam, że będę lepszy lub lepsza, tylko cofnij się o dwa kroki, odejdź od tego łóżka, jest tyle innych, masz całą salę, inne sale, inne piętra, cały szpital, idź gdzie indziej, do kogoś, kto cię potrzebuje.

Nie przemyka się pod ścianami, pomalowanymi na ciepły, brzoskwiniowy jasny kolor, wcale nie. Przekracza progi i kroczy, stąpa, niesie się dumnie, żadnej pokory w niej nie ma, oto jestem, nie musi wskazywać palcem, wystarczy, że spojrzy. Nawet powietrze nie drgnie.

Noce w szpitalu są najgorsze.

„Popatrz, nawet nie zauważyłam, że umarła, a całą noc nie zmrużyłam oka! Cały czas oddychała, mówię panu!".

Albo:

„Całą noc nie zmrużyłam oka, tak wyła! Mówiłam, środki by jej jakie dali, ale nie dali, żeby to człowiek jak zwierzę zdychał". – I ulga, że to nie ona, to nie po nią przyszła wczoraj, to po kogo innego, dzięki Ci, Panie.

Więc jak ja będę umierać? Cicho i niepostrzeżenie, nikt nie zauważy, czy będę wyć z bólu i o niczym nie myśleć, tylko żeby to nareszcie się skończyło?

Jak po mnie przyjdziesz? Jak motyl nocny, cichutko otrzesz się o twarz, sypniesz puszkiem ze skrzydeł? Ale ćmy nie latają bezszelestnie w szpitalnej ciszy, pamiętam po operacji, cisza, i tylko ćma duża ciemna, trupia główka, rzadka ćma dotykała mnie leciutko w policzek i w czoło i suchy delikatny trzepot skrzydeł – to ty byłaś tak delikatna?

Bo już wiadomo, że te zastrzyki nie pomogą.

Na nic się zdała tajemnica, męska dłoń, której mówiłam: „Nie mów nikomu, obiecaj, że nie powiesz o mojej chorobie, zrób wszystko, ale nie mów, że to ja, nie chcę litości, błagam, nie pozwól, żeby się dowiedzieli, litość jest najgorsza".

I obietnica, że nikt się nie dowie, nie ma znaczenia, chociaż obowiązuje.

Jak mam cokolwiek zmienić, skoro wszystko jest niezmienne i z góry ustalone?

*

– Nic nie jest ustalone, dopóki ty możesz mieć wpływ na życie!

– Ale, Buba, o to chodzi, że nie masz tego wpływu!

– Ja mam, mów za siebie, może ty nie masz!

– Nie mamy wpływu! Możemy mieć mały nieistotny wpływik na to, co się dzieje teraz, czy podam ci tę herbatę, czy nie! Ale czy nie zdajesz sobie sprawy, że Pan Bóg się śmieje najgłośniej z cudzych planów?

– Głupi jesteś!

– No, to jest argument, na który nie znajduję kontrargumentów. Znasz takie przysłowie ludowe: myślał indyk o niedzieli, a w sobotę łeb mu ścięli?

– Nie jestem indykiem i nie namawiam do myślenia o sobocie, tylko o tym, co się dzieje w tej chwili! Masz wybór, możesz mi dać wreszcie tę cholerną herbatę albo nie! I to od ciebie zależy, więc nie mów

mi, że nic od ciebie nie zależy! I cukier, jeśli jesteś
już taki dobry! – warczy Buba i słodzi pełne dwie
łyżeczki.

*

– Kochasz mnie czy nie?
Poczułem, jak lepkie macki wędrują wzdłuż mojego ciała i mocno je ściskają, jakbym był tubką pa-
sty do zębów, wyciskaną nieprawidłowo, nie od dołu do góry, tylko jakkolwiek, a ja, ta pasta, nie mam
gdzie się podziać, otwór jest za ciasny. Tracę swoją
tożsamość, muszę się bronić przed wyciśnięciem,
wyjdę stąd jako przemielony wężyk czegoś do użyt-
ku dla kogoś, ale już nie będę sobą. Nie ma sensow-
nej odpowiedzi, na takie pytanie nie można odpowiedzieć jednym słowem, to jest źle sformułowane
pytanie. Poza tym, czy nie widzi, że jestem z nią,
przychodzę do domu, planuję, płacę rachunki, ona
chyba nawet nie wie, ile kosztuje czynsz, bo co ją to
obchodzi, nie lubi rachunków, ale to jest w porządku, przychodzę tutaj i wychodzę stąd, do niej i od
niej, co mam odpowiedzieć na to pytanie?
Może wstanę i wezmę się za coś pożytecznego, za
jakieś rzeczy, które kobieta doceni, a które się do niczego nie przydają, takie jak porządek w piwnicy,
a może przyniosę jeszcze kompoty, które tam stoją od
wieków, ona boi się ciemnych miejsc, zobaczy, że ją
kocham, że dbam o nią, albo rower naprawię, będzie
jak znalazł, wiosna, dętka poszła w październiku,

albo samochód umyję, albo przybiję wieszak w łazience, do remontu jeszcze kawał czasu, dlaczego nikt mi nie powiedział, że to nie są pytania:

– Zrobisz to czy nie?

– Wyniesiesz śmieci czy nie?

– Masz ochotę posiedzieć sam czy nie?

To raczej zaczepki, groźby. Nie wiem, naprawdę nie wiem, co ci odpowiedzieć, wszystko, cokolwiek powiem, będzie skierowane przeciwko mnie, ale ci wybaczam, bo cię kocham, nie zranię cię słowem ani uczynkiem, muszę zacisnąć zęby i pamiętać, że jesteś wrażliwa, pełna kompleksów i boisz się bardziej niż ja.

– Wiedziałam – mówi Basia i odchodzi.

Wybieram wobec tego polubowne wyjście:

– Muszę już iść.

Tak się nie da żyć, ale nie powiem jej tego, bo to minie, zajmiemy się czymś wspólnie, jak tylko wrócimy do siebie, bo teraz stoimy obok, nie rozumiem tego, ale tak jest, chociaż staram się ze wszystkich sił.

Wstaję od komputera, Baśki już nie ma, dzisiaj idzie na drugą na uczelnię, a potem do biblioteki, musi skończyć jakąś pracę.

Nie wiem, jak jej pomóc.

Może jednak pojadę na plener, na dwa dni, odpocznę.

Pomyślę.

*

Basia wypiła jednym haustem wino i wydawało jej się, że jasność umysłu paruje z niej i ogarnia cały pokój. Sięgnęła do szuflady, wyjęła czyste płyty i wsunęła jedną z nich do stacji dysków. Przesunęła kursor ze zdjęć i powoli informacje zaczęły przefruwać na płytę CD.

Była wstrząśnięta.

Właściwie nie była wstrząśnięta.

Nigdy by się tego nie spodziewała! Nigdy!

Właściwie tego spodziewała się od zawsze.

Przypuszczała.

Podejrzewała.

Czuła.

A teraz odczuwa tylko ulgę.

*

– Mam nadzieję, kochanie, że przemyślałaś to, co robisz. – Matka Julii stara się mówić łagodnie, ale przecież całkiem nie może przestać się martwić.

– Tak, mamo, wynajęłam wcale miłą kawalerkę, mam nadzieję, że przyjdziesz niedługo.

– Jeśli tylko mnie zaprosisz, kochanie. Weź czajnik elektryczny, ja i tak wolę gotować na gazie, wodę się powinno gotować dłużej niż trzydzieści sekund, i tę kołdrę z dużego pokoju. I dzwoń do mnie, jak będziesz czegoś potrzebowała, dobrze?

– Oczywiście, mamo.

– Wydaje mi się, że jesteś w dobrej formie, prawda?

– Tak, oczywiście.

– A co u Basi i Piotra? Widziałam ich w lecie, robią bardzo miłe wrażenie. To chyba jedyni twoi przyjaciele, którzy ułożyli sobie życie.

Ach, to jedyni twoi przyjaciele z ułożonym życiem! Po co ten sarkazm, tak kiepsko ukryty! Ja nie ułożyłam sobie życia, ja się puszczałam, ja nie myślałam, ja nie szanowałam cudzych związków, ja...

– Pozdrów ich ode mnie.

– Dobrze.

– Nie martw się, tobie się też uda.

– Nie martwię się, mamo. Dzięki, po kołdrę wpadnę z Piotrem. Na razie te pudełka zostawiam w swoim pokoju.

Ach, błąd, znowu przejęzyczenie, w swoim byłym pokoju, w pokoju, który był moim pokojem, jak byłam dziewczynką, w pokoju, do którego wchodziłaś bez pukania, więc nigdy nie był moim pokojem. W małym pokoju zostawiam te trzy pudła.

– Może weźmiesz telewizor ode mnie?

Ode mnie, to znaczy z twojej sypialni, duży stoi w dużym pokoju, mały w twojej sypialni. Jest włączony przed snem, przez szybę widzę ten trupi blask, jak możesz zasypiać przy telewizorze?

– Nie, dzięki, odzwyczaiłam się.

– To pa, córciu.

– Pa.

Dotykają się policzkami, udają, że to nic, doprawdy nic takiego, przecież da się przeżyć takie dotknięcie, ono nie zostawia śladów, bąbli, zaczerwienienia nawet.

Już.

*

Basia znajduje tabliczkę z napisem „Zespół Adwokacki", trzecie piętro, strzałka w prawo. Jest umówiona, nie powinna czekać, potem pojedzie do Julii, pomoże jej w przeprowadzce, Buba też obiecała, że będzie, ale Buba i tak nie może nosić, bo podobno dysk jej wypadł. W tym wieku? I Róża wpadnie, ale też nie bardzo będzie pomocna, bo lekarz ostrzegał, że poszły jej jakieś więzadła.

A jej, Basi, poszło tylko małżeństwo. Ot co, kręgosłup ma zdrowy i świetnie się czuje. I rozpocznie na nowo życie. Może na okres przejściowy Róża pozwoli jej mieszkać u siebie. Bo w tym gównianym fałszu nie będzie tkwić ani chwili dłużej.

Basia sztywno wyprostowana siedzi naprzeciwko wyprostowanej pani mecenas. Pani mecenas mówi szybko, teraz nachyla się ku niej, wyciąga palec wskazujący i dziobie powietrze w okolicach serca Basi.

– I właśnie dlatego pozwany będzie chciał powódkę natychmiast wykorzystać.

– Jaką powódkę?

– Jaką powódkę? – Pani mecenas patrzy na nią z niesmakiem. – Jak to jaką powódkę?! Panią! Pamiętam taki przypadek, jak pewna kobieta, nie wymienię jej nazwiska, rozumie pani, tajemnica służbowa, z tym że śmieszne to nazwisko miała, po mężu, cha, cha, cha, no, ale cóż, nie mogę... Otóż ta kobieta była przekonana, że mąż będzie lojalny. Naiwna! Zupełnie jak pani! Nic bardziej błędnego!

Pani mecenas podnosi się, ma wąską spódnicę, z rozporkiem z tyłu, uderza pięścią w stół, Baśka podskakuje, pani mecenas patrzy jej prosto w oczy.

– Nic! Nic nie dostała!

– Mieszkanie nie jest moje. – Basia składa ręce na kolanach, dlaczego się poci, nigdy nie ma mokrych rąk, a teraz ma.

– Musi pani walczyć, zobowiązuję panią do walki we własnym dobrze pojętym interesie. Ona też czekała, i proszę. Do podziału było ogołocone ze wszystkich sprzętów mieszkanie! Wszystkich! Wziął nawet jej maszynkę do golenia nóg!

– Piotr ma swoją. – Basia próbuje coś zrozumieć, ale zrozumienie przychodzi jej z trudem.

– Więc pozwany, tu, w tym przypadku, zachowa się tak samo. Proszę uporządkować te sprawy, a resztę... zostawić mnie.

– Ale jemu naprawdę nie jest potrzebna moja maszynka... Ma swoją...

Mecenas patrzy na nią z politowaniem.

– Proszę pani! Ja mogłabym tu wymienić nie takie przypadki jak pani! Zobaczy pani sama w sądzie, co się będzie działo!

– Ale myśli pani, że nie ma nadziei? Jest przecież rozprawa pojednawcza...

– To jak już pani uważa – mówi sztywno pani mecenas. – Proszę przyjść do mnie, jak się pani zdecyduje. Tracimy czas.

– Ale on ma kogoś innego – szepcze Basia.

Dowody na to spoczywają w jej plecaczku, obok postawionym, przy krześle!

– Oczywiście!

Oczywiście? Co jest oczywistego dla tej obcej kobiety w tym, że Piotr, jej ukochany Piotr, nie jest uczciwym człowiekiem? Właśnie że nie oczywiście!

Pani mecenas robi się radosna.

– Jakiż mężczyzna opuszcza tak atrakcyjną kobietę? – Pani mecenas już przemawia, nie do niej mówi, ale przemawia, staje obok biurka, opiera na nim upierścienioną dłoń, a pierścionek ma ładny, z szafirami, mówi w przestrzeń, nad Basią. – Jaki? Mężczyzna, który ma następczynię. Który nie zważa na świętość węzła małżeńskiego. Taki decyduje się odejść. Taki decyduje się okraść byłą żonę z ich wspólnoty majątkowej. Taki będzie manipulował faktami. Ale my się nie damy! Nie damy się!

Pani mecenas obchodzi stół, nachyla się nad Basią, teraz się jej zwierza.

– Mój mąż zrobił to samo przed rozwodem. Wziął nawet telewizor, który ja, proszę pani, dostałam jako nagrodę na dziesięciolecie pracy w tym zespole! I dlatego radzę uważać, radzę uważać! Załatwimy go!

*

Ksiądz Jędrzej trzyma słuchawkę przy uchu, odłożył widelec i mimo niezadowolonej miny Marty jednak rozmawia. A przecież wszystko stygnie!

– Nie możecie nie móc! To sprawa życia i śmierci! Przecież pisałem! To ile? Dobrze. Nie, nie na konto, ja się sam zgłoszę i pokwituję w imieniu. Bardzo serdeczne Bóg zapłać.

Odkłada telefon komórkowy, pani Marta natychmiast przenosi go na parapet, kładzie tuż obok swojego. Ksiądz Jędrzej uśmiecha się przepraszająco, przecież wie, że cielęcina jest najważniejsza. Marta ją robi najlepiej na świecie, od wczoraj moczyła ją w specjalnej marynacie, z czosneczkiem, no ale cóż, są sprawy wagi najwyższej, plasujące się oczywiście tuż za obiadem, więc rozumie, doskonale rozumie i teraz rozmawiał nie będzie.

I ksiądz Jędrzej pochyla się nad talerzem.

Ale kiedy znów rozlega się sygnał, udaje, że nie widzi wzroku swojej gospodyni, rzuca się ku parapetowi, jest pierwszy, przed jej ręką, łapie telefon i odwraca się w stronę okna, żeby go ten bazyliszek w fartuchu przywiezionym przez niego z Włoch nie zabił wzrokiem.

– Halo?

Ksiądz Jędrzej słucha z rosnącym zdziwieniem, potem delikatnie odkłada telefon na parapet.

– Dostaliśmy siedem tysięcy na konto.

– Nie dostaliśmy, tylko ja dostałam. – Pani Marta patrzy prosto w oczy Jędrzeja.

– Pani, Marto? – Jędrzej wie, jaka to suma dla

gospodyni, ale ona spokojna, wyciera ręce, odkłada zmiętą ścierkę, porządnie wiesza przy piecu, wygładza. – A skąd Marta ma takie pieniądze?

– I to mój telefon. – Pani Marta chowa komórkę do obszernej kieszeni rzymskiego fartucha, nie odpowiada od razu, bo i po co. Ale ksiądz Jędrzej czeka, a jedzenie stygnie.

– Gram... trochę... na giełdzie...

– O... hazard to wielki grzech... wielki...

– To szkoda, wielka szkoda – mówi pani Marta, ale pilnie obserwuje swojego chlebodawcę, spod oka spogląda, a w jej głosie nie słychać żalu za grzechy.

– Ja nie wiedziałam, że to hazard, to tylko giełda. Ale tak sobie pomyślałam, że dziesięć procent będę przekazywać na te księdza przeszczepy...

Ach, niech ma klecha zagwozdkę! – myśli czule.

I ksiądz Jędrzej trze potylicę, udaje, że go to nic nie obchodzi, ale nieudolnie udaje.

– Giełda, mówi pani? A, to miłosierny uczynek... Piętnaście?

*

Buba siedzi obok Zenka.

Musi złapać oddech, przesadziła, a przecież Julia czeka. Zenek zbliża twarz do jej twarzy. Biała Dama przestaje zabawiać ludzi, patrzy na nich przenikliwie, kiwa ręką na znak „Nie, nie rób tego", ale Buba nie widzi, słabo jej jakoś, Zenek podaje jej butelkę mineralnej, przecież świat jest taki piękny,

ciepły i spokojny, za chwilę będzie jeszcze cieplejszy
i spokojniejszy, bo działka czeka na niego. Buba
odmawia ruchem ręki. Zenek rozgląda się, jest bez-
piecznie, wyjmuje strzykawkę. Buba chwyta go za
rękaw.

– Poczekaj. Musisz brać?

– No.

Buba patrzy na strzykawkę.

– Twoja?

– Dostałem. Prawie nowa.

– Zostaw.

– Od Gienka. On jest czysty.

– Nikt nie jest czysty. Zostaw.

Buba z wysiłkiem sięga do kieszeni, da mu, trudno, kupi sobie nową, jakie to ma znaczenie, stać ją.
Podaje Zenkowi strzykawkę i igłę. Zenek patrzy
z wdzięcznością, nie powinna mu dawać, teraz musi
kupić dla siebie, musi mieć przy sobie, myśli, że zawsze, ale może dobry uczynek robi, kto wie?

– Chcesz? – Zenek jest wspaniałomyślny, chce
się podzielić, a oni na ogół nie chcą się dzielić. –
Chociaż ty to już wyglądasz na gotową... Gotowa
jesteś?

– Ja jestem gotowa – mówi Buba i przekonuje
swoje słabe ciało do wstania.

*

– Nie, Buba, nie chcę. Nie chcę poznawać żadnego faceta. Nawet fajnego. Nie chcę i już.

164

– Coś ci jest? A ja ci mówię, że byłoby fajnie, gdybyś przyszła. Romek naprawdę jest równy facet. Przyjechałaś parę tygodni temu i nie masz czasu spotkać się z całą świętą szóstką.

– Widziałam się... Z Krzyśkiem na kawie... I z Sebkiem... wczoraj, wpadł przymocować karnisz. Chcesz kawy?

– Tak.

Nie udało się ani namówić Julii, żeby cokolwiek w mieszkaniu zrobiła, przy czym mógłby pomóc Romek, ani namówić Romka, żeby na przykład Julia mu pozowała. Buba miała też pomysł, żeby Julia przetłumaczyła artykuł, jedyny, który ukazał się o wystawie Romka, na angielski, ale Romek nie widział sensu, a Julia powiedziała, że przy okazji. To właśnie byłaby znakomita okazja – udzielenie komuś pomocy. Ludzie nigdy nie widzą, że ktoś potrzebuje pomocy. Nigdy.

Julia podnosi się, idą obie do kuchni. Julia nastawia czajnik, ale go nie włącza. Buba patrzy na nią jak na chorą. Julia wyjmuje filiżankę, wrzuca woreczek herbaty, zalewa zimną wodą, podaje Bubie. Buba patrzy na pływający z wierzchu woreczek.

– To jest kawa?

Julia śmieje się, doprawdy przecież to jest wesołe, bardzo wesołe, nigdy taka nie była, to śmieszne, nie wie, dlaczego Buba się nie śmieje, Julia wylewa zawartość do zlewu, torebka zatyka zlew.

– Co ty robisz?

– Nic. Kawę.

Nasypuje do filiżanki kawy, jest nieobecna.

Buba patrzy do filiżanki podejrzliwie. Lepiej sama zaleje ją wrzątkiem. Potem uważnie przygląda się Julii.

– Poznałaś kogoś?

– Tak. – Julia poprawia się natychmiast. – To znaczy nie.

– Ale ja bardzo cię proszę, przyjdź w sobotę do Róży! Wszyscy będziemy!

– A ty masz kogoś na stałe? – pyta nagle Julia.

– Nie, ja... wiesz...

– No tak, ty masz czas... możesz czekać a czekać. Ale będziesz łysa jak kolano, to nieprawda, że farby nie niszczą włosów! Szczególnie jeśli odbarwiasz, robisz z ciemnych jasne, Bubeczka, nie bądź głupek kompletny, bo nikt cię nie zechce... O, idzie Róża, otwórz, pomożecie mi przesunąć wersalkę pod okno, lubię się budzić w promieniach słońca. Basia, to ty? Urwałaś się z pracy? Wejdź, właśnie robię kawę, Boże drogi, co się stało?

*

– Strasznie ci jestem wdzięczny, stary, na piechotę nie dałbym rady. – Romek przenosi obraz przez poręcz. – Uważaj, żeby nie zatrzeć, świeża stosunkowo farba.

– Masz jakąś folię? Nie ubabrze mi bagażnika?

– Aż taka świeża nie jest.

– Coś mi to przypomina...

166

– To jest kobieta mojego życia...

– W sobotę się spotykamy u mnie... Poznasz Julię. Zobaczysz, jaka to równa babka.

– Nie lubię równych babek.

– Jaki ty dziwny jesteś... To przyjdź, ot tak, po prostu, nie dlatego, że ona tam będzie.

Roman zatrzymuje się i odstawia obraz pod ścianę.

– Piękna dziewczyna, prawda?

– Świetna! I zgrabna i mądra, naprawdę!

– Skąd wiesz?

– Przecież znam Julię od lat...

– Ech, ja nie o niej... A ty Krzysiek, chyba już się pozbierałeś...

– Nie mogę. Nic na to nie poradzę – mówi Krzysztof i przytrzymuje drzwi. Roman wnosi obraz do samochodu, teraz pojadą z nim do Galerii Niewielkiej. Widzieli szkic, zamówili, szkoda. Gdyby nie to, że jest kompletnie bez pieniędzy, nigdy by nie sprzedał. Ale zrobi sobie kopię, po raz pierwszy w życiu skopiuje samego siebie.

*

Julia jest przerażona. Piotrek? Nie rozumie, nie Piotr. Każdy inny tak, ale na pewno nie on.

– Mam dowód – szepcze Baśka i wyciąga płytę. – Masz podłączony komputer? Zobacz!

Julia wyjmuje laptopa przywiezionego z Londynu (niech ten Londyn szlag trafi, ale komputer tanio udało jej się kupić, dużo taniej niż tutaj), wkłada płytę, czekają w napięciu. One, ale nie Basia, Basia odchodzi, nie chce patrzeć na te świństwa.

Najeżdża kursorem na stację dysków E, powoli otwiera się plik. Na ekranie dwie dziewczyny. E189 dwie nagie dziewczyny, E190, dwie nagie całujące się dziewczyny, E191, E192, numery zdjęć przesuwają się wolno, Róża nie chce na to patrzeć, ale nie może oderwać wzroku od zdjęcia, co one robią? Przecież one nie... ależ tak! Rozłożone nogi, to tak wygląda kobieta w środku, o matko, chyba nie każda, chyba nie ona! Róża oblewa się rumieńcem. To niemożliwe, żeby Piotr robił takie pornograficzne sesje! To niemożliwe! Jak one tak mogą! Nie wstydzą się, czy co? A te języki teraz do aparatu, czyli do niego? E-212, czym one są oblane? Mlekiem? Kisielem? Co ona zlizuje z palców? Przecież tam nikogo nie ma, oprócz ich dwóch i fotografa, którego nie widać! To nawet nie są zdjęcia do jakiegoś pisma, to już prywatne zdjęcia, takie jakie się robi na pamiątkę albo po pijaku, zdjęcia, które się niszczy natychmiast po wywołaniu, bo nie są ani dobre, ani wartościowe. To brudna pamiątka z jakiejś orgietki, na której był on, Piotr i te dwie panny. O Boże, biedna Basia...

Julia wyłącza komputer, jeszcze nie wierzy własnym oczom, jeszcze ma wrażenie, że śni, bo to tak bardzo nie jest Piotrkowe. To niemożliwe, żeby przez lata udawać kogo innego, bo przecież nie ten Piotr, którego ona zna od dwunastu lat, nie ten sam człowiek brał udział w czymś tak plugawym.

Baśka przestała płakać. Jest znowu silna, przygotowana na najgorsze, ale da sobie radę, tym razem wie, co zrobić, tylko musiała się podzielić.

– Skąd to masz?

I Julia, i Róża patrzą zdziwione na Bubę. Co to za pytanie!

– Pytam, skąd to masz? – W jej głosie jest ostry ton, którego nie lubią, ale ten ton zmusza do odpowiedzi.

– Z komputera. Z naszego. Popatrz na datę. – Baśka zgrabnym kliknięciem wchodzi na datę. – Proszę bardzo, cały dzień biedak spędził w sejmie. Może tam to zrobił?

Nie wychodzi jej sarkazm, bo znowu w jej oczach pojawiają się łzy, a nie może płakać, bo płacz osłabia. I w tę cichość, która pojawiła się między nimi, bo co tu można powiedzieć, nagle wdzierają się nieprzyjemne słowa Buby:

– Ach, jakież to miłe uczucie, znaleźć nareszcie potwierdzenie swoich najgorszych podejrzeń, co?

Basię wypełnia dobrze znane od zawsze uczucie: dostała coś zamiast, jak wtedy tę cholerną lalkę. Teraz też dostaje coś zamiast. Zamiast jej pomóc – oskarża się ją. Ją! Nie jego!

– Jak możesz tak mówić?! – krzyczy.

– Kiedy na ciebie patrzę, to widzę kobietę z twarzą, która mówi: „Miałam rację!". Miałaś rację, Basieńko! Gratuluję! Co z tą swoją racją zrobisz? Już ją zeżarłaś w całości, a jeszcze się nie porzygałaś!

Róży robi się niedobrze, chce wyjść, nie chce brać w tym udziału, nie widziała takiej Buby i nie widziała takiej Baśki, której rumieńce wstępują na policzki, która przy swoim niewielkim wzroście nagle przewyższa Bubę, a nawet Julię, jest jej pełno w pokoju. Basia, która zawsze mówi cicho, wydobywa z siebie nieznany ton, i Róża z powrotem siada, jak przyklejona.

– Jak możesz tak do mnie mówić?! Ty nigdy nie przeżywałaś tego, co ja, i nie masz prawa!

A ta smarkula Buba, co ona robi?! Pcha Baśkę na krzesło, staje nad nią i też krzyczy:

– Siedź tutaj przez chwilę! I nie mów nic, dobrze? Róża, siądź z drugiej strony, możesz? Naprzeciwko Baśki.

Róża jak w transie (żeby to się już skończyło, co one wyprawiają), przesuwa się na krzesełko obok, Julia stoi nieporuszona i patrzy nierozumiejącym wzrokiem, a Buba sięga do cukierniczki, tymczasowej, właściwie jest to kubek, z cukrem, ale w kubku jest łyżeczka, srebrna. Julia wzięła ją z domu, ta łyżeczka to prezent od matki chrzestnej, była jeszcze solniczka i pieprzniczka w komplecie, lecz gdzieś przepadły, została tylko łyżeczka, którą teraz Buba macha im przed oczami.

– Co widzisz?

Parę ziarenek cukru przylgnęło do wgłębienia. Buba zbliża łyżeczkę do twarzy Róży, podnosi na wysokość jej oczu.

– Powiedz, co widzisz?

– Ły… łyżkę! – jąka Róża i też jej się nagle zbiera na płacz, ale teraz potężniejsza jest Buba i Buby należy słuchać.

– Nie, dokładniej, co? Opisz!

– Widzę srebrny przedmiot, o to ci chodzi?

– Srebrny przedmiot… i to dalej! Siedź, Baśka! – Buba skupiona na Róży widzi, że Basia chce się podnieść, a Basia, jakby kto ją biczem podciął, opada na krzesło.

Róża posłusznie precyzuje:

– Srebrny przedmiot, podłużny, ma kwiatki u nasady, potem się rozszerza i uwypukla, odbija okno, mnie i…

– A ty, Baśka, co widzisz?

– To samo! – warczy Baśka i zmiażdżona spojrzeniem Buby znowu siada.

– A ja cię proszę, żebyś się temu przyjrzała bardzo dokładnie i opisała to, co widzisz. Przestanę cię męczyć, ale dobrze się przyjrzyj.

– Widzę podłużny srebrny przedmiot – recytuje ze złością Basia – ma łezkę u góry, potem się zwęża i przechodzi w miły dołeczek, w którym odbijam się ja, kawałek pokoju i…

– To jest to samo czy nie? Róża widzi Różę, ty widzisz siebie, jesteście tymi samymi osobami? Róża widzi kwiat u nasady łyżki, bo z tej strony jest kwiatek, widzisz? A z twojej łezka, tak?

– Ale o co ci chodzi?

– O nic – wzdycha Buba i wsadza łyżkę z powrotem do cukru – o nic zupełnie.

Julia rozumie jednak, podchodzi do stołu i mówi:

– To jest łyżka, nic więcej, a widzicie różne rzeczy. Z różnych stron, różne odbicia rzeczywistości. Ale czy to zmienia tę rzeczywistość, czy jej obserwatora?

– Daj mi spokój! Daj mi wreszcie spokój! – Basia uklękła przy Róży i pozwoliła się głaskać po głowie. Płakała, ponieważ nikt jest nie rozumiał.

– Daj jej spokój, Buba – powiedziała Róża, pod palcami wyczuwała puszyste popielate loki Basi. Basia miała niezwykłe włosy, kolor nie do podrobienia, całe szczęście, że nie farbowała, nigdy nie odzyskałyby tego odcienia. – Daj jej spokój. Twoja prawda nie jest jej prawdą. To nie twój mąż, nie twoje życie. Każdy żyje po swojemu.

– Jeśli już posuwasz się do tego, że przegrywasz zdjęcia, upewnij się, czy chodzi ci o Piotra, czy o wasze małżeństwo, w ogóle się zastanów, o co ci chodzi. Rzeczywistość czasami jest inna, niż nam się wydaje – ciągnie niezrażona Buba. – Możesz być ślepa. Łyżka jest zawsze łyżką, tylko trzeba stanąć z boku, a nie trzymać ją przed oczyma. Tylko to ci chcę powiedzieć.

Basia podnosi oczy, zlepione od łez rzęsy, patrzy z nadzieją na Bubę.

– Myślisz, że nie chodzi o Piotra?

– Różnica między nami polega na tym, że ja nie wiem, o co chodzi, a ty z góry jesteś pewna. Być może obie się mylimy. Ale nie rób głupstw, nie rób niczego pod wpływem impulsu.

Julii udało się wreszcie nie zapomnieć o włączeniu czajnika. Tym razem niesie wrzątek i cztery kubki.

– Buba ma rację – mówi. – Buba ma tym razem rację.

Basia przeciera oczy dłonią, jak dziecko, i grzbietem dłoni również wyciera nos.

– Nic nie zrobię, dopóki się nie upewnię, obiecuję, dzięki, Buba – zdobywa się na wyznanie. – Napijemy się herbaty i zaraz bierzemy się do roboty, Julka. Przepraszam, ale musiałam wam to pokazać.

– Ja prosiłam o kawę – mówi Buba i siada przy stole.

*

Przecież ja wiem, że ta miłość jest na całe życie i że warto czekać na Sebastiana, który wraca do innej kobiety, kobiety, której pewnie obiecał, że będzie z nią w zdrowiu i chorobie, kiedyś przed ołtarzem, i który teraz jedynie dotrzymuje słowa, bo przecież kocha tylko mnie, to ja jestem dla niego wszystkim, powiedział mi to przecież i czuję wciąż, że tak jest, i nie mogę o niego nie walczyć. Więc walczę cierpliwie, dzień po dniu, cierpliwością i brakiem przymusu, jestem, kiedy mnie potrzebuje, i nie buntuję się, kiedy tam wraca do niekochanego domu.

Basia się temu dziwi, ta Basia, która nie wie, gdzie jest jej mąż, którego przecież kochała parę lat, któremu dawała się obejmować, kochać, całować, któremu nie urodziła dzieci, o którym nie pamięta dzisiaj, tak jakby to była niechciana rzecz, wazon od starej ciotki, którego nie można wyrzucić i który przydaje się raz do roku w imieniny, jak goście przynoszą dużo kwiatów. Wtedy zdejmuje się ten wazon z pawlacza, o, mamy jeszcze ten, gdzieś tam stoi. Więc Basia swojego męża właśnie tak traktuje, jakby był na pawlaczu, do zdjęcia w każdej chwili, ale lepiej, żeby się nie rzucał w oczy? Czy trzeba dopiero takich zdarzeń, takiej niepewności, żeby przypomniała sobie, że go kocha? Ona nie stwarza mu świata, a ja Sebastianowi stwarzam świat, w którym jest kochany, więc niech ona mnie nie ocenia, ani mnie, ani tym bardziej jego, bo Sebastian być może jest takim wazonem swojej żony, która go obiecała kochać i nie dotrzymała słowa.

Ty jesteś naiwna, każdy tak mówi, usłyszałabym, więc wam niczego nie powiem, bo nie każdy i nie o każdej tak mówi. Przecież nie złapię Sebastiana na dziecko, nie postawię go przed wyborem, ja czy ona, tylko dlatego, że będę w ciąży, nie zrobię mu tego nigdy, za żadną cenę. Sebastian będzie ojcem moich dzieci, ale jeszcze nie teraz, nie z przypadku, nie z chęci wywarcia presji, tylko z miłości...

– Taki układ, muszę tam wracać. – Raz jeden jedyny zapytała, czy może by chciał się do niej przeprowadzić, skoro są razem.

– Jest... kobieta, której na razie nie mogę tego zrobić...

Nigdy więcej o nią już nie zapytała, nigdy nie zapyta, zrobi porządek w szafkach kuchennych na dole, wymieni papier, którym wykłada półki, szafki w środku też się brudzą, posprząta i przetrze, umyje, odświeży, będą jak nowe, a on przyjdzie w środę, i będzie tak, jakby się nic nie stało, żadnych zmian.

Żadne z nich o nic nie pyta, taki układ, wiedzą to oboje, a przecież ona się nie przyzna, że czuje się jakoś na zakładkę, nie zwierzy się, bo po co się narażać na...

Wytrzyma tyle czasu, ile mu potrzeba, żeby się zdecydować, żeby wybrać, ale nie będzie go zmuszała, stawiała pod ścianą, albo ja, albo ona, niech wie, że dobrze jest jak jest, nigdy...

Dobrze, że im nie powiedziałam, bardzo dobrze, one mają swoje problemy, będziemy znowu udawać, że się przyjaźnimy, że wiemy o sobie wszystko, że jesteśmy inni niż reszta świata, specjalni, wybrani, w tym nieprzyjaznym świecie, i ja też będę udawać, tylko mam tak bardzo mało czasu...

*

Krzysztof przygotowuje się na przyjście przyjaciół. Tym razem zrobi zapiekankę, którą tak bardzo wszyscy zachwycali się u Róży, niech mają. Róża podała mu przepis, wydaje się to dość proste, musi tylko obrać ziemniaki, pokroić boczek, wszystko to wsadzić do piekarnika.

– Posyp byle jakimi ziołami i serem żółtym, ale na końcu.

No właśnie, na końcu.

Bo przedtem trzeba jednak obrać te znienawidzone ziemniaki, on nie będzie tego jadł, ale im zrobi przyjemność. Może się poświęcić. Krzysztof z obrzydzeniem bierze do ręki pierwszy ziemniak. Nie je ziemniaków od dzieciństwa. Bierze pierwszy i zaczyna niezgrabnie obierać.

Ziemniaki są groźne.

Dlaczego ma sobie przypominać nagle przeszłość? Z powodu... jakiego powodu? Róża zwróciła uwagę, że nie je, chociaż się tym nie afiszował. Ugotowała mu makaron. Pomyślała o nim. Zrobiła coś specjalnie dla niego. Więc on im tę zapiekankę też zrobi.

W długich palcach Krzysztofa ziemniak staje się nagi dość szybko. Pierwszy drugi, trzeci.

Skończył właśnie siedem lat i Andzia, gosposia ojca, ostrym tonem namawiała go do zjedzenia wszystkiego.

– Masz zjeść wszystko! – powiedziała ostro, tonem nieznoszącym sprzeciwu.

Chciał zjeść wszystko, ale ziemniaczane purée rosło mu w buzi, a ta część, która już pokonała przełyk, powoli podchodziła do góry, i wiedział, że za chwilę się spotka z tym, co niechętnie i wbrew ruchowi robaczkowemu przemieszczało się w dół. Zacisnął usta, a lepka papka zaczynała mu spływać od kącika ust na brodę, otarł wierzchem dłoni twarz i ślad ziemniaków, który został na ręce, strasznie zdenerwował Andzię. Podniosła się, stanęła nad nim, jej duże piersi zafalowały, przedziałek między nimi przypominał przedziałek między obfitymi pośladkami. Zacisnął mocno oczy, bo od tego widoku i ziemniaków w środku zrobiło mu się niedobrze.

– Zjesz to do końca – powiedziała Andzia i wzięła go pod brodę.

Nacisnęła swoimi miękkimi rękami miejsce po obu stronach twarzy. Nie mógł oddychać, łzy leciały z boku, w stronę uszu, ale najgorsze było to, że jakimś sposobem kulka zielonego groszku oderwała się od ziemniaków i znalazła przejście do nosa. Wiedział, że umrze, wyrwał głowę i uratował sobie życie, wypluwając ziemniaki częściowo na talerz, a częściowo prosto w twarz Andzi. Zielony groszek, przypadkowo zaplątany w purée ziemniaczane, utkwił w nosie i gwałtownie musiał się go pozbyć.

Zielona kulka wypadła nosem, mógł wreszcie wziąć pierwszy swobodny łyk powietrza, niezatruty purée.

– Ty wstrętny gówniarzu!

Ożywcze powietrze łagodziło wystraszone płuca, pierwszy haust był ciężki jak woda, drugi przyjemnie rozlewał się po całym ciele, które powoli wychodziło z drżenia. Oddychał i oddychał, kiedy Andzia z miną pełną obrzydzenia, jakby opluł ją jadowitymi pająkami, ścierała ze swoich policzków ziemniaczane purée.

Krzysztof syknął, czerwona plamka krwi zabarwiła ziemniak. Był nieostrożny, nie pamiętał o tym przez lata, co się nagle stało? Nie jadł ziemniaków, nigdy, pod żadną postacią. Teraz garnek pełen nagusieńkich ziemniaków patrzył mu prosto w oczy. A on nie chciał pamiętać.

*

– Pachnie cudnie. – Basia weszła do kuchni i uchyliła piekarnik. Za nią szła Buba, nie zdjęła martensów, choć prosił, żeby zdjęli buty.

– Krzysiu, w żadnym kulturalnym domu o to nie proszą. No, ale jaki właściciel, taki *savoir-vivre* – powiedziała Buba i zostawiła mokre ślady na jego białych kafelkach w przedpokoju.

Poszedł oczywiście po szmatę.

– Krzysiek, będzie Roman?

– Będzie!

Buba z Basią spojrzały na siebie porozumiewawczo. Julia przyjdzie na pewno, nareszcie doprowadziły do spotkania. I jak już Roman pozna Julię, a Julia Romana, wezmą sprawy w swoje ręce.

– A Piotr? – szepnęła Buba.

– Nie zrobiłam nic, na razie, ale mam telefon do jednej z tych… pań i jestem z nią umówiona w przyszłym tygodniu. A do tego czasu, tak jak obiecałam…

Piotr był zadowolony, nie widzieli się przez ostatnie tygodnie i stęsknił się za przyjaciółmi. Basia wydawała się w lepszej formie, miał wrażenie, że przestała go sprawdzać, choć rzadko bywali razem w domu, siedziała całe dnie w pracy.

Przy stole Sebastian otwierał wino, Róża rozkładała sztućce, zerkając na zegarek. Róża nie miała wątpliwości, że Julia spodoba się Romkowi, trzeba będzie tylko przejąć kontrolę nad rozmową, skierować ich delikatnie ku sobie, podpowiedzieć parę rzeczy. Basia z Różą coś szeptały do siebie, Sebastian nasłuchiwał. Wszystkim udzieliło się lekkie napięcie.

Kiedy zabrzmiał dzwonek u drzwi, rzucili się do przedpokoju.

W drzwiach stała Julia, piękna jak marzenie, złote włosy spływały po obu stronach buzi, Julia przecież wkroczyła w nowy etap swojego życia i nie szukała już mężczyzny, była wolna, była sama, nie czuła się gorsza z tego powodu. Było jej troszkę przykro, że rozczaruje przyjaciół, że mimo ich szczerych chęci zeswatania jej – nic z tego nic będzie.

Omiotła wzrokiem zgromadzoną w przedpokoju gromadkę powitalną. A więc tego Romana jeszcze nie ma, nie szkodzi, przyglądają jej się jak dziwadłu jakiemuś, a przecież spóźniła się tylko dziesięć minut. Uśmiechnęła się i rozłożyła ręce w bezbronnym geście.

– Co jest? Nikt się ze mną nie przywita?

– Jezu! – usłyszała za sobą znajomy głos, głos zapamiętany na zawsze, na wieki, taśma diamentowa, niezniszczalna. – Jezu...

Julia odwróciła się wolno od nieruchomych oczu, od sześciu par oczu ludzi najbliższych jej na świecie. Właściciel tego głosu stał w otwartych drzwiach tuż za nią, ich oczy spotkały się i błysnęło.

– Julia – powiedziała, wyciągając rękę.

A on wziął jej rękę jak swoją, pociągnął ku sobie, odwrócił się i zbiegli po schodach, zostawiając pustkę w otwartych drzwiach.

Buba, Basia, Piotr, Sebastian i Róża stali jak wryci.

Krzysztof podszedł do drzwi i zamknął je.

– To by było na tyle – powiedział, a w jego głosie można było usłyszeć, gdyby ktoś się wsłuchał, niebotyczne zdumienie. – Psiakrew, spaliła się!

Roztrącił przyjaciół i rzucił się do piekarnika. Niestety, moment, kiedy należało szybko wyjąć zapiekankę, żeby ją jeść, minął bezpowrotnie. Nastąpił zaś moment, w którym należało szybko wyjąć zapiekankę i jeszcze szybciej wynieść ją do śmietnika. W kuchni śmierdziało, siny dym powlókł się w stronę przedpokoju, a stamtąd rozsnuł po całym mieszkaniu.

– Oni się znali? – Róża trąciła Basię w bok, kiedy na powrót oddało jej mowę.

– Mówiłam, że piorun w nich strzeli. – Buba poszła do kuchni i dość łagodnie oceniła: – O, jaki gospodarz, taka potrawa.

Sebastian popatrzył na Piotra.

– Rozumiesz coś z tego? Bo ja, bracie, całkiem głupi jestem.

A Krzysztof wyjął z lodówki trzy paczki puszek rybnych, wątróbek dorszowych, otwierał je, klnąc pod nosem, a potem wziął telefon i zamówił dla wszystkich pizzę.

*

– A ja słyszałam, że Organisation for Awareness w Nowym Jorku zajmuje się nie tylko samymi przeszczepami, ale również badaniem ludzi po przeszczepach i...

– Chcesz powiedzieć: tych ludzi, co przeżyli – Krzysztof przerwał Bubie, bo ona mu zawsze przerywała.

– Tak, Krzysiu, to nie są zombi. – Buba popatrzyła na Krzyśka i zamrugała. – W przeciwieństwie do ciebie, kochanie.

– Daj mu spokój. – Sebastian spojrzał na Bubę i pomyślał, że na szczęście Róża jest inna. Przysunął się do niej i wziął ją za rękę. Ręka Róży była chłodna i nieprzytomna, nie zareagowała na jego dotyk.

– I okazuje się, że komórki pamiętają wszystko – ciągnęła Buba. – Nie przeszczepia się tylko organów, ale również pamięć. Jedna kobieta, która nagle po operacji serca zaczęła lubić piwo i mecze bejsbolowe, których przedtem nie znosiła, postanowiła przestać brać środki przeciw odrzutom i żyje. Jest przekonana, że tylko prawdziwa integracja z dawcą zapobiega komplikacjom.

– Buba, ty bez przerwy nas częstujesz jakimiś rewelacjami. Medycyna to medycyna, a zawsze się znajdzie ktoś, kto będzie brał normalne zjawiska za zjawiska nadprzyrodzone, i jakiś żądny sensacji dziennikarzyna podłączy się pod chorych psychicznie.

– Sobuś, ja nie mówię o bajkach i kaczkach dziennikarskich, instytut naukowy w Beverly bada emitowane światło widzialne i ultrafioletowe i obrazy związane z przeszłością pacjenta. Mają dowody na to, że zachodzi jakaś nieznana nam wymiana fotonowa.

– Przeszczep serca i nowa pamięć. – Krzysztof obrócił się na swoim fotelu. – Drogo to kosztuje? Zafundowałbym sobie.

– A o czym nie chcesz pamiętać? – Buba zmrużyła oczy.

– O tym, że czasami mam ochotę ci przyłożyć.

– Zaraz ja wam obojgu przyłożę. – Piotr chwycił za butelkę wody. – Nawet jak gadacie poważnie, musicie skakać sobie do oczu? Czy wy przypadkiem nie jesteście od siebie uzależnieni?

– Piotrek, zajmij się sobą, dziecino.

– Nie życzę sobie, żebyś mówiła do mnie „dziecino", Bubciu.

– I daj spokój Krzyśkowi. – Wszyscy spojrzeli na Bubę, ponieważ jak świat światem nigdy nie stanęła w jego obronie. – Krzyś myśli o przeszczepie serca, bo może mu się sprzykrzyło żyć bez tego mięśnia, a wy go wyśmiewacie? Nieładnie...

– Buba, ty źle skończysz, mówię ci. – Krzysiek wziął do ręki kawałek pizzy i upuścił go sobie na zielony sweter z wielbłądziej wełny. Pizza, jak wiadomo, upada zawsze stroną wysmarowaną keczupem, tak jak kromka chleba spada zawsze masłem do dołu, a kot na cztery łapy. – Psiakrew i cholera jasna – powiedział Krzysztof i poszedł do łazienki ratować swojego wielbłąda.

*

Dlaczego moja córka jest tak daleko ode mnie? Przecież to ja wiem wszystko o życiu, powiedziałabym jej tyle ważnych rzeczy, gdyby chciała słuchać. Ma tylko mnie, nikt nie życzy jej lepiej ode mnie, dla nikogo nie będzie ważniejsza. Jeśli ją boli, mnie boli tysiąc razy bardziej, jeśli ona cierpi, ja umieram z bólu, jeśli płacze, to w moich oczach kwas solny.

Co było nie tak? Czego nie powiedziałam, nie zrobiłam, nie nauczyłam? Przed czym jej nie przestrzegłam? Dlaczego nie jest szczęśliwa?

No cóż, zdarza się, że człowiek źle ulokuje uczucia. To nie jej wina, że trafiła na nieodpowiedniego mężczyznę. Trzeba wziąć się w garść, a nie opłakiwać latami nieudany romans. To tylko lekcja, z której można wiele wynieść. Przecież mogłabym ci pomóc, córeczko, uporać się z tym bólem, z samotnością, wystarczyłoby porozmawiać, szczerze porozmawiać.

Mnie też bardzo bolało, jak twój ojciec odchodził. Ale przecież dał mi to, co najcenniejsze w moim życiu. Ciebie.

Teraz tylko nie angażuj się, musisz być ostrożna, musisz pomyśleć o pracy, o tym, jak dojść do siebie, później będzie czas na miłość. Musisz dojrzeć, nie odróżniasz jeszcze tego, co ważne, od tego, co błahe. Czemu tak uciekasz?

Znowu robisz błąd. Wiem, co znaczą samotne dni i noce, kiedy wszystko, co było dobre, staje przed oczami, uśmiechasz się do wspomnień i nagle *już nigdy* zabiera nawet wspomnienia, *już nigdy*, które tak dobrze znam i pewnie ty zaznasz jego smaku.

Kochanie, życie przed tobą, wierz mi, wszystko będzie dobrze, ja w to wierzę, ale umieram z niepokoju o ciebie.

Gdzie jesteś?

Co robisz?

O czym myślisz?

Chciałam umrzeć, kiedy twój ojciec odszedł. Nie umarłam tylko dlatego, że byłaś ty.

A ty przecież nikogo nie masz.

Boże drogi, żeby się tylko nic nie stało.

Dlaczego nie odbierasz telefonu? Jest tak późno…

*

– Dlaczego wy rozmawiacie o takich strasznych rzeczach? – Róży było niedobrze. – Dlaczego nie możemy porozmawiać o czymś normalnym?

Róża cierpła na samą myśl o chorobach, jakichkolwiek, a oni musieli się przypiąć do tego tematu na dłużej. I nikt nie zwracał na nią uwagi.

– Swoją drogą to fascynujące. Wyobraź sobie, że jakiś wzór energetyczny jednak istnieje i jest przekazywany biorcy. Skoro się okazało, że materia to tylko zgęszczona energia, to wszystko jest możliwe. Tylu rzeczy jeszcze nie wiemy.

– Ale ja nie muszę o nich wiedzieć, Sebek. – Pizza nie posłużyła Róży, a w łazience siedział

Krzysztof i wyczesywał ze swojego wielbłąda sos pomidorowy.

– Pomyślcie, niektóre gwiazdy dawno umarły, a to światło umarłych gwiazd dalej wędruje w przestrzeni i jest podstawą badań astrofizycznych. Dla nas świecą od dawna nieistniejące, a przecież jak spojrzysz w niebo, to nie odróżnisz, których już nie ma, bo dla nas są…

– Buba jest w nastroju filozoficznym.

– Ty niepotrzebnie zacząłeś ten temat, Sebek.

– Ja tylko zapytałem, czy coś robimy w sprawie Jędrzeja! Spotkałem go na rynku, im się naprawdę spieszy, szkoda, że nie przy tobie mówił to wszystko, co mnie. Jakby własnego ojca chciał ratować.

Krzysztof siedział na wannie i zmywał ze swetra czerwony ślad. Był zły na Piotra i na Bubę. Są jakieś granice przyjaźni. Zaraz, zaraz… Gwiazdy… Ładnie to Buba powiedziała, jak tak jej słuchać zza zamkniętych drzwi… Zmiął sweter i wrzucił go na stos rzeczy do prania.

Zarzucił na siebie bluzę i wyszedł z łazienki, Róża na jego widok zerwała się i prawie go wypchnęła do pokoju.

– Nic się nie dzieje bez przyczyny, Sebek, i właśnie w tym jest nadzieja. – To znowu Buba.

Nie wiedział, o czym mówią, ale nagle ogarnęła go złość. Buba nie wiedziała o nim nic, ale on wiedział dostatecznie dużo o braku przyczyn, o przypadkach, które niszczą życie, o bezsensownych zdarzeniach, które nic dobrego nie przynoszą.

Oparł się o drzwi i spojrzał Bubie prosto w oczy.

– Nie chcę wydać ci się prostakiem, ale spytam z prosta: czy ty udajesz, czy naprawdę jesteś idiotką? Czy ty naprawdę myślisz, że wszystko na świecie jest takie nieskomplikowane i wszystko można wytłumaczyć ot tak sobie, bez znajomości rzeczy, bez dogłębnej wiedzy, której nigdy nie posiądziemy? Oto słowo Buby, pochowajcie się naukowcy, porzućcie swoje beznadziejne badania, wieloletnie ślęczenie nad zjawiskami, Buba zna rozwiązania wszystkiego, od ręki, w try miga odpowie na pytanie, wyjaśni każdą wątpliwość, a poza tym, uwaga, uwaga, jest nieomylna! To wytłumacz mi, jaki jest sens trzęsienia ziemi, w którym giną tysiące tysięcy ludzi?

– Nie wiem, Krzysiu, ale może taki, żeby już nie bawić się w męskie zabawy nuklearne pod powierzchnią ziemi, pod powierzchnią wody i pod pretekstem, że to nie szkodzi, bo tego nie widać i nie słychać!

– To idź i powiedz to tym milionom ludzi, którzy stracili kogoś, idź do tej matki, co nie mogła po pięciu dniach rozpoznać swoich dzieci, bo tak szybko ciała ulegały rozkładowi, idź powiedz to tym dzieciom, które nigdy nie zostaną wzięte na ręce przez matkę!

Krzysztof usiadł i milczał. Pierwszy raz się tak uniósł i pierwszy raz ich święty piątek nie był miłym wieczorem. Niepotrzebnie wydarł się na Bubę, to miał być inny wieczór, mieli się napić, na wesoło wyswatać Julkę, na cholerę ten okrutny świat w jego mieszkaniu?

– A ja się mimo wszystko będę upierać, że im więcej cierpienia, tym więcej potrzeba miłości i nadziei, czyli czegoś, o czym, Krzysiu, nigdy nie będziesz miał pojęcia, więc dyskusja z tobą wydaje mi się bezcelowa.

Milczeli wszyscy, nawet Piotr nie miał ochoty się wtrącać się. Ich pierwsze tak wyraźne starcie.

– Bubeczko – ironia w imieniu Buby prawie kapała na podłogę – czy zaraz mi powiesz, że twoim największym marzeniem jest pokój na świecie i braterstwo narodów, i żeby wszyscy byli szczęśliwi? Trzymajcie mnie!

– Nie, Krzysiu – powiedziała Buba z jak największą powagą – moim największym marzeniem jest mieć dużo pieniędzy. Przykro mi, że cię znowu rozczarowałam.

*

– Co ty sobie o mnie pomyślisz? – Julia aż zaczerwieniła się ze wstydu, że zadała to idiotyczne pytanie, tak strasznie banalne, przecież była dorosła i mogła robić, co chce. Ale w najśmielszych marzeniach nie przypuszczała, że wyląduje w łóżku z nieznajomym mężczyzną. Leżała otulona ciepłem Romana, z nogą przerzuconą przez jego brzuch, wsparta na łokciu i przyglądała się rozpoczętemu obrazowi na sztalugach. Coś jej przypominał, ale nie wiedziała co.

Cieszyła się, że wylądowali u niego, a nie u niej. Strych był najpiękniejszym miejscem na świecie, pachniało terpentyną i wszystkie drogi prowadziły właśnie tutaj, w jego ramiona, tu był Rzym i Eden, i przystań, i port, i drzwi otwarte do lasu, i nadzieja.

– Ja nie myślę, ja cię kocham – powiedział Roman.

– Wiem, myślisz, za wcześnie na plany... ale chciałbym, żebyś tu już została, na zawsze.

– Przecież mnie nie znasz, Roman. Nie znasz mnie...

– Mam dużo czasu, żeby cię poznać, i z tego dużo czasu nie zamierzam zmarnować ani minuty. Roztrwoniłem już zbyt wiele życia.

Bawił się jej włosami. Jak to dobrze, że nie uległa modzie i nie ścięła włosów. Palce Romka przesypywały je teraz, nie były martwe, niemal czuła jego dotyk.

Całe życie szła do niego, leciała do niego przez Londyn boeingiem 737 i wszystkimi pociągami, i autobusami, i tramwajami, i piechotą.

I love you so much – usłyszała jakby z daleka i zgniotła to wspomnienie jak komara, który zbyt opity jej krwią, nie ma siły, żeby unieść się do życiodajnego lotu.

To jest inny mężczyzna. Jeśli los jej dał taki prezent, a ona będzie porównywać, jeśli nie Zaufa, nie Zawierzy, nie Zaryzykuje (reguła Buby, trzech Z), już drugi raz to się nie zdarzy. Nie pozwoli Davidowi władać swoim życiem i wspomnieniami. Tamto – to był fałsz i pomyłka, to jest prawda i pewność.

To są dwa różne światy, przeszłość nie będzie miała nad nią władzy, jak nad jej matką.

– Właśnie wynajęłam mieszkanie – powiedziała.

– I nie mam pracy.

– Poradzimy sobie. Nie mogę ci zbyt wiele dać, ale umiem sporo rzeczy, obrazy się nie sprzedają, ale robię… – Roman zawahał się. – Jeśli nie wstydzisz się być z facetem, który kładzie glazurę i terakotę i maluje cudze mieszkania… Nie boję się pracy… Tu nie jest zbyt ciepło w zimie, okna są nieszczelne, ale uszczelnię. Nie będzie ci zimno.

Nie będzie ci zimno – czy są piękniejsze słowa na ziemi? Jak je można porównać do *jesteś dla mnie wszystkim*? Lub *jesteś dla mnie najważniejsza*? Julia nachyliła się nad Romanem i pocałowała go w usta, jego ręka przewędrowała na jej plecy i delikatnie przyciągnęła ją, pierś Julii dotknęła piersi Romana i zmarszczyła się od pieszczoty.

To niemożliwe, pomyślała Julia, takie rzeczy się nie zdarzają.

Ale wcale nie miała racji, bo właśnie zdarzała się im rzecz, jaka przytrafia się milionom ludzi.

Z tym, że trzeba przyznać uczciwie, niektórzy są zbyt przestraszeni, żeby to zauważyć.

*

– To było drugie podejście i niestety jest progresja. Jest progresja zamiast nadziei, nie ma nadziei, na jej miejsce wepchnęła się progresja, nie ma światła w tunelu, nie ma tunelu, jest progresja. Nie ma wyjścia, cztery ściany dookoła, coraz bliżej te ściany – na każdej duży napis – PROGRESJA. Progresja. Procesja, pogrzeb. Ten łopot serca to zawał, bolesny przez moment, pękające ściany komory, czysta krew, która zalewa wnętrze i koniec, czy to przyspieszone bicie serca, które wrzeszczy: Nie! Błagam, jeszcze nie teraz! Nie mogę, nie wytrzymam, nienienienienienienie!

– Zostanie u nas pani do jutra, dobrze?

Carcinoma clarocellulare renis.

Ładnie się nazywa. Renis. Jak renifer, jak piękne szlachetne zwierzę, czyste, klarowne, claro... Klara, ładne imię, niezwykłe. Dlaczego jest tak mało Klar na świecie? Bo to imię bez zdrobnienia, Klarcia, fu, nikt nie chciałby się nazywać Klarcia. Ale Klara? Klara jest od razu stara. Motylem się też zostaje na starość. Motyl spędza dużo życia jako poczwarka, trzy lata potrafi być brzydki i budzący wstręt. Szkodnik. Gąsienica. Zjada tysiące hektarów lasu. A potem, po tych latach czekania, zamienia się w anioła, szuka kwiatów, słońca, rozpościera skrzydła, najdelikatniejsze stworzenie na ziemi. Spija nektar z kwiatów i błyszczy w promieniach słońca, jakby był obsypany brokatem. Nic nie robi złego, po prostu jest. Jest żywym dowodem na istnienie Boga, jest przyjemnością dla przyjemności, jest pocieszeniem. Motylem się jest na starość, ja na cały mój czas zostanę poczwarką.

– Dobrze?

Nie usłyszała, co mówi lekarz, ale kiwa głową potakująco, ktoś ją gdzieś prowadzi, z powrotem na salę, łóżko jest chłodne, obok kroplówka sączy się do żył innej kobiety. Drobniutkie krople nadziei. Dla niej nie starczyło.

Jak sobie z tym poradzę?

Pięćdziesiąt tysięcy dolarów sam szpik. Dwieście operacja. Prawie milion złotych. Nie ma tych pieniędzy. Może będą, kiedyś, już nie dla mnie, nie mam czasu! Nie mam czasu!

Niech mi ktoś pomoże... Niech się obudzę. Będę lepsza, będę radośniejsza, nie zrobię tych rzeczy, które robiłam, i zrobię to, czego nie robiłam. Proszę, Panie Boże, jeszcze się nie przeobraziłam, jeszcze nie zrzuciłam łuski, jeszcze się nie wyklułam, jeszcze mnie nie ma, a już ma mnie nie być?

– Chce pani jakiś środek?

Środek na co? Na strach? Złoty środek? Nowy środek, niezarażony *carcinoma clarocellulare renis*? Tak! Chcę dostać nowy środek, pełen zdrowych pięknych komórek, z mocnym układem odpornościowym – żołnierzami taekwondo, którzy mnie obronią przed carcinomą, nie wpuszczą carcinomy do środka, którzy zawalczą, wyjmą ostre miecze i powiedzą: Stop! Tak, chcę mieć nowy środek, nowe piękne nerki, które, schowane głęboko, będą cichutko pracowały, i żadna nie zbuntuje się przeciwko mnie, nie pozaraża sąsiednich narządów, nie rozprzestrzeni się, taki środek chcę mieć. Chcę zrzucić wylinkę i być motylem, polecieć w słońce, chcę być motylem nocnym i szukać światła za wszelką cenę, chcę poznać trud tworzenia i życia, radość i miłość, nie chcę zgnić jako poczwarka w twardym kokonie, skażona *carcinoma clarocellulare renis.* Chwycę się brzytwy, tylko dajcie mi brzytwę!

– Nie, dziękuję – mówię i zapadam się w pancerz, w swoje kanaliki, które sprawiają, że mogę przetrwać jeszcze jakiś czas.

*

– Basia, co ci jest?

– A co ma mi być? – odpowiada moja żona i odwraca się do mnie tyłem, jej plecy widzę, a nie z plecami wziąłem ślub, wszystko się zmieniło, unieszczęśliwiam ją, na nic wszystkie moje starania, bo oto mam dowód, na jej plecach ten dowód, że nie jestem jej już potrzebny.

Może czas się rozstać?

*

Basia nie wybiegła w pośpiechu, wyszła spokojnie, a zanim wyszła, zapytała, czy Iris (Mam taką ksywę, Iris jestem), więc czy ksywka Iris zgadza się być w sądzie świadkiem jej upokorzenia. Rozwód z winy Piotra, tylko tego chciała. Pokazała Iris zdjęcie.

– Uppss – powiedziała Iris – sukinsyn, powiedział, że nikomu nie pokaże. To twój mąż? – Basia dałaby sobie rękę uciąć, że w oczach Iris na moment pojawiły się łzy. – Wiesz, jakbym wiedziała, że żonaty, toby mnie nie puknął, nie lubię żonatych, potem są same problemy. Co za świnia. – Iris przerzucała zdjęcia. – Ale tu dobrze wyszłam, popatrz, no nie? Powiedział, że robi dla „Penthausa", wiesz, to jest niezłe pismo na tym rynku – co nie? – a niełatwo się wkręcić, a on powiedział, że wkręci, a to moja koleżanka, ona gorzej wyszła, co nie? Trochę zabawy i już masz problem, ale ty pretensji nie masz, co nie? Jasne, że przyjdę, trzeba sukinsynowi powiedzieć, kto tu rządzi, co nie? Ale nie żal ci? Zaganiacza to on miał, o, ja cię, sorki. Tylko wiesz, nie pomyśl sobie czasem, że tak jest zawsze, my go znałyśmy już jakiś czas, to nie jest tak, że z byle kim czy nieznajomym, po prostu. Nie wymydli się, co nie? Ale mówił, że nie ma żony. To daj znać, kiedy sprawka, ale zdziwko go klepnie, jak mnie zobaczy, co nie? Jasne, że przyjdę, bo ja jestem za tym, żeby w temacie małżeństwa było wszystko OK, a jak nie jest, to nie moja wina, co nie? Tu nieźle wyszłam. Zostawisz mi odbitki? Te to zniszczę najprędzej i już mnie nie tknie, obiecuję. Ale wiesz, też mi coś zagrało do niego. Trudno, raz na wozie, raz pod wozem. Sorki cię, naprawdę. To jest ekstra! Ty byś też sobie takie zrobiła. Ale ja głupia jestem, on cię pewno obfotografował wzdłuż i wszerz.

Buba to idiotka, łyżka jest łyżką, wszystko jedno, z której strony patrzysz. Ale ona, Basia, ma świadka. Nie jest jej żal. Skoro Piotr mógł z kimś takim, to nie jest jej żal, już nie. Nie musi się złościć, ani walczyć, ani tłumaczyć, ani wyjaśniać.

Ze swojej pensji może opłaci jakiś niewielki pokój. Jak już będzie po wszystkim, pojedzie do matki, ma zaległy urlop, jeszcze z zeszłego roku, tylko żeby się trochę lepiej poczuć. Ale poczuje się lepiej u Róży, do Róży pojedzie zaraz po spotkaniu z panią mecenas. Napiją się i będzie jak kiedyś. Kieliszek czegoś mocniejszego dobrze jej zrobi.

Ot co.

Czasem małżeństwo tak się kończy.

*

– Zmierzę tylko ciśnienie, proszę dać rękę. Ojej, tu jest brzydkie wynaczynienie, proszę pokazać drugą.

Wynaczynienie, siniak po prostu. Jeden, drugi, trzeci...

*

– Jestem już jak ptak nielot.

– Nie gadaj głupot, nawet kurę można zmusić do latania.

– Jak jej zaczniesz wygrażać siekierką.

– Zjadłabym rosół. – Buba leżała na otomanie u Róży i przyglądała się Basi.

– Mogę ci zrobić gorący kubek. Chcecie, dziewczyny?

– Ja dziękuję. Mówiłam o rosole na jarzynkach, a nie zupie globalizacyjnej.

– Biorę kawalerkę Julii. Wyjątkowo tania, choć chyba są karaluchy. Jutro pojadę po rzeczy. W przyszłym tygodniu pierwsza sprawa.

– Jesteś pewna?

– Jak niczego na świecie.

– Nawet nie wiesz, czy to nie błąd, chwila zapomnienia...

– Róża! Bo wyjdę!

– Nigdzie nie wyjdziesz, przez tydzień nie wyszłaś, to nie wyjdziesz. A ja uważam, że to nieuczciwe, nie powiedzieć mu, nawet nie zadzwonić, nie spróbować wyjaśnić.

– Nie rozumiecie, że ja nie mam wyjścia?

– Ludzie się dzielą na dwie grupy, takich, co nie widzą wyjścia, i takich, co widzą tabliczkę „wstęp wzbroniony".

– Buba, ty nic nie tracisz, jesteś kochana, że tak w nas wierzyłaś, ale nie masz zielonego pojęcia, co to znaczy stracić wszystko. Po prostu wszystko.

– Ale nie mów mi, że nie masz wyjścia! Bo zawsze masz! Albo w lewo, albo w prawo, albo w górę, albo w dół, albo na północ, albo na południe, albo możesz biec, albo iść, a jeśli jesteś sparaliżowana, to możesz zasnąć albo się obudzić, myśleć o tym lub o owym! Nie mów, że nie masz wyjścia, bo w tym właśnie tkwi diabeł!

– W mówieniu?

– Nie, w braku wyjścia.

*

– A ty nie masz zamiaru ułożyć sobie życia? Długo tak chcesz jeszcze ciągnąć? – Róża stawia przede mną herbatę w kubku, szkoda, że nie rosół. Upijam trochę, herbata nie należy do kubków, herbata należy do cienkiej porcelany, do szklanek z cienkiego szkła, do miseczek chińskich należy. Ale Róża pija kawę, ma kubki w domu, więc nie ma pojęcia, że herbata w grubym kubku umiera.

– Ja? – Śmieję się. – Ja ułożę sobie życie, nie martw się o mnie. Ja ułożę sobie życie jak stos... żeby się pięknie palił. Nie pamiętam, czyj to wiersz, może ty, Baśka, wiesz?

*

Róża weszła do łazienki, znowu było jej niedobrze. Lada chwila będzie widać, jeśli szybko się nie zdecyduje. Niepotrzebnie dała odłożone trzy tysiące księdzu Jędrzejowi. Naruszone nietykalne oszczędności. Co ją obchodzi jakiś tam jego kolejny przeszczep? Przecież ten chory ma jakąś rodzinę. Ale w gruncie rzeczy, wiedziała, dlaczego dała: żeby się lepiej poczuć, żeby trzymać z dala od siebie choroby, kaleki, niedołęstwa, przykrości.

Będzie musiała sięgnąć do rezerw. Bo ma wyjście. Albo, albo. Dziesiąty tydzień, jest jeszcze czas, to nie dziecko, to tylko zygota, trochę większa, to jeszcze nie dziecko, znajdzie jakiegoś lekarza, nie powie nikomu, nikt się nie domyśli, nie zrzuci odpowiedzialności na nikogo, to musi być jej decyzja, własna, jedyna, nie obciąży Sebastiana. Szkoda, że nie można powiedzieć Basi ani Bubie, ani Julii, szkoda, że każdy jest sam jak palec i że ona także nie ma na kogo liczyć, szkoda, że Sebastiana nie będzie przy niej, kiedy będzie usuwała ich dziecko. Dobrze, nie będzie wiedział, że morduje ich dziecko. To nie dziecko, nie ma wykształconych rąk ani nóg, ma wykształcone rączki i nóżki, to tylko zarodek, jak jajko kurze.

Róża pochyliła się nad sedesem i wymiotowała. Kiedy żołądek przestał się kurczyć, poczuła na plecach delikatny dotyk ręcznika.

– Od dawna jesteś w ciąży? – zapytała Buba, a Róża siadła na sedesie i rozpłakała się.

*

Pani Marta martwiła się. Ksiądz Jędrzej traci wzrok na dobre. Co on dzisiaj wyprawiał w kościele! To się nie mieściło w głowie.

Wszystko było dobrze, aż do momentu, kiedy powiedział:

– I dlatego, co Bóg złączył, tego człowiek niech nie rozłącza.

On myślał, że to ślub! Nie widział ani trumny, ani żałobników! Czyli nie widział nic! Rozejrzał się tylko za siebie i szepnął do ministranta, słyszała dobrze, stała obok:

– A gdzie żona? Nie widzę za dobrze...

Jeszcze się wtedy nie zorientowała, że pyta o pannę młodą, myślała, że o wdowę.

Wskazała palcem, a ksiądz Jędrzej zdumiony wyszeptał:

– A dlaczego na czarno?

– Bo to wdowa!

– I od razu się żeni?

– To pogrzeb!

– Ale czyj?

– Jej męża! – powiedziała Marta zdumiona.

Organista uśmiechnął się pod wąsem.

– Aaaa, to zrozumiałe, że w czarnym. Myślałem, że coś przeoczyłem.

Przeoczył, oczywiście, że przeoczył! Nigdy nie był tak roztargniony, bo jeszcze dodał:

– Ta moda się tak szybko zmienia...

Jeszcze w jej uszach zabrzmiały słowa:

– Pożegnajmy wobec tego naszego brata Anzelma i małżonkę jego... – myślała, że zemdleje, ale ksiądz Jędrzej dokończył: – pocieszmy...

Nigdy się tak bardzo nie spociła.

Do licha, nie wie, jak rozmawiać z tym człowiekiem. Nie dość, że nie widzi, to żyje chyba na księżycu. Zostały tylko dwa tygodnie, to byłby cud, gdyby brakujące osiemdziesiąt tysięcy nagle się znalazło. Jak na księdza nie bardzo akceptował wyroki boskie. A może tej dziewczynie nie pisane jest życie?

Pani Marta otarła oczy.

Czasem tak jest, że trzeba się pogodzić...

A jeśli ksiądz Jędrzej oślepnie całkowicie, to jaki los ją czeka? Jak go namówić na wizytę u okulisty? Uśmiechnęła się. Swoją drogą, scena w kościele była śmieszna. Byłaby śmieszna, gdyby nie to, że to nie był teatr. Jakie szczęście, że ludzi prawie nie było i nikt niczego nie zauważył. A może to już Alzheimer?

Niemożliwe. Ksiądz Jędrzej nie jest jeszcze taki stary.

*

– Krzysiu, mogę?

Ruda głowa Buby w uchylonych drzwiach gabinetu zdumiała Krzysztofa bardziej niż nagroda, którą dostał za kampanię reklamową. A nagroda była niemała. W środę w mieście pojawią się billboardy, w czwartek ruszy kampania telewizyjna.

'– Stało się coś?

Takiej Buby nie widział. Łagodnie wsunęła się do środka i delikatnie zamknęła drzwi za sobą.

– Wiesz, że oni mają sprawę rozwodową w środę?

– Buba! – Starał się nie złościć, ale wtykanie nosa w nieswoje sprawy drażniło go, tylko baby potrafią być takie wścibskie. – To jest ich sprawa rozwodowa i ich decyzja.

– Ale jesteś przyjacielem Piotra, prawda?

– Właśnie dlatego nie będę się wtrącał.

– Myślisz, że on zdradzał Baśkę? Powiedz mi szczerze, nie powiem, przysięgam.

– Piotr? Zgłupiałaś? On nie widzi świata poza nią, ale skoro ona ma kogoś...

– Baśka nie ma nikogo, natomiast ma dowód, zdjęcia tej jego...

– Buba! – Krzysztof teraz zobaczył jej wymizerowaną twarz, pod jakimś pudrem była prawie przezroczysta i na pewno bardzo schudła. – Jak ktoś nie ma własnych problemów, to żywi się cudzymi. – Głos mu złagodniał, z czego zdał sobie sprawę z niechęcią. – Piotr nie jest idiotą! Wyobrażasz sobie, że trzymałby zdjęcia kochanki w miejscu dostępnym dla żony? A poza tym Piotr... ją kocha, naprawdę.

– Nie mógłbyś czegoś, Krzysiu, zrobić? Dla niego? Dla Baśki? Dla nich? Ja porozmawiam z Jędrzejem, Piotrek się liczy z jego zdaniem, namówiłam się też z Różą i Julią, że jej to i owo uświadomimy swoimi sposobami. Ale jak i wy czegoś Piotrkowi nie wbijecie do łba, to na nic, wszystko na nic!

Była zrozpaczona. Pierwszy raz ją widział w takim stanie. I po raz pierwszy od wielu, wielu lat miał ochotę przytulić kogoś, choćby ją. Mógłby ją przytulić do siebie i ochronić przed złem, jakie bez wątpienia gdzieś się czaiło, czyhało może na nią. Może rzeczywiście jest uzależniona od narkotyków? Mógłby jej pomóc. Tak, jej mógłby pomóc, bo jakoś inaczej ją zobaczył. Co się z nią zrobiło? Bierze? Od jak dawna? I dlaczego? Życie przecież należy szanować. Oczywiście nie będzie się wtrącał, ale gdzie tamta Buba?

– Roman, wiesz, jest na pełnym odlocie, Sebastian powiedział, że jeśli ty się zgodzisz... Eeee, tylko tracę czas na ciebie – zdenerwowała się Buba.

– Ale na co mam się zgodzić?

Buba nachyliła się nad głową Krzysztofa i zaczęła mu nieśmiało szeptać do ucha. Powietrze łaskotało go, ale nie śmiał głębiej odetchnąć, żeby nie tracić tej chwili. Zapachniało konwaliami i chociaż plan Buby wydał mu się dziecinny, kiwał potakująco głową, wbrew sobie i wszystkim swoim przekonaniom.

*

Roman wysłuchał Krzyśka do końca, stojąc przy sztalugach. Galeria Niewielka kupiła „Deszczową dziewczynę" i zamówiła za żywą gotówkę pięć obrazów. Deszczowa pojechała na wystawę OBRAZ ROKU, Roman był najszczęśliwszym człowiekiem na świecie i to, co powiedział Krzysztof, nie przekonało go wprawdzie, ale rozbawiło.

– To plan Buby?

– Ona myśli, że dzięki takiej przewrotnej strategii oni coś pojmą.

Roman spojrzał na Krzysztofa, który trochę stracił swojej sztywności.

– Ona wygląda na chorą.

Roman odłożył pędzle i wytarł ręce. O, to coś nowego, coś zmieniało nareszcie Krzysztofa.

– Wiesz, Krzysiu, nie obraź się, ale obaj wiemy, co się przed laty stało. Nie szukaj w Bubie choroby, to w twoim przypadku uzasadnione psychologicznie poszukiwanie osoby do uratowania. Myślisz, że jeśli kogoś uratujesz, to jakbyś ratował tamtą dziewczynę. Ale tak nie będzie. Za długo w tym tkwisz, mówiłem ci to już wtedy i powtórzę dzisiaj: nie rób sobie z tamtego zdarzenia flagi na życie, nie powiewaj tym sztandarem. Jakaś inna kobieta czeka na ciebie, a ty ją przegapisz. Władza jest zawsze substytutem miłości, a ty się budzisz, więc obudź się na dobre!

Krzysztof skulił ramiona. Znowu miał dwadzieścia jeden lat, a dwudziestotrzyletni Roman praktykował na oddziale psychosomatycznym i opiekował się nim po szoku, z którego wychodził z trudem. Nie miał teraz prawa wspominać o tym, co się stało przed laty. A może miał? Buba miałaby być substytutem?

– Jesteś moim przyjacielem – ciągnął Roman – wiem, że ty kupiłeś rok temu te dwa nieszczęsne obrazy za własne pieniądze, a nie na koszt firmy, no, te co wiszą u ciebie w gabinecie. Nie miałem odwagi ci podziękować. Dobry kumpel z ciebie i tylko dlatego ośmieliłem się powiedzieć ci to wszystko. Nie gniewaj się, stary, ale weź się do życia. A Piotrkowi zrobimy wodę z mózgu! Co ta Baśka wymyśliła przeciw niemu?

Krzysztof uśmiechnął się.

– Nie wiem, ale nachodzimy go dzisiaj, tak?

– O ósmej, trzymaj się stary.

*

A ja zawsze wiem, co robi, znam każdy ruch jego ręki, każde podniesienie brwi, i wiem, kiedy go nie ma, bo wtedy boli, film nie jest taki ładny, ani zachód, ani pokój posprzątany. Nie muszę patrzeć, żeby z pamięci powtórzyć wszystkie jego gesty i słowa, i wiem, jak odłożył otwieracz do puszek i jaką puszkę otwierał, a gdy pomyślę intensywniej, to widzę napis na kartonowym żółtym pudełku: wątróbki rybie dorszowe, a pod spodem małymi literami: blanszowane, i jeszcze widzę fabrykę, która powstaje w Łebie tylko dlatego, że on tę puszkę otwiera, Łeba nad morzem buduje się w tej jednej chwili i morze powstaje, niebieskoszara woda przelewa się przez falochrony – i wiem, którą szufladę najpierw uchylił, a którą później, widzę, jak wyrzuca puszkę do śmieci, wiem, jaka to puszka, bo wszystko, czego on dotknie, nabiera kształtu.

Nie opowiem nikomu o swojej miłości, o tym, że mogłabym spłonąć, gdyby umarł, że każde jego słowo zostaje we mnie i powoli wypiera pustkę, nie składam się z niczego, co nie jest nim, wspomnieniem o nim, marzeniem o nim, nie obchodzi mnie nikt. I nie obchodzi mnie Basia. Obchodziłaby mnie, gdyby była uchem, do którego mogę szeptać o nim, ale nie jest uchem, nie jest nawet echem, które powtórzyłoby za mną jego imię...

Ale teraz trzeba wstać, iść tam, nagadać jej, bo może jest jeszcze szansa, dla niej, przynajmniej dla niej, przynajmniej dla niej...

*

A prawie zapomniał. To znaczy coraz częściej udawało mu się nie pamiętać. Krzysztof siedział w zaparkowanym volvo. Owszem, przyglądał mu się strażnik, ale tylko przez chwilę. Zamknął oczy.

Co takiego stało się dzisiaj, co go zmusza do grzebania się w przeszłości?

Nie lubił kobiet. Kojarzyły mu się z Andzią, jej wielkimi piersiami, siłą, natarczywością, bliską okrucieństwa, i złością ojca, który wmuszał w niego szacunek do znienawidzonej gosposi. Matkę słabo pamiętał i nawet nie umiał za nią zatęsknić. A jako student stykał się z kobietami, które wygłaszały teorie na temat związków, opowiadały o orgazmach, a bywało, że zaczepiały go kokieteryjnym dotykiem, jednym słowem, czuł się jak obiekt przyszłych możliwych rozkoszy seksualnych, a nie człowiek, który myśli i czuje.

Nawet te młode i ładne nie budziły w nim zainteresowania, lecz niepokój i nieokreślony lęk. Czasem obserwował dyskretnie koleżanki ze studiów, szukające partnerów na jedną noc, ale na widok żadnej z nich nie drgnęło mu serce. Uchodził za chłodnego drania, a złośliwi mówili, że zawróci mu w głowie jakiś mężczyzna.

A mimo to przyszłość już wtedy kojarzyła mu się z jakąś kobietą z marzeń, przy której poczuje się jak mężczyzna, który wie, czego chce. I on tej jednej stworzy dom, a ona urodzi mu dzieci, będzie go witać w progu...

Kiedy po raz pierwszy objął kobietę? Nie znał jej imienia ani nazwiska. Nie wiedział o niej nic, z wyjątkiem tego, że miała przedtem jasne włosy, a potem ciemne, przedtem spódnicę długą, potem odsłaniającą nogi, przedtem była radosna i żwawa, potem nieruchoma i bezradosna. Przedtem i potem podzieliło jej życie na pół, tak samo jak jego życie.

Wyszła zza zakrętu, tuż przy moście, wiał wiatr i spódnica lepiła się do jej kolan. Ich oczy spotkały się. Dzieliły ich dziesiątki metrów, a w miarę jak przestrzeni między nimi było coraz mniej, coraz więcej łączyło ich znaków. On przystanął, ona uśmiechnęła się lekko. On podniósł rękę. Ona odgarnęła włosy z czoła i uśmiechnęła się, jakby na powitanie. Była blaskiem ulicy, była ogniem w zimowy wieczór, była przyszłością, była tym wszystkim, kiedy zstąpiła z chodnika na jezdnię, ku niemu, i zrobiła krok prosto w ramiona szarego opla vectra, o nieznanej pojemności silnika i momencie obrotowym, którego nie znał.

Jasne włosy opadały wolno na jezdnię, zmieniały kolor wolno, niedokładnie, pszenica zmieszana z burakami, a buraki były coraz mocniejsze i czerwieńsze. Oplecione materiałem nogi wychyliły się i zgięły wdzięcznie, odrzucając pokrycie, okrągłość kolan zmieniła się w bolesne ostre wzgórki, a światła szarego opla pękły od tego widoku z cichym dźwiękiem kryształowego szkła.

Opel jechał jeszcze przez moment, odrzucona dziewczyna czekała na jezdni spokojnie, aż przednie koła zatrzymały się nad nią jak dwie kolumny. Z samochodu wyskoczył starszy pan i zaczął krzyczeć, krzyczał tak głośno, że gołębie dotychczas spokojnie spacerujące nieopodal wygięły grzbiety i poszybowały nad wodę, dość zdziwione ptasim krzykiem ludzkiego stworzenia.

Podbiegł do dziewczyny, jej głowa spoczywała tuż przy letniej oponie Michelin, niezbyt zużytej, miała zamknięte oczy i czekała na niego.

Podłożył jej ręce pod ramiona i próbował unieść, ale przelatywała mu przez ręce, jak kasza, jak woda, więc tylko przytrzymał ją mocno, przyciągnął do siebie, żeby nie zniknęła. A nad nim stał ten człowiek.

Ale Krzysztof widział go dokładnie, to był on, niepotrzebnie krzyczał, dziewczyna wiotczała mu na piersiach, poczuł przyjemną wilgoć, ciepło, które szło od niej, weszło w niego i tak zostało.

Nie będzie tak siedział w samochodzie, trzeba iść do domu, zastanowić się.

Może jak sobie przypomni wszystko, to przyszłość będzie jaśniejsza, może będzie wiedział, co robić.

Wysiadł, minął strażnika, kiwnął mu głową. Pojutrze zebranie zarządu, nie kupił kawy i mleka, po drodze zajrzy do skrzynki, wczoraj zapomniał o poczcie.

Otworzył puste mieszkanie i nie zdejmując nawet butów, położył się na tapczanie. Zamknął oczy.

I znowu patrzył, jak żółta spódnica zawirowała wokół jej kolan, podniosła się słonecznym jedwabiem, a opadła czerwoną szmatą, lepką, wilgotną, która czerniała szybko, w miarę jak krew wypływała z bezwładnego ciała, wkradając się w spódnicę, znacząc ją uciekającym w popłochu życiem.

A jemu świat wokół wydał się płynny, wyjąwszy wygiętą groteskowo blachę szarego opla, o mocy dwustu koni, który teraz, ciężko dysząc, wracał do siebie z cichym szumem niewyłącznego silnika.

A kierowca opla stał obok z ręką na otwartych drzwiach samochodu i krzyczał: To nie ja, to nie ja!

Słuchając tego krzyku, podnosił ją ku sobie, głowa dziewczyny odchylała się coraz bardziej do tyłu, wygięta szyja wydłużała się, starał się nie patrzeć na jej uda, lekko rozchylone, i na kolana leżące bezwładnie jak małe psiaki nakarmione do syta, które byle gdzie zasnęły, zobaczył więc, że szyja jej się wydłuża niebezpiecznie, więc przytulił ją do siebie, a jego dłoń powędrowała na jej kark i przyciągnęła do siebie wilgotniejące włosy i zamknięte oczy.

Ona nie była niebezpieczna, była miękka i ciepła, była spokojna, a w nim dokonywał się cud przemienienia i serce jak gąbka nasączało się nadzieją.

Uratuje ją od nieprzytomności. Ale na razie nieprzytomność sprzyjała im, tej nagłej bliskości, która pojawiła się nie wiadomo skąd i przytrzymywała go tym mocniej, im on delikatniej trzymał jej bezwładne ciało. Chciał, żeby ta chwila trwała wiecznie, miękkie włosy na jego pochylonym ku jej twarzy czole, miękkie ciało poddające się z absolutnym zaufaniem jego dotykowi, nogi nieprzestraszone jego bliskością, leżące dalej swobodnie, ani prowokująco, ani zapraszająco, nogi po prostu.

Trzymał tak w ramionach swój przyszły dom, poranny zaspany pocałunek, głos w telefonie: „kiedy wrócisz"...

Pasowała do jego ciała, jakby była ulana z brakującej formy, z giętkiego jeszcze nieostygłego kauczuku, jego pierś pasowała do jej piersi, a brzuch do brzucha. Wypukłości wchodziły we wklęsłości, niedbale i mimochodem, jej pierś usadowiła się w zagłębieniu jego łokcia, kołysał się leciutko, jakby ją chciał uspokoić, powiedzieć: zaraz, zaraz będzie po wszystkim, nie bój się.

Podniósł lekko usta do jej ucha, odgarnął włosy, ucho miała różowe i ciepłe.

– Nie bój się – powiedział cicho – jestem przy tobie i nigdy cię nie opuszczę, znalazłem cię i nigdy już cię nie zgubię, nie bój się.

I wtedy nagle pojawili się ci ludzie, ludzie w białym i pomarańczowym, odciągnęli go. Krzyczeli coś do niego, a do niej mówili spokojnie, a potem przestali się spieszyć.

Z karetki wysunięto nosze.

– Ona nie żyje – usłyszał, a kierowca szarego opla zaczął rozpaczliwie łkać.

– Jezu, Jezu Chryste, nie chcia… nie chcia… ja nie… Nie chciałem… nie, nie…

A on patrzył ze zdziwieniem na krztuszącego się mężczyznę. Ze zdziwieniem, że i tamten czuje się winny.

*

– To szok – mówili lekarze – to minie.

– Pan umieścił w tym zdarzeniu wszystko. Pan chce być omnipotentny. Pan się czuje sprawcą wypadku, a to nie przez pana zginęła. To rodzaj – nie, nie choroby psychicznej, ale zaawansowanej nerwicy. Jeśli pan nie przełamie tego schematu…

– Pewne rzeczy są niezmienne i nie mamy na nie wpływu. Pan również…

– Trzeba się otrząsnąć, przecież to nie był dla pana nikt bliski…

Żadna z kobiet, z którymi miał potem do czynienia, nie pasowała do niego jak ulał.

Były obce, sztywne, głupie.

– Jeśli pan nie zmieni swojego stosunku do ludzi, zawsze będzie pan daleko… Unika pan bliskości…

Odstawili mu leki, nie był nienormalny, po prostu nie chciało mu się, nic mu się nie chciało, i to tylko przez jakiś czas mu się nie chciało, potem przecież został ważnym człowiekiem, udowodnił, że się nadaje do czegoś, świetnie zarabiał, znał trzy języki, firma nagradzała go co roku, udowodnił wszystkim.

Jak to tłumaczył Roman? Dobrze, że nie został psychologiem, tylko wziął się do malowania. Romek, w białym fartuchu opiekujący się nim praktykant psycholog, powiedział:

– Wolisz rzeczywistość, którą wymyślisz, niż realność prawdziwego życia.

Nieprawda.

Od dawna wziął się w garść. Jest człowiekiem sukcesu, pozbył się złudzeń, nie ma marzeń.

Ale ma prawo jeszcze teraz myśleć o niej. Do kogo powiedziała ostatnie słowa w życiu? Może do sprzedawcy hot dogów: „Z musztardą proszę"?

*

– Dziecko, dziecko drogie, jak możesz?

Wiedziałam, że tak będzie, niepotrzebnie jej powiedziałam, ale mam za sobą miłość Romana, o nią się mogę oprzeć. Dlaczego tego nie rozumiesz, mamusiu?

– Przecież ty go wcale nie znasz. Jak można decydować się na taki krok w parę godzin po poznaniu obcego mężczyzny…

– Mamy całe życie na to, żeby się poznać.

Chcę wyjść, ale muszę siedzieć i słuchać, niepotrzebnie powiedziałam.

– Co ty wiesz o życiu! Mężczyźni są różni! Dziecko! – Matka prostuje spódnicę, zagięła się na kolanie, matka jest porządna, widzi takie rzeczy. Ja na to zwróciłam uwagę dopiero teraz, gdy matka tę spódnicę gładzi. Jest skrępowana, że mówi mi takie rzeczy, ale nie chcę się z nią kłócić. – Uważaj, na co się decydujesz.

Nie będę uważać, nie chcę być wcale ostrożna, tym razem się nie boję, i nie może mi zabrać tej odwagi. Moja mama nie wie, co to miłość, a ja wiem, różnica pomiędzy nami zwiększa się z każdą sekundą i...

– Ty znałaś swojego męża dziewiętnaście lat, a jakbyś go nie znała – mówię i żałuję, że to powiedziałam, po co to powiedziałam, o swoim ojcu to powiedziałam, nie chciałam tego powiedzieć, mamusiu, przepraszam, poprawię się, powiem co innego, posłuchaj, tamto jest nieważne: – On daje mi poczucie bezpieczeństwa, on jest wyjątkowy, wiem, że to ten mężczyzna.

– O Davidzie też tak mówiłaś!

Tak, mówiłam, ale kłamałam, myliłam się, a teraz mam pewność i koniec.

– Czy ty nie możesz żyć normalnie, tak jak twoi przyjaciele, tak jak Basia i Piotr?

– Moi przyjaciele Basia i Piotr właśnie się rozwodzą – mówię i nie sprawia mi to przyjemności, nie powinnam używać tego argumentu i prawie puszczam mimo uszu następne pytanie.

Prawie.

– A co ty mu masz do dania?

– Ja?

Dziwię się. Zastygam w zadziwieniu.

Przecież ja mam najwięcej na całym świecie, ja mogę mu dać to, co najlepsze, najważniejsze, najpiękniejsze, najbardziej wartościowe, najprawdziwsze i najbogatsze – ja mogę mu dać siebie.

– Siebie – odpowiadam niedbale.

– To niewiele – mówi moja matka i podnosi się, i słońce przestaje świecić, i ciemność zapada nagła i niespodziewana. – Idź już, skoro musisz – mówi moja matka, a ja podnoszę się i idę, bo co mam zrobić?

Siebie, powtarzam, wychodząc, idę aleją wśród kasztanów, ciekawe, czy w tym roku w lecie też kasztany będą chorować, to niewiele, i zmniejszają się drzewa, nie przymierzają się już do kwitnięcia, to niewiele, fotosynteza zamarła w bezruchu, za chwilę będzie ciepło, na jutro zapowiadali dwadzieścia stopni, a ja mam mróz w sercu. To *niewiele* kiełkuje, a przecież mam iść do nich, do dziewczyn, jeszcze jest szansa, że Basia się opamięta, niech wycofa tę sprawę, niech będzie jak było. To niewiele.

*

– To straszne, ale ja chyba nienawidzę własnej matki.

– O Boże, nie mów tak, nie mów tak, kochana – Róża ma łzy w oczach, jej dziecko też będzie nienawidziło, nie chce tego słuchać, to grzech, straszny grzech i ręka ci uschnie, i serce ci uschnie.

– Kochasz ją – mówi Buba i nie przejmuje się, a to są straszne słowa, słowa, które zostają na zawsze w przestrzeni.

Julia jest chora z bólu, jak mocno może ugodzić człowiek, którego kochamy, nikt obcy tak nie zrani, więc oddycha z ulgą, że nie jest stracona, jednak nie...

– Julka, potrafisz wymienić chociaż trzy rzeczy, w których jesteś lepsza od swojej mamy?

– We wszystkim jestem lepsza – chlipie Julia, ma czerwony nos, choć jest blondynką, a podobno tylko płaczące brunetki mają czerwone nosy.

– Zrób to dla mnie i wymień coś z tego wszystkiego.

– Nie rób tego, to świętokradztwo – mówi Róża. – Matkę trzeba szanować i kochać, kochać i szanować. Nie wolno oceniać. Matka jest najlepsza na świecie.

– Julka, proszę, zobaczysz, że zrobię czary-mary.

– Buba dotyka włosów Julii, jakie wspaniałe włosy, jakie aksamitne, jakie długie, jakie niezwykłe. – No, wal.

– Potrafię kochać, nigdy bym tak nie zraniła swojej córki i... i lepiej prowadzę samochód!

– A teraz podziel to zdanie na trzy odrębne zdania i powtórz za mną... – Co było pierwsze, aha, ja potrafię kochać... – no, Julka, powtarzaj!

– Potrafię kochać...

– I za to ci dziękuję, mamo.

– I za to ci dzięku… – Julia patrzy na Bubę szeroko otwartymi oczami i jej oczy nagle wypełniają się niechcianymi łzami.

– Powtórz – mówi Buba i głaszcze włosy Julii, dar od Boga, włosy gęste i pachnące, włosy żywe, włosy z cebulkami, włosy błyszczące, włosy jedwabne.

– Potrafię kochać i za to ci dziękuję, mamo – szepcze Julia – nigdy nie zranię tak swojej córki i za to ci dziękuję, mamo… Lepiej od ciebie prowadzę samochód i za to ci…

Julia płacze cichutko, przecież matka ją kocha, tak samo jak ona kocha matkę, tylko nie umie się uzbroić przeciw jej lękowi, nie umie sprawić, żeby mama się nie bała, bo może jednak jej córka się boi? Czy gdyby ona, Julia, przestała się bać, matka też by się nie bała? Jak mogła wspomnieć ojca, rozgrzebać żywą ranę, po co to zrobiła? Żeby dokuczyć, to było przekroczenie granic obrony koniecznej. Julia ma wyrzuty sumienia i tak jest zawsze, albo czuje się winna, albo pokrzywdzona. A nie chce się tak czuć.

– Wiecie co? – Buba zmienia temat. – Jest taka przypowieść o Żydzie, ładna, opowiem wam. – Róża i Julia przycupnęły koło Basi na tapczanie, jak ładnie razem wyglądają, coś się zmieniło w tym pokoju, coś ładnego przeleciało, musnęło, tknęło, zabłysło i zostało niewidzialne. – W Nowym Jorku mieszkał pewien Żyd i miał mały sklepik mięsny. Aż pewnego dnia zburzono przed nim cały dom i okazało się, że będą tam stawiać supermarket. I Żyd szybko poszedł do rabina i poprosił o przekleństwo dla tego sklepu, bo miał siedem córek i nie mógł zbankrutować. Rebe powiedział: „Ty głupi Żydzie, ty wychodź rano, myj ulicę przed swoim sklepem i posyłaj siedem błogosławieństw na ten supermarket". Zmartwił się Żyd, ale tak robił codziennie, a supermarket rósł i rósł. Aż jak pewnego dnia się wybudował i Żyd wiedział, że już po nim, zatrzymała się przed sklepem wytworna limuzyna i wysiadł superfacet, taki jak twój Sebek, Róża, i powiedział: „Proszę pana, jestem właścicielem tego supermarketu, codziennie przyjeżdżałem na budowę i codziennie widziałem pana. Nie zaniedbywał pan swoich obowiązków, nie sprzedał pan swojego sklepu, jak pana sąsiedzi, tylko z uśmiechem patrzył pan na moją budowę. Ja mam dla pana propozycję. Czy nie zostałby pan dyrektorem działu mięsnego w moim supermarkecie?".

– Ładne – powiedziała Basia – tylko niewykonalne.

– Wiem, szczególnie dla ciebie. Przemyślałyśmy to. – Julia mrugnęła w stronę Róży i Buby. – Ty szybko likwidujesz swój sklepik, i wiesz co, dobrze robisz. Piotr cię nigdy nie kochał.

– Kiedyś mnie na pewno kochał – zaprzeczyła żywo Basia.

– Nie pamiętał o twoich imieninach – dodała Róża.

– Akurat o imieninach pamiętał! Zresztą to nie ma znaczenia. Ale zawsze pamiętał.

– I kiedyś spóźnił się sześć godzin i na niego czekałaś.

– Bo wracał z Rzeszowa i śnieg ich zasypał, w telewizji nawet potem pokazywali!

– Nie martw się, już jutro będzie po wszystkim.

Basia się zaniepokoiła. Czy one nie rozumieją, że to dla niej nie jest bułka z masłem? Co się dzieje? Tu nie chodzi o to, że Piotr był niedobry, chodzi o to, że ją zdradził! Owszem, nie powiedziała nikomu o Iris, ale w środę na rozprawie same zobaczą. Jakoś nie mogła się przemóc i przyznać do tak upokarzających posunięć. Ale co innego jest rozwieść się z powodu zdrady, a co innego oskarżać Piotrka o rzeczy, które nigdy nie miały miejsca.

– On cię nigdy nie kochał – powtórzyła Julia.

Co za przyjaciółka! Ale jak da sobie to odebrać, to co jej zostanie?

– O, tak nie możesz mówić! Myśmy się pobrali z miłości!

– Każdy tak mówi.

– Pamiętasz wtedy na Mazurach, jak skończyłaś w szpitalu?

Basia zaczyna się na dobre złościć, nie, nie na Piotra, ale na nie. To są przyjaciółki?

– Skręciłam nogę na łódce...

– No właśnie, macho! Sebek tak samo!

– Skręciłaś nogę, bo zmuszał cię do ekstremalnych sportów, pamiętam – mówi Julia i wcale nie wydaje się zmartwiona.

– Byłam nieuważna, potknęłam się o fok, a on mnie odwiózł do szpitala...

– A o urodzinach nie pamiętał.

– A właśnie że pamiętał!

– A o rocznicy ślubu?

– Tak!

– Rocznicy poznania, imieninach matki, ojca, moich!

– Tak, tak, tak! Kiedyś go tylko nie było, bo był za granicą...

– Sama widzisz!

– Nic nie widzę, przywiózł mi perfumy, jesteście perfidne.

– Na całe szczęście nie macie dzieci – dorzuca Buba.

– I nie masz rozstępów ani celulitisu...

– Spotkasz innego faceta, bez obciążeń.

Tego już za wiele, one w ogóle nie rozumieją jej dramatu!

– Nie chcę innego mężczyzny! – wyrywa się bezwiednie Basi.

Julia pochyla się nad nią

– Zechcesz, zechcesz, ja ci to mówię, zapomnisz o nim.

– Nigdy nie zapomnę – płacze Basia.

– Piotr pracował...

Głupie dziewuchy!

– Trudno, żeby siedział cały czas w domu!

Róża mówi spokojnie:

– A mnie się wydaje, że przedkładał pracę i karierę nad małżeństwo.

Buba dolewa oliwy do ognia.

– I wiedział, że nienawidzisz żółtego koloru... a przyniósł ci kaczeńce.

Mój Boże, kaczeńce, jak to było dawno temu, kiedy jeszcze myślała, że jest kochana…

– No, nie ma tego złego... Wreszcie będziesz mogła zająć się sobą... On cię ograniczał...

– Akurat Piotrek mnie w niczym nie ograniczał!

– Musiałaś mówić, o której wrócisz, a teraz będziesz robiła, co chcesz.

Perspektywa robienia tego, co chce, nagle wydała się Basi przerażająca. Już nigdy nikt nie będzie na nią czekał, nikt nie przytuli się do jej pleców, nikt nie przegoni gołębi, nikt dla niej nie wsiądzie na karuzelę.

– Przecież on mnie zdradził, nie rozumiecie tego! – krzyczy Basia i wybiega do łazienki, odkręca kurki. Woda leje się do wanny, a ona płacze rozpaczliwie. Nikt nie usłyszy przez szum wody.

Buba patrzy na Różę i Julię.

– Może coś dotarło…

– Jesteśmy straszne – mówi Julia i parskają śmiechem.

*

– Przemyślałem sprawę. Widzę pozytywy – mówi Krzysztof i bacznie przygląda się Piotrowi.

– Jakie?

– Możesz chodzić z nami na piwo.

– I tak mogłem, idioto!

– Po prawdzie – dołącza się Sebastian – to była z niej egoistka!

– Akurat tego o Baśce nie można było powiedzieć.

– A pamiętasz, jak sobie skręciła nogę na łódce?

Piotrowi staje przed oczami Basia, niósł ją do samochodu, patrzyła na niego tak pięknie...

– Potknęła się o szot...

– I zepsuła ci urlop...

– No, ale z nimi tak zawsze – mówi Krzysztof i wyciąga do Piotra piwo. – Będziesz to miał z głowy.

– Kobiety trzeba trzymać krótko... Miesiąc, dwa... – Sebastian stuka się z Piotrem.

– Jak jest źle, to lepiej się rozstać...

– Człowieku, jakie źle? Myśmy byli bardzo dobrym małżeństwem. Coś się musiało stać...

– Bałagan był u was – mówi Krzysiek i rozgląda się po domu. W rogu stoją pudełka, przyniesione przez Piotra, Baśka będzie się w nie pakować.

– Zwariowałeś? Bałagan!

Piotr nie może zrozumieć, o co im chodzi. Myślał, że są przyjaciółmi. Zresztą większej pedantki niż Basia to chyba nie ma. Czego oni chcą od jego żony? Rozwodu jeszcze nie było.

– Gotować nie umiała...

– Baśka? Zawsze mi zazdrościłeś... Baśka wszystko umiała ugotować i jeszcze kończy studia zaocznie...

– Krupnik?

– Sam chwaliłeś!

– A pomidorową?

– Coś ty się tak przyczepił do jej kuchni!

– A kluski kładzione na parze?

– Odwal się, nie w głowie mi żarty.

– No widzisz. Nawet ci kluseczek na parze nie zrobiła...

– Nogi to miała nie najlepsze...

Och, Piotr czuje, że przesadzili, i to porządnie. Nie ma nikt prawa mówić źle o nogach jego żony! Nikt. Też mi kumple! Gnoje, zazdrosne gnoje i tyle!

– Nogi ma idealne!

– Całe szczęście, że nie mieliście dzieci...

I teraz nagle Piotr rozumie. Robią go w konia. Tylko, że oni nie rozumieją nic, tępaki.

– Nie wysilajcie się, ja wiem, co tracę, ale to Baśka wnosi o rozwód.

– Nie musisz się zgadzać, palancie, powalcz o nią, jak ci zależy!

Krzysztof klepie Piotra po plecach.

– Nie bądź idiotą.

– Coś się skończyło – mówi Piotr. Docenia teraz ten cały cyrk, lecz oni nie wiedzą, że coś się skończyło, zepsuło, nigdy nie będzie tak jak było. Żal. Ale żal minie i tyle. – Problem w tym, że nie mam już o co walczyć – dodaje.

*

– W „New England Journal of Medicine" jest opisanych tylko sześć przypadków, w których taki nowotwór całkowicie się cofnął. Nie, nie musi być ta sama grupa krwi, skądże, zrobimy badanie molekularne antygenu i jeśli zgodność struktury tkankowej wykaże wysokie podobieństwo genów dawcy i biorcy, jest szansa, że przeszczep się uda. Problem tkwi w czym innym – w *Graft versus Host Disease*. To choroba „przeszczep przeciw gospodarzowi". Założenie jest w dużym uproszczeniu takie: przeszczep szpiku, rozpoznanie nowotworu biorcy i zaatakowanie go. Pani układ odpornościowy to już nie są szkoleni w taekwondo wojownicy, to starcy, którzy niedowidzą. Więc najpierw trzeba będzie zniszczyć do końca pani system odpornościowy, wyczyścić do cna, potem dać szpik biorcy i liczyć na cud, bo niestety GvHD to wredne postępowanie – jeśli nowy system odpornościowy się przyjmie, istnieje niebezpieczeństwo, że znajdzie antygeny, które nie będą mu się podobały, i wtedy zaatakuje biorcę jako najgorszego wroga i doprowadzi do śmierci.

Jestem uczciwy – na świecie odnotowano tylko sześć takich przypadków, w których nastąpiło całkowite usunięcie nowotworu i biorca zasymilował nowy system odpornościowy, a właściwie system potraktował biorcę przyjaźnie.

Tak, jeden to więcej niż nic, a sześć to więcej niż pięć.

Nie chcę odbierać pani nadziei, jeśli są pieniądze na przeszczep, niech pani jedzie. Za miesiąc będzie za późno.

Potem zostanie tylko leczenie paliatywne.

To znaczy przeciwbólowe.

Przykro mi.

*

Stała przed sztalugami i patrzyła na siebie. Roman stał za nią i obejmował ją w pasie, ładne zdjęcie byłoby, gdyby ktoś tu jeszcze był. Piotr by im zrobił ładne zdjęcie.

– To ja – powiedziała.

– To ty.

– Od razu wiedziałam, że to ty – dodała Julia. Starała się nie pamiętać, że ma nie mówić takich rzeczy, że należy się szanować, niech się mężczyzna trochę postara, niech wie, że musi powalczyć, bo co przychodzi łatwo, to jest do niczego, co przychodzi łatwo, tego się nie ceni. Więc dodała: – Kocham cię.

– A ja ciebie, księżniczko – powiedział Roman i poczuła przyjemne łaskotanie w dole brzucha.

– Chcę się z tobą kochać – powiedziała po raz pierwszy w życiu pierwsza i spojrzała prosto w oczy mężczyzny.

– To się świetnie składa, bo ja chcę tego samego – szepnął Roman.

*

Róża wsłuchiwała się w oddech Basi i kiedy usłyszała miarowy świst powietrza, wstała cichutko, weszła do łazienki. Zdjęła z haka delikatnie prysznic i położyła go na dnie, a potem ostrożnie puściła wodę, bezszmerowo. Poczeka, aż wanna się napełni ciepłą wodą i wejdzie w nią jak w ożywczy strumień, jak w Ganges, jak w Styks, i może wszystko będzie OK.

*

Nie powinna była tak potraktować Julii. Bo istotnie -- kiedy człowiek uzyskuje pewność, że związał się z właściwą osobą, że praca, którą wybrał, będzie dla niego, że sposób wychowania własnych dzieci okaże się skuteczny, że decyzja, którą się podjęło, nie będzie błędna?

To się wie potem.

Później.

Czasem nigdy.

Julia jest dorosła, ale jest jak naiwne dziecko, które wierzy, że się uda. A życie przynosi rozczarowanie i trzeba być na to zawsze przygotowanym. Wtedy się nie czuje takiego bólu. Wtedy można powiedzieć: Przewidziałam to. Wiedziałam. Spodziewałam się. Udawać, że nic się nie stało.

A może trzeba czekać na to najlepsze? Rzucać się jak w ogień – może tym razem nie poparzy, tylko ogrzeje? Jak w głęboko wodę – może tym razem się nie utopię, tylko ochłodzę?

Już czas, żeby się zająć sobą, skoro Julia zajęła się sobą.

Praca. W życiu najważniejsza jest praca. Po pracy najważniejszy jest wypoczynek. Jeśli nie ma niedzieli, jak rozpoznać dzień święty? A co by było, gdyby tak wyjechała na urlop? Gdyby pojechała do Egiptu, zobaczyła piramidy, póki jeszcze zdrowie nie odmawia posłuszeństwa? Czy to nie będzie śmieszne? Samotna kobieta pod Sfinksem? Wolny zawód – zawsze marzyła o wolnym zawodzie. No i jest tłumaczką. Wobec tego siedzi sama w domu, pracuje sama, obłożona słownikami, sam na sam z książką, której głosem przemawia, bo przecież nie swoim mówi, przelewając zdania na ekran komputera.

Ale nie jest nieszczęśliwa. Bo nie spodziewała się, że będzie szczęśliwa. Wykonuje swoje obowiązki, dzień po dniu, wstaje rano, śniadanie, zakupy, potem siada do pracy. Potem robi obiad, tak jakby gotowała dla kogoś, nie tylko dla siebie. Zawsze je przy stole i nie czyta, chociaż tak lubi czytać przy jedzeniu. Jeśli jesteś sam, zachowuj się tak, jakbyś był w towarzystwie czcigodnego gościa. Przysłowie chińskie, mądre, stosowała do siebie.

Tylko dlaczego właściwie nie czyta przy jedzeniu? Dlaczego odmawia sobie drobnych przyjemności? Żeby się nie rozsypać, żeby odróżnić jedzenie od niejedzenia, pracę od niepracy, dzień od nocy, ranek od wieczoru.

Nie jest jeszcze stara.

Jeszcze życie przed nią.

Ciekawe, co powie Julia na jej wyjazd.

*

Ziarenka piasku swobodnie kołysały się przed jej oczyma. Wcale nie miała wrażenia, że jest pod wodą. Nad nią unosiła się burta łodzi, łagodnie kołysana przez fale. Wyciągnęła ręce, mocno chwyciła burtę i zaczęła szarpać łodzią. „Pokołyszę was trochę", krzyknęła, ale jej głos nie dotarł do siedzących na deku ludzi, z ust wypłynęły małe bąbelki i popłynęły wyżej, w stronę jasności. Kołysanie przyszło jej niespodziewanie łatwo, miała dużo siły, ale wiedziała, że takiej dużej łodzi nie może przewrócić jedna osoba, i to spod wody. Coraz silniej przyciągała i odpychała od siebie burtę, dziewczyny na łodzi zaczęły krzyczeć. To zabawne, że ja je słyszę, a one mnie nie, to takie zabawne, pomyślała. Ziarenka piasku odrywały się od dna, woda je rozpraszała, kołysały się i opadały. Nie zauważyła, kiedy łódź opadła na dno tak samo łagodnie jak piasek. Uwięzieni w środku ludzie próbowali się wydostać, teraz była niespokojna, na pewno się wydostaną, ale będą krzyczeć, będą mieć pretensję, że pociągnęła ich za sobą. Więc odpłynęła dalej od nich, daleko, i wyjrzała z wody, co robią, lecz tylko oczy wyjrzały, reszta była w wodzie. Byli już na brzegu, a brzeg był daleko, prawie na horyzoncie, a mimo to widziała, że trzymają w ręku żywe węgorze. „Chodź do nas, pomożesz nam je zabić", wabili ją, a niepokój narastał, i wtedy podnieśli do góry te węgorze, i z całej siły walili nimi o kamienie. One dalej się wiły, pokrwawione coraz bardziej, nie chciały umierać. Nie chciała na to patrzeć, chciała uciec w głąb, zanurzyła się i płynęła, dalej i dalej, ale woda nie była już przejrzysta, mętniała coraz bardziej, nie mogła znaleźć brzegu, z dna podnosiły się wodorosty i oplatały ją zimnym dotykiem, rozpadały się przy dotknięciu, ale pojawiały się coraz to nowe i nowe, a woda robiła się coraz gęstsza, trudniej było płynąć, chciała chociaż na powierzchnię, może nie do brzegu, lecz chociaż do słońca, ale nie wiedziała, gdzie góra, a gdzie dół, gdzie dno, a gdzie słońce, które przed chwilą tak pięknie świeciło, teraz już była ciemność, zatykała jej usta, już wiedziała, że nie wypłynie...

Wzięła oddech i zamiast wody w płucach poczuła powietrze. Czarny kot leżał przy niej, zwinięty w kłębek, prawie pod jej brodą, nos miała w jego futerku, zmizerniał ostatnio, musi wezwać weterynarza, jutro to na pewno zrobi, jutro, jutro przed nią.

*

Basia stała przed drzwiami do swojego mieszkania i naciskała dzwonek. Ciekawa sąsiadka spod piętnastki wychyliła głowę przez uchylone drzwi i zaraz je zamknęła. Po drugiej stronie jej, Basi, drzwi rozległy się kroki Piotra i szczęk łańcucha. Idiota, myślał, że próbowałaby wejść cichaczem, jak do siebie! Założył łańcuch, żeby nie weszła! Bardzo proszę, niech i tak będzie.

– Wejdź, proszę.

A więc już nawet przygotował pudła i pudełka. Szybko, spieszy mu się. Jutro sprawa, a ona ma się już dzisiaj wynosić. A czego się spodziewała, że padnie jej do nóg, przeprosi, i będzie jak było? Nawet nie próbował niczego wyjaśnić, zresztą, co tu jest do wyjaśniania?

*

Nie wygląda na zadowoloną, choć poznosił pudła, tak jak chciała. Zawsze robił to, o co go prosiła. Wczoraj przywieźli glazurę. Płytki stoją na balkonie, chętnie by jej pokazał, jakie ładne wybrał, ale to nie ma sensu już w tej chwili, wszystko, co zrobił, będzie skierowane przeciwko niemu. Jest śliczna, stał pod biblioteką wczoraj, czekał, aż wyjdzie z pracy, zobaczył, jak obejmuje ją jej własny szef, jak ją przytula, na ulicy! Przy wszystkich! A do niego zawsze mówiła: „To ulica, Piotr, opanuj się", mój Boże, to takie banalne. Więc, Basiu, masz te swoje pudła, możesz się pakować i iść do niego czy do kogokolwiek, kto cię zrozumie.

*

Odsunął się ode mnie, jakbym była trędowata, niepotrzebnie z przyzwyczajenia zrobiłam krok w jego stronę. Czego się spodziewałam? Że mnie pocałuje, obejmie, powie, że to wszystko to jakaś głupota? Jutro zobaczysz na sali sądowej swoją głupotę. Będziesz miał niespodziankę, Piotrusiu.

Wczoraj jeszcze tak płakała, że jej własny szef, spotkany w drzwiach, trzymał ją mocno w ramionach, na ulicy ją trzymał i mówił:

– Pani Basiu, spokojnie, spokojnie, to tylko rozwód, wiem, co mówię, dwa razy przez to przechodziłem, no, niech pani już nie robi z siebie widowiska!

Opanowała się, była mu wdzięczna, jakby miała ojca, toby też tak powiedział, nie martw się, powiedziałby, podniósłby ją wysoko i nie martwiłaby się.

Piotr robi zapraszający gest ręką, a więc zaprasza mnie, nie jestem u siebie, żebym mogła wejść, muszę być zaproszona.

– Ja tylko chciałam wziąć...

– Weź, co chcesz.

– Trochę ubrań.

– Przyniosłem kartony... Ale mogę ci zostawić mieszkanie...

Zbytek łaski, poradzę sobie... nic od ciebie nie potrzebuję, to nie moje mieszkanie, to mieszkanie po twoich rodzicach i ich rodzicach. Tak mi chcesz zapłacić za zmarnowane życie? Dzięki, nie. Wezmę tylko swoje naczynia i trochę rzeczy, moich rzeczy.

– Pomóc ci?

– Nie, dzięki. Poza tym ten kubek jest twój, ty z niego zawsze piłeś sok pomidorowy...

– Bo mi w nim dawałaś.

– Bo lubiłeś sok pomidorowy.

Po co to mówi? Nie chce wspominać ani przypominać, nie po to tu przyszła. Sypała trochę soli i pieprzu, tak jak lubił. Głupia.

– Nienawidzę soku pomidorowego.

– Szybko zmienił ci się gust!

– Zawsze nienawidziłem.

– To dlaczego piłeś?

Nie może powstrzymać się od tego pytania? A co ją to obchodzi?

– Bo kupowałaś!

– Bo myślałam, że lubisz!

Myślała, że lubię? Powiedziała, że jest zdrowy, piłem, żeby sprawić jej przyjemność, wlewała do kubka, wrzucała kostkę lodu, soliła i lekko pieprzyła, nawet nie było takie złe, ale piłem dla niej, wkładała w to tyle serca.

Patrzy na wieżę, niech ją sobie weźmie, lubi słuchać muzyki, ja sobie poradzę.

– To weź sprzęt.

– Kupiłeś go z pierwszej pensji.

– Ale lubisz słuchać przy sprzątaniu.

– Nie będę słuchać, będę czytać! Nie będę sprzątać!

Basia z podniesionym głosem? Nie rozumie, że mu nie zależy na sprzęcie grającym? Dla niej go kupił!

Książki, bardzo proszę, niech bierze, co chce. Nic mnie to nie obchodzi. Co ona myśli? Że będę się kłócił o jakieś rzeczy? Rzeczy nie są ważne, rzeczom nadają wartość żywi ludzie. Basia im nadawała wartość, teraz mogę to wszystko wypieprzyć na śmietnik, bierz, co chcesz, i idź, do kogo chcesz.

– Tu są twoje płyty...Nie będziesz mogła ich słuchać, jeśli nie weźmiesz wieży. Pokaż, co to za książka?

– „Tristan 1946", Kuncewiczowej.

Czytała mi na głos, w Szczyrku, miałem gorączkę, leżałem całe pięć dni, nie jeździła na nartach, siedziała ze mną, i pożyczała z jakiejś wiejskiej biblioteki książki i czytała mi na głos. Nie oddaliśmy tej książki, ukradliśmy ją przez nieuwagę.

– Chcesz?

Czytałam mu, całe dwa dni mu czytałam, a on nawet książki nie chce zachować na pamiątkę.

– Nigdy mi się nie podobała...

– Podobała ci się!

– Nawet nie wiesz dlaczego!

– O, sam przyznałeś, że ci się podobała!

– Nic takiego nie powiedziałem!

– Powiedziałeś!

– Zawsze słyszysz tylko to, co chcesz usłyszeć!

– A ty nigdy nie słuchałeś! Nigdy mnie nie rozumiałeś! Nigdy nie starałeś się mnie zrozumieć. To nasze żałosne małżeństwo od dawna było bez sensu, nie tylko dlatego, że miałeś inne dziewczyny!... Żałuję, że cię spotkałam... moja matka miała rację...

Jaka śliczna jest moja/niemoja Basia, kiedy tak wrzeszczy bez sensu. Powinniśmy byli się czasem kłócić, coś bym więcej o niej wiedział, teraz jest za późno.

– Twoja matka mnie zawsze lubiła!

– No właśnie, nie miała racji! I w ogóle nie będę z tobą rozmawiać, nie chcę cię więcej widzieć! Po moje rzeczy zjawi się kto inny!

– Z przyjemnością zobaczę kogokolwiek, kto nie będzie miał do mnie bezpodstawnych pretensji!

– A więc wyrzucasz mnie!

No właśnie, to było do przewidzenia, trzeba się było nie odzywać, po co.

– Co wyniosłeś na balkon?

Basia sięga do pudła, wyjmuje kafelek, patrzy na Piotra, to jest ładny kafel, słoneczny, żółty, ale piękny, faktura jak drewno, więc kupił takie, jakie chciał, a nie takie, jak ona chciała, zawsze robił to, co chciał. Basia odkłada kafelek do pudła, mija Piotra i wychodzi. Piotr wpatruje się z niedowierzaniem w pudła na balkonie. Nie te zamówił, na litość boską, skąd te się tam wzięły?

Drzwi się otwierają, wróciła, powiedz coś, powiedz, że to wszystko pomyłka, taka sama jak te cholerne kafelki. Ale Piotr stoi jak wryty, a Basia jadowicie rzuca od drzwi:

– I nigdy mi nie było z tobą dobrze w łóżku!

*

Sebastian wraca z zajęć, dzisiaj myślał, że nie wytrzyma do końca, ale nie mógł skrócić nawet o pięć minut rehabilitacji.

– Jeszcze raz, wyrzucamy woreczki za głowę i próbujemy nogami podnieść, bardzo dobrze, świetnie, Jacuś, nie tak daleko, bo wam za długie nogi urosną!

– Stańcie teraz przy drabinkach, oprzyjcie ręce na wysokości bioder. Biodra są tutaj, zegnijcie nogi w kolanach, Karolinka, popatrz na mnie, o tak!

Pracę z dziećmi lubił najbardziej, były takie ufne i świetnie się bawiły mimo swojego kalectwa, nie mógł im tego zrobić, żeby odwołać zajęcia. Przyjeżdżały nawet spod miasta, specjalnie do niego. Wojtek będzie chodził, na razie matka go przynosi na materac, ale będzie chodził, mięśnie wspaniale się odbudowują u dzieci, szkoda, że dorośli tracą taką zdolność. Tak, to przyjemność patrzeć, jak z tygodnia na tydzień robią się sprawniejsze. Trochę w tym było jego zasługi – przychodziły wystraszone, onieśmielone, a potem szalały. Oczywiście Kamilowi nie odrośnie ręka, ale drugą robi to, czego większość ludzi nie będzie umiała zrobić obiema.

– Jesteś wyróżniony – mówił Sebastian i święcie w to wierzył. – Jesteście wybrani, i niestety macie ciężej, ale możecie więcej, ja wam pokażę, jak to osiągnięcie.

I pokazywał. Był silny i widział w ich oczach podziw i to wspaniałe *ja też tak chcę*. Będzie im trudniej w życiu, z tego zdawał sobie sprawę, dlatego namawiał rodziców, żeby nie rezygnowali. Basen, codzienne ćwiczenia, ich pancerz mięśniowy musi być bardziej sprawny niż u zdrowego człowieka.

Zajęcia średniej grupy judo przełożył. Trudno.

I tak Róża zrobi, co zechce, ale musi znać jego zdanie, to nie tylko jej decyzja, dziecko jest jego. Poza tym jak mogła wykupić ten cholerny wyjazd na Litwę do jakichś konowałów? Nie wie, że to się może skończyć tragicznie dla niej? Turystyka aborcyjna, mój Boże, naprawdę aż tak bardzo boi się utracić swoją nieskazitelną figurę? I być może zrobić coś, żeby nigdy więcej nie móc mieć dzieci?

Niech urodzi, on się zaopiekuje dzieckiem, niech mu je odda, zawsze chciał mieć dzieci. Ale Róża była jakoś sztywna. Powiedział jej kiedyś, że jest inna kobieta, bo miał nadzieję, że zacznie pytać, a on będzie mógł w końcu przedstawić ją matce, chorej na gościec stawowy od czternastu lat. Ale Róża nawet nie podjęła tematu. I tak bardzo nie lubi ludzi, którzy nie są wycięci z żurnala. Jest sztuczna, plastikowa, kompulsywna i nigdy nie była zainteresowana jego życiem poza spotkaniami u niej. Chłodna dyskrecja, cholera.

A on myślał, że dobrze im razem i z czasem jakoś się ułoży. O rehabilitacji dzieciaków nawet jej nie wspominał. Kiedyś przypadkiem natknęli się na człowieka na wózku. Róża ze wstrętem odwróciła głowę – nie mówmy o tym!

W świecie Róży nie ma kalectwa, chorób, smutku. Jest walka o sześćdziesiąt dwa centymetry w pasie. Czy może ją zmusić, żeby TEGO nie robiła? Jest jakieś prawo, które zabrania?

Najpierw z nią porozmawia. Ślepy był.

Dobrze, że spotkał Bubę i że mu powiedziała o tej Litwie. No, nie wprost, ale zapytała, czy słyszał o wyjazdach lekarskich na Litwę, trzydniowych. Nagle skojarzył. Róża ostatnio mizerniej wyglądała, a rano – chociaż trzeba przyznać, że ostatnio nie zostawał u niej na noc – a rano ze cztery tygodnie temu wymiotowała. I nie przychodziła na siłownię. I nie chciała iść na basen, chociaż pływanie znakomicie robi kobietom w ciąży.

Buba, dzięki!

*

Basia podnosi słuchawkę i wystukuje numer swojego mieszkania. Nie wie jeszcze, po co to robi, chce chyba nakrzyczeć na Piotra, powiedzieć mu jeszcze raz, co o nim myśli, oddać mu wywołane zdjęcia. Matko, jak się wstydziła je odbierać z zakładu, w życiu już tam się nie pojawi. Teraz ogarnęła ją wściekłość, powie mu, jaki z niego cham, udawał, że nie wie, o co chodzi. A ona głupia dała się nabrać.

– Halo?

Słuchawka zaczyna jej ciążyć w dłoni, jest pełna aksamitnego głosu, pięknego głosu. Pomyliła się, numer się źle wybrał. Basia odkłada słuchawkę, próbuje, jeszcze raz.

– Halo?

Znowu ten aksamit.

– Czy mogłabym rozmawiać z Piotrem?

– Piotrusia nie ma, będzie o ósmej, a kto mówi?

Basia rozłącza się. Piękny głos i piękna kobieta, zaraz po jej wyjściu?

Jeszcze ich mieszkanie nie ostygło, a on sprowadza do niego kobiety?

– Z kim ja żyłam? – szepcze Basia, a Róża patrzy na nią bezsilnie.

*

Pani Helenka odkłada słuchawkę. Widać, że brak tutaj kobiecej ręki. Wyjechała pewnie na trochę, bo rzeczy są, ale to nie jej sprawa. Trzeba zacząć od sprzątnięcia kuchni, potem załatwi szybciutko duży pokój, wyniesie te pudła na śmietnik, najpierw je złoży, może się komu przydadzą. Okien nie zdąży wymyć, mowy nie ma. Podłogę wypastuje. Na okna przyjdzie w sobotę, bo akurat państwo Kremarowie wyjechali, to sobotę ma wolną. Chciała odpocząć, ale jeśli to przyjaciel panienki Julii, to przecież może w sobotę popracować, bo w niedzielę nigdy. Kto w niedzielę robi, ten się nie dorobi.

Wyjęła z szafki pod zlewem parę butelek z płynami czyszczącymi i zaczęła podśpiewywać. Jak ludzie śpiewają, świat jest lepszy.

*

– Nie jesteśmy wcale skłonni do ocen, Różyczko! Jak możesz tak mówić? – Matka ma łzy w oczach.

Od lat Róża nie widziała matki płaczącej, nie wie, jak się zachować, nie chciała jej robić przykrości, nie lubi, jak rodzona matka, jej ostoja, jej wskazówka na życie, rozkleja się i nawet z nosa jej kapie. I ojciec, który wychodzi ze swojego pokoju z niechętną twarzą:

– Dlaczego matka przez ciebie płacze?

Co im powiedzieć? Postarzeli się oboje, nie pomogą jej podjąć decyzji, nie pomogą jej wcale, nie może ich obciążać.

Nie powiem im o niczym. Nie pozwolę, żeby górę znowu wzięła wzajemna niechęć, która przeciska się wszystkimi szczelinami przez ogrodzenie, jakie ich dzieli od siebie, od kiedy się wyprowadziła, przepływa sprytnie bokiem, albo górą, wpełza między nich niepostrzeżenie, jak kapiąca woda – nie widać, nie słychać, a potem brodzisz już po kostki. Nie chcę, żeby moja matka oceniała mnie i moje życie, więc nie powiem jej tego, z czym przyjechałam, że zostanie babcią, a ojciec dziadkiem. Jeszcze nie teraz, najpierw się z tym sama uporam.

– Tak tylko wpadłam, zobaczyć, co u was – mówi Róża.

Wypiła herbatę z hibiskusa, nie chce zostać na kolacji, oni zaraz siądą przed telewizorem, zawsze oglądają dziennik, nie będzie im przeszkadzać.

– Mizernie wyglądasz, córuchno – mówi ojciec. I jest zupełnie siwy. – U ciebie wszystko dobrze?

– Tak, tatusiu.

– A ten twój chłopiec?

Chłopiec! Ojciec ciągle myśli o niej w kategoriach dziecka! Chłopiec! Trzydzieści cztery lata!

– Dobrze, tatku.

– To pa, kochanie. Zaglądaj do nas. I wybacz matce, wiesz, jaka ona jest, ale chce dobrze.

Róża wsiada do samochodu i rusza do siebie. Ile razy przez ostatnie lata słyszała pytanie: „A za mąż kiedy wyjdziesz?". Tak, jakby to była najważniejsza rzecz na świecie, jakby jej życie miało się liczyć dopiero od zamążpójścia, jakby jej nie było, dopóki jest samotna, jakby nie istniała bez mężczyzny.

Ale istnieje. Jest. Żyje. I radzi sobie zupełnie dobrze.

Skręca koło kina. Z kina wysypują się ludzie, musi czekać, aż przejdą. Nad kinem duży napis. Byli razem z Sebastianem na tym filmie, często tu bywali i też tak wychodzili w tłumie, ona wsadziła mu rękę do kieszeni, zawsze tak robiła, a on obejmował ją swoją dłonią w kieszeni.

– Zmarzłaś, sarenko – mówił.

Chciałabym marznąć tak do końca świata i żeby mnie ogrzewał swoją wielgachną dłonią, dłonią szeroką, o krótkich palcach, najpiękniejszą dłonią na świecie, aksamitną dłonią, która tak mnie dotyka, że oddech mi zamiera na wspomnienie.

– Ładny – powiedział.

O filmie mówił, a ja nie pamiętam filmu, bo trzymał moją dłoń i dotykał, dotykał najpierw wolno, jakby nieśmiało, delikatnie, głaskał wszystkimi palcami po wierzchu mojej dłoni, a potem brał ją w swoje dłonie i dotykał od wewnątrz, tak dotykał, że film sobie szedł, a ja słuchałam jego dłoni, mówiły: „Kocham cię dotykać, kocham to zagłębienie, dotknę cię teraz tutaj, ale potem dotykać cię będę inaczej", więc moja dłoń kurczyła się w oczekiwaniu i mdlała, rozprostowywał palce i przesuwał od paznokcia aż do przegubu, wolniutko. Film się jakoś toczył, bo ktoś coś robił, ktoś coś mówił i muzyka grała, a moja dłoń mówiła mu, że go kocha, i miłość moja od dłoni szła do serca, waliło mi coraz mocniej i mocniej, i nogi zaciskały się same, a co mają nogi wspólnego z dłońmi... nic nie mają...

Nie pamięta tego filmu, ale pamięta dotyk jego dłoni. Na serdecznym palcu Sebastian ma bliznę, ta blizna jest w dotyku szorstkawa, jakby tam tkwiła maleńka drzazga, ale ona lubi tę szorstkawość, nawet jeśli lekko boli w zetknięciu z miejscami szczególnie wrażliwymi.

Klakson za nią, już dawno mogła ruszyć, zagapiła się na duży baner przed wejściem do kina.

Jest przygotowana na to, żeby samotnie chować dziecko.

Niech się świat o siebie martwi, chcę, żebyś był ze mną na co dzień, zawsze, żebyś nie opuścił mnie aż do śmierci, w chorobie i zdrowiu chcę. Ale przecież to ty musisz pierwszy to wiedzieć, a nie jesteś oswojony, nie jesteś jeszcze całkiem oswojony, pilnujesz tej swojej niezależności, żyjąc z tą kobietą, o którą nawet pytać nie śmiem, pilnie strzegąc tej swojej niewoli. Nie masz żadnych rzeczy w moim mieszkaniu poza szczotką do zębów, to takie filmowe, takie banalne, takie kiczowate – i wychodzisz do innego domu. Więc nie złapię ciebie na dziecko, nie ty będziesz ojcem, nie zrobię sobie tego…

– Najważniejsze, że my się umiemy porozumieć, umiemy korzystać z życia – powiedziałeś niedawno. – Wyjedziemy na długi weekend w góry, przejdziemy Orlą Perć od samego początku do końca.

A właśnie, że nie będziesz ze mną korzystał z życia, ja w czerwcu będę miała brzuch ogromny jak balon, z rozstępami na pewno, z dzieckiem w środku machającym nóżkami i rękoma, dzieckiem, które ssie swój palec w moim brzuchu, a ty będziesz korzystał z życia i szukał innej dziewczyny, koniecznie na siłowni, do podziwiania, do zachwycania się jej ciałem nieskazitelnym.

*

Moje marzenie?
– Żeby mój kot był zdrowy. Może pan coś zrobić, doktorze?

– Nie lubię usypiać zwierząt, jeszcze bym spróbowałdać ten antybiotyk, dwa razy dziennie, tu zostawiam szczypczyki, proszę mu włożyć głęboko do gardła, o tak, wepchnąć, żeby nie wypluł, i zobaczymy. Czy on się kładzie na boku, czy cały czas jest w takiej pozycji? To niedobrze, jeśli siedzi, to znaczy, że cierpi. Niech pani da mu to jutro rano, dobrze? Jestem pod telefonem, zobaczymy. A pije wodę? Piersi kurzej też nie chciał? Od trzech dni? No, zobaczymy. Tu jest lekarstwo, tu pęseta.

Różowy Dresik patrzy, kto był u mnie. Wygląda zawsze przez uchylone drzwi, żyje życiem trzaskającej windy, kroków zbiegających w dół lub wchodzących na górę.

Moje marzenie?

Chciałabym się tak zestarzeć, mieć sześćdziesiąt lat i nasłuchiwać, czy idziesz, czy wjeżdżasz windą, zgrzyt, zgrzyt, zgrzyt. Głośna ta winda, słychać na którym jest piętrze, wizg nieprzyjemny, chyba że to ty, to wtedy serce rosłoby mi od tego zgrzytania, bo to twoja winda do mnie, i drzwi cicho przytrzymujesz, żeby Różowy Dresik nie słyszał, ale Różowy Dresik jest czujny, musiałbyś bardzo uważać…

Moje marzenie?

Żeby Różowy Dresik wychylił się następnego dnia z pretensją.

– Goście późno przychodzą… Z łaski swojej, niech pani zwróci uwagę, żeby windą nie trzaskali…

– I złość, że do mnie tak, a do niej nie. Do niej tylko

jakiejś przypadkowe osoby przez tyle lat, więc nie słyszę złości w jej głosie, tylko żal, żal mi Różowego Dresika, samotnego, i cieszę się, jak mnie upomina za to, że tak hałasujesz nocami w drodze do mnie.

*

Ksiądz Jędrzej wszedł do kawiarni i z miejsca zobaczył Piotra. Wymógł na nim spotkanie, choć spieszył się bardzo. Owszem, teraz nie widział go dokładnie, bo okulary zostawił w płaszczu, nie chciał się już cofać do szatni, był spóźniony, ale rozpoznał tę charakterystyczną czerwoną kurtkę, z suwakami na piersiach. Powie mu parę słów, niech człowiek nie rozłącza tego, co Bóg złączył, i pobiegnie dalej. Tak bardzo czas ucieka. Szybko podszedł do stolika i usiadł.

– Miłość, miłość, ludzie często mylą stan zakochania z miłością... a zakochanie jest jak to, co pijesz, ten koktajl mleczny z owocami, ile go możesz wypić? Potem mdłości... A miłość jest jak źródlana woda... Gasi pragnienie przez całe życie... Oswój ją, przekonaj, wysłuchaj, nie po to brałeś ślub, żeby rezygnować w pół drogi. Miłość to odpowiedzialność... Ja cię zresztą uczył nie będę, sam to wiesz, spieszę się. Ty mi tylko powiedz, czy ty ją kochasz, czy nie? Bez kłamstwa...

Mężczyznę w kurtce zamurowało. Ksiądz, tutaj, w kawiarni, w koloratce, z przemówieniem o koktajlu mlecznym? Całe szczęście, że wraca Ania, jakoś wybrnie z tej sytuacji.

– Misiu?

Zanim zdążył zareagować, ksiądz zbliża twarz do dziewczyny, a potem patrzy groźnie w jego stronę.

– Misiu? A kto to jest ta pani?

– Ania jestem – mówi Ania.

– Ania? Jaka Ania? Nie spodziewałem się tego po tobie. Szybko się pocieszyłeś po Baśce.

I odchodzi gniewnie od stolika, potrącając ludzi. Strasznie ciasno tutaj. Ale tego by się po Piotrze nie spodziewał.

– Kto to jest Basia? – pyta tymczasem Ania towarzysza przy stoliku.

– Nie mam pojęcia, ja go w ogóle nie znam! – odpowiada chłopak w czerwonej kurtce.

– To o czym rozmawialiście?

– Mówił, że po koktajlu owocowym będę rzygał... że mam pić mineralną – odpowiada chłopak tępo. – Coś takiego...

– Gazowaną? – pyta Ania i widzi, że jej chłopak nie kłamie.

– Patrz, facet w takiej samej kurtce. – Trąca w ramię swojego chłopaka.

Niedobrze, to zawsze głupio, jak ktoś jest tak samo ubrany jak ty. Ale mężczyźni mają do tego inny stosunek, bo chłopak nawet nie patrzy w jego stronę, tylko na oddalające się plecy księdza.

*

Róża poszła do garażu, zawiezie Basię do sądu i zostanie z nią. Buba i Julia też przyjdą, choć to niczego nie zmieni. Basia czeka, przechadzając się, wstępuje do sklepu za rogiem, kupi Róży sok winogronowy, bo jej się zachciewa, w ciąży ma się zachcianki. Wychodzi ze sklepu i staje jak wryta. Z olbrzymiego billboardu rozpostartego między rogami dwóch ulic patrzy na nią przepiękna kobieta. Nie, nie na nią, na kogoś, kogo kocha, kobieta uśmiecha się, ma prześliczne piegi, i bardzo szlachetny profil, i lekki uśmiech, ślad uśmiechu, a oczy zielonoszare i piękne mysie włosy, błyszczące, niezwykły kolor. Skamieniała Basia patrzy na Basię. Zupełnie inną niż ta, którą widuje często w lustrze. Jej siostra, trochę podobna, ale o niebo piękniejsza, godna pożądania, tajemnicza. Basia stoi przed Basią jak wryta. Poznaje, to zdjęcie Piotra, a w rogu logo firmy Krzyśka. Sprzedał ją!

Róża zatrzymuje przy niej samochód, wychyla się z okienka i podąża za wzrokiem przyjaciółki.

– I chcesz mi powiedzieć, że facet, który robi takie zdjęcie swojej żonie, nie kocha jej?

Basia wsiada i patrzy, patrzy, patrzy. Przecież tak nie wygląda, nigdy tak nie wygląda, a Piotr to w niej zobaczył? Jak on zrobił takie zdjęcie? Nie jest nawet wymalowana, widać rzęsy, to ona ma takie długie rzęsy? I te cholerne piegi widać, pięknie w nich tej dziewczynie z billboardu.

Jeśli mnie taką widzisz, dlaczego mi to zrobiłeś, Piotrusiu?

Nienawidzę cię!

*

Buba pochyliła się nad kotem i pogłaskała czarną główkę, otworzył zmrużone oczy i popatrzył na nią tak, że ścisnęło się jej serce.

– Kochany – wyszeptała w czarne futerko – proszę cię, żyj.

Od trzech dni nie zjadł nic, dzisiaj w nocy zabrudził podłogę wokół kuwety, co mu się nigdy przedtem nie zdarzało, nie widziała, żeby choć wodę pił, drobnymi pociągnięciami różowego języczka, wolno, niechętnie, jak przedwczoraj.

Weterynarz co prawda zaproponował, żeby wobec tego przyjechała, ale rano ma operację ciężarnej suki, więc rano nie. Trochę później. Buba nie chciała jechać przez miasto, w tramwaju, z kotem uwięzionym w koszyku, zamkniętym w torbie, osaczonym przez ciemność i nieznane odgłosy. Więc muszą zaczekać do popołudnia.

– Poczekaj, wytrzymaj, jeszcze trochę wytrzymaj, do popołudnia wytrzymaj, proszę cię, nie męcz się, zaśnij, muszę iść, ale wrócę niedługo, wtedy się pożegnamy.

*

Piotr wyszedł z domu późno, tak jakby nie chciał zdążyć na swoją własną rozprawę rozwodową. Długo czekał wczoraj na Jędrzeja, wypił dwa piwa, niepotrzebnie – nie mógł zasnąć. A dzisiaj rano nie zdążył nawet napić się kawy. Przyspieszył kroku i kiedy skręcił w Malowniczą, spotkał się oko w oko z Basią o rozmiarach szesnaście na dziesięć metrów. Stanął jak wryty.

Baśka zdecydowała się za jego plecami sprzedać jego zdjęcie? To nie były zdjęcia na sprzedaż!

Jego Basia unosiła się nad ulicą, nad samochodami, nad ludźmi, jego świetlista żona, w jej oczach widział obietnicę, łagodność, spokój i miłość. To wszystko, co chce mu teraz zabrać. Logo firmy Krzyśka. Musiała mu to zdjęcie dać dużo wcześniej. Może to znak dla niego?

*

Wokanda na drzwiach: w sprawie rozwodowej małżonkowie Siedleccy, 8.30, małżonkowie Nowaccy 9.00, oni 9.30. Małżeństwo na całe życie, rozwód na pół godziny. Piotr siada na brzegu krzesła, Baśki jeszcze nie ma, to dobrze, a jeszcze lepiej, że nie ma pojednawczej, że od razu mają szansę dostać rozwód, potem tylko trzy tygodnie na uprawomocnienie i koniec. Jak ona mogła? Piękne zdjęcie, nie zdawał sobie sprawy, że jest takie dobre. Może jednak ma talent?

Idzie Julia z Romanem, ciekawe, jak teraz będą wyglądać ich stosunki, kto ich straci, a kto zyska, bo już przecież nie będzie jak kiedyś. Witają się chłodno, przez podanie ręki, a Julia zawsze całowała go w policzek. Krzysiek? Przecież on jest w pracy.

Zawsze jest w pracy, ale teraz chyba nie, biegnie korytarzem, przejęty, dobrze, że nie jestem sam, dla mnie przyszedł. Buba bardzo schudła, ona mnie całuje serdecznie, pewno dlatego, że nie ma jeszcze Baśki. Może Baśka nie przyjdzie?

Biedna Róża, nie wie, co zrobić, Baśka wita się z tą dziewczyną za chudą, zbyt mocno wymalowaną. Nowa koleżanka? Nie znam jej znajomych. Co się z nami stało?

Czy to moje nazwisko wywołują?

*

– Proszę protokołować: Na rozprawie w dniu czternastego marca zjawili się pozwany Piotr Danielski i powódka Barbara Danielska, ostatnie wspólne miejsce zamieszkania ulica Jagody siedem mieszkanie trzynaście, numery dowodów osobistych, po sprawdzeniu przez sędziego są jak następuje, proszę przepisać z dowodów. Dziękuję. Pan Piotr Danielski to pan, dziękuję, pani Barbara Danielska to pani, dziękuję. Czy zapoznał się pan z treścią pozwu, dziękuję. Na świadka wzywam Irenę Niedziela, zamieszkałą w Nowym Kącie, aleja Lipowa 196.

– Ale proszę pani…

– Proszę się zwracać do sądu wysoki sądzie i stanąć za barierką. Czy to pani jest na tych zdjęciach, czy pani siebie rozpoznaje, proszę podejść, dziękuję. – Sędzia podtyka plik zdjęć przed nos chudej dziewczyny.

– Tak, proszę sądu, ale..

A więc żyła z pokerzystą. Nic nie widać po twarzy Piotra, ani sekundy wahania, skrępowania, nic, mógłby ją oszukiwać całe życie, nie domyśliłaby się, nie dowiedziałaby się nigdy. Patrzy na tę dziewczynę, jakby jej nigdy nie widział.

– Czy to prawda, że miała pani romans z mężczyzną, który robił jej te zdjęcia? Proszę protokołować.

– Tak, ale…

– Dziękuję, proszę protokołować, świadek Irena Niedziela miała romans z fotografem, który zrobił zdjęcia, dołączam do akt sprawy dowód numer 1, 2, 3.

– Czy rozpoznaje pani na sali osobę, która robiła pani zdjęcia? Proszę zaprotokołować, że świadek Irena Niedziela…

– Nie, nie ma go tu! – Świadkowi Irenie Niedzieli udaje się wreszcie przerwać potok słów sędzi, patrzy na Basię, wyskakuje zza barierki i oskarżycielsko mierzy w nią ręką. – Ona mnie pytała, czy spałam z facetem, który robił mi zdjęcia. I proszę wysokiego sądu, owszem, puknął mnie, bo poczuliśmy do siebie coś na kształt, no tego, sympatii, a on ma żonę, skurw...

– Jeżeli świadek natychmiast się nie uspokoi, ukarzę świadka!

– Ja z dobrego serca, proszę wysokiego sądu, przyszłam, bo ja nie jestem za tym, żeby żonaci mnie pu… stosunki uprawiali! I powiedziałam, żeby spadał, a teraz go tu nie widzę! I jak zadzwonił, to powiedziałam, żeby spadał, no nie? I jak ja teraz wyglądam?

– Dziękujemy świadkowi, proszę protokołować, świadek nie przyznaje się, że Piotr Danielski odbywał z nią stosunek seksualny, dziękuję. Prosimy, żeby pozwany stanął za barierką, dziękuję. Czy pan jest autorem zdjęć, wskazanych jako dowód nr 1, 2, 3, proszę podejść. A teraz proszę, żeby pozwany stanął za barierką. Dziękuję. Czy zgadza się pan na rozwód z orzeczeniem o pańskiej winie?

– Tak. Nie – mówi Piotr, odpowiadając na oba pytania wysokiego sądu naraz, bo całkiem się pogubił.

Co to za dziewczyna? Jakie zdjęcia? Co ta Basia wyprawia? O coś go posądza, diabli wiedzą o co, chciała rozwodu, trudno, wszystkie starania na nic... Tak czy owak nigdy już nie będzie tak jak było.

– Nie! – krzyczy Basia. – To pomyłka, wycofuję pozew, Piotruś! – O Boże, to wszystko przez nią, idiotka, coś jej padło na mózg, coś chciała udowodnić, ale dlaczego Piotrowi? – Piotrek, przepraszam!

– Będzie pani usunięta z sali – przerywa metalicznym głosem bez śladu emocji sędzia, która dopiero teraz po raz pierwszy na nich spojrzała – jeśli się pani nie uspokoi, proszę protokołować: powódka wycofuje pozew rozwodowy nr 142 łamane...

Basia dopada Piotra i obejmuje go, ale ramiona Piotra wiszą, ubrał się dzisiaj w marynarkę, jak nigdy, stoi nieruchomo, nie rozumie, o co chodzi.

– Piotrek, popatrz na mnie, spójrz na mnie, to ją, Basia, kocham cię, nie rozumiesz? Ja te zdjęcia przegrałam z komputera, myślałam, że to ty... Nigdy, przysięgam, już nigdy nie zrobię nic przeciwko nam, Piotrek...

Metaliczny głos finalizuje sprawę:

– Proszę opuścić salę rozpraw, dziękuję...

Buba ściska palce, stoją wszyscy parę metrów od powódki i pozwanego. Krzysztof klepie Piotra w ramię.

– Nie bądź idiotą, stary.

Piotr siada na pierwszym lepszym krześle i zaczyna łkać jak dziecko, Basia klęka przy nim, a oni odchodzą, bo nie wiedzą, co z sobą zrobić.

– Podwieźć cię? – Krzysztof staje za Bubą.

– Nie spieszysz się do pracy? – Buba chce być zgryźliwa, ale jeszcze bardziej chce już być w domu.

Kot jęczał od piątej rano, trzeba coś zrobić, niech się więcej nie męczy.

– Jeśli możesz, zawieź mnie do domu – mówi spokojnie i dodaje już wbrew sobie: – Muszę jechać do weterynarza.

– Mogę z tobą pojechać – Krzysztof zastanawia się, dlaczego to powiedział. – Jeśli chcesz – dodaje, żeby nie wyglądało, że nie ma nic do roboty. Ale przecież jest szefem, nie musi się tłumaczyć nikomu, może raz przyjść, o której chce.

– Jeśli możesz, chętnie skorzystam – mówi cicho Buba i siada na przednim siedzeniu, a Krzysztof zatrzaskuje za nią lśniące drzwi swojego wypieszczonego volva 40 S.

*

Ulice są śliskie od wczesnego wiosennego deszczu, trzeba bardzo uważać, ale wiosna się zbliża dużymi krokami, czuć ją w powietrzu, i pajęczyna zieleni powoli zaczyna być silniejsza niż nagie gałęzie. Wierzby już szumią zielonymi witkami, jakby nigdy nie było zimy, tulipany wychylają się z ziemi. To będzie piękna wiosna i piękne lato, to będzie czas miłości, jak zwykle, jak co roku, pod warunkiem, że się będzie chciało to zobaczyć. Ludzie odtajali, pozdejmowali maski, uśmiechają się trochę, choć jeszcze nie bardzo, na skwer przy placu wypełzli staruszkowie, przestało padać przed chwilą, trzeba to wykorzystać. Gołębie podnoszą się do krótkiego lotu i opadają nieco dalej. Na trawniku, który próbuje się podnieść do życia, lata, o dziwo, pierwszy motyl, żółty cytrynek trzepoce skrzydłami, jakby już kwitło coś, co ma kwitnąć niebawem, jakby nie wiedział, że jeszcze nie czas, a może jakby wiedział, że już czas.

Z wieży kościoła dzwonią na Anioł Pański, starszy człowiek żegna się, przechodząc obok kościoła, ściąga czapkę, nie musi jej już wsadzać na głowę. Jest ciepło, ale wsadza z powrotem. Dużo ludzi na ulicach jak na tę porę dnia. Spod jakiejś bramy niesie się srebrzysty, czysty dźwięk *Arii na strunie G* Bacha, wygrywanej na kieliszkach przez Rosjanina, który tak zarabia na życie.

Julia całuje Romana na do widzenia, on spieszy na rynek, ona jest umówiona w sprawie pracy, może tym razem się uda. Gołębie znowu się podnoszą. Róża wraca do domu, wszystko się dobrze skończyło, jakie to szczęście. Po południu przyjedzie Sebastian, wczoraj nie chciała się z nim spotkać. Życie zaczyna się na wiosnę, myśli, dotykając brzucha. Czy będę mogła prowadzić w ciąży, nie zaszkodzi to dziecku?

Zadzwoniła do rodziców, powiedziała przez telefon, że jest w ciąży.

Usłyszała radosny krzyk matki w głąb mieszkania:

– Różyczka będzie miała dziecko! Tatuś, masz wnuka! Dziecinko, musisz o siebie dbać, pomożemy ci, nie martw się!

I ani słowa o ślubie.

*

Basia jest wstrząśnięta. Nigdy nie widziała Piotra płaczącego, nigdy przedtem, nigdy, nawet na pogrzebie rodziców miał tylko kamienną twarz. Nie wiedziała, co robić, głaskała go nieśmiało po głowie, potem przytuliła, jakby był jej dzieckiem, a nie mężem. Nie żachnął się, nie odtrącił jej, więc już się nie bała. Wszystko będą mogli sobie po kolei wyjaśnić. Dzień po dniu. Wszystko mu wytłumaczy.

*

Krzysztof wrócił do pracy po pierwszej. Kot zwymiotował na siedzenie volva i pobrudził białą skórę. Ale dobrze, że ktoś był z Bubą, pal sześć to siedzenie. Jedyne, co mógł zrobić, to towarzyszyć Bubie i kotu w jego ostatniej drodze. Buba nawet nie zapłakała.

– Jestem za niego odpowiedzialna – powiedziała.

– Nie chcę, żeby dłużej cierpiał.

Odwiózł ją od weterynarza, który obiecał zająć się pochówkiem kota, nie chciał jej zostawiać, pachniała konwaliami, chyba rzuciła na niego urok, może to wpływ wiosny? Nie lubi przecież Buby, nie lubi, jak się z nim kłóci, obraża go i docina mu. I, cholera, brakuje mu jej w każdej chwili jego smutnego życia. A gdyby tak przyjechać do niej wieczorem? Tak z głupia frant, zapytać, jak się czuje, ostatecznie nie codziennie usypia się kota. Byłby usprawiedliwiony. Ot, po prostu kumpel z paczki, trudno, żeby Baśka dzisiaj wpadła lub Piotr. Są zajęci sobą. Pewno nawet nie wiedzą o kocie. I zorientowałby się, co jej dolega. Może mógłby pomóc? Tak zrobi. Pojedzie do niej, pies z tym siedzeniem, nie ma co się przejmować, to tylko samochód.

*

Może to ty? Winda znowu zgrzytnęła, przytulam oko do wizjera, ale moje złudzenia pierzchają przy windzie, to dozorczyni, wychodzi ze szczotką, przytrzymuje wiadrem drzwi i szybko obmiata korytarz.

Patrzę przez wizjer, ktoś na dole puka w drzwi od szybu, ktoś chce wsiąść i jechać, ale dozorczyni nie odstawia wiadra, spokojnie sięga szczotką pod moje drzwi i pod drzwi Różowego Dresika. Zaraz się pokaże Różowy Dresik.

I nie mylę się. Różowy Dresik uchyla swoje drzwi i wysuwa się zza nich – najpierw gruby brzuszek, potem ramionko tłuste i samotne, potem buzia różowa, i klapeczki z pomponem z królika.

Różowy Dresik obleka w uśmiech twarz, chce rozmawiać z dozorczynią.

– Chodzą i brudzą, może by domofony założyć…
– To zróbcie na własny koszt – mówi dozorczyni.
– Czynsz płacimy przecież – oburza się Dresik.
– Czynsz, a nie na domofony.

Domofon! Domofon byłby rzeczą wspaniałą, zanim nacisnąłbyś guzik windy, wiedziałabym, że idziesz, że to już ty, tyle sekund wcześniej wiedziałabym, że to ty. Chcę otworzyć drzwi, może wspólnie z Różowym Dresikiem zaczniemy akcję domofon. Ale wtedy wyszłoby na jaw, że ja też pod tymi drzwiami nasłuchuję, jak ona, że nie ma między nami żadnej różnicy. A przecież różnica jest, ja czekam na ciebie, choć wiem, że nie przyjdziesz, ona nie czeka na nikogo albo na kogokolwiek.

– Po co domofony, na trójce założyli i już wyrwane, łobuzeria taka – mamrocze dozorczyni, cofam się spod drzwi, nawet kota nie ma.

I po co domofon.

Skoro ciebie nie ma.

Mam serce wypełnione tobą po brzegi.

Tylko nie mam czasu.

*

Basia przesuwa ręką po kartonach z kafelkami.

– Nie szkodzi, że są żółte, lubię żółty kolor, nie przejmuj się.

– Zamówiłem inne, a przywieźli te – mówi rzeczowo Piotr. Już nie będzie uważać na każde słowo, będzie mówił, co chce powiedzieć. Baśka nie jest słaba, gubi się czasem, ale jest silna.

– Każde zdjęcie ma autora, chodź, zobacz, gdzie – Piotr naciska myszką ikonę. – Widzisz, dzień, data, godzina i autor zdjęcia. Konrad pracował przy moim komputerze, pamiętasz?

Basia zamyka drzwi na balkon, mniejsza o glazurę. Nie pyta, kto to była ta kobieta, która odebrała telefon, bo wie, że to nieistotne. Kochają się, a ona za dużo piła ostatnio, teraz już nie będzie, nie stanie się taka jak ojciec, jest jeden świat, a nie dwa odrębne światy i ona chce żyć w świecie, w którym jest Piotr. To takie proste.

– Bardzo cię kocham – szepcze niewyraźnie i pochyla się nad ekranem komputera. Przytula się do rękawa swojego męża, swojego ślubnego męża, który kiedyś poszybował dla niej do nieba. Do marynarki, którą miał na ślubie i na sali rozwodowej. Dwa razy. Będzie bardzo szanowała tę marynarkę.

Zawsze już będzie wierzyć, że to, co Piotr mówi, nie jest skierowane przeciwko niej. Inaczej zginie. „Mama jest zazdrosna" – przemknęły jej przez głowę słowa ojca.

Ona nie będzie zazdrosna.

*

– Nie dostałam tej pracy. Wpadłam cię zobaczyć, po prostu wpadłam – mówi Julia – jak pięknie świeci słońce.

– Nie uprzedziłaś mnie – mówi matka; och, znowu te pretensje – zrobiłabym coś dobrego – kończy.

– Basia i Piotrek nie rozwiedli się, szkoda, że tego nie widziałaś – mówi Julia i żałuje, że matki tam nie było, w tym zamieszaniu, w tej szczęśliwości rozprawy rozwodowej.

– Cieszę się – mówi matka – napijesz się ze mną herbaty? A może wyjdziemy gdzieś na obiad? Opowiesz mi o Romanie, może mnie kiedyś zaprosicie?

I Julia uświadamia sobie, że nie wpadło je to do głowy ani razu. Ani jednego wieczoru, ani jednej niedzieli nie przeszło jej przez myśl, że może fajnie byłoby zaprosić samotną matkę do nich, pokazać obrazy Romana, pokazać jej strych przecudny i okna, które Romek ogaci na zimę, a przez które widać dach jakiegoś klasztoru i rzekę, i zachód słońca, jak z żadnego innego miejsca na świecie.

Nie są z innej gliny, z dwóch różnych światów, z dwóch konstelacji gwiezdnych, które się nigdy nie spotkają, które nawet nie podejrzewają swojego istnienia. Są z jednego wszechświata i przybliżają się do siebie od chwili Wielkiego Wybuchu.

– Nie, nie pójdę z tobą na obiad – mówi Julia. – Napiję się z tobą herbaty i wracam do domu. Zrobię porządek, a wieczorem przyjdziesz do nas, otworzymy wino. Zobaczysz, jaki mamy piękny zachód.

*

– Nie zrobimy teraz łazienki. – Piotr odkłada żółty kafelek na miejsce. – Nie mamy pieniędzy.

– Mówiłeś... – chce płaczliwie rozpocząć Basia, ale w porę się mityguje. – Myślałam, że jakieś mamy, odłożone.

– Mieliśmy. Dałem Jędrzejowi na tę jego podopieczną, strasznie nudził. Jeśli ona nie wyjedzie w ciągu tygodnia, to na pewno umrze. Pomyślałem, że ty też byś tak zdecydowała. Ona jest czyjąś córką albo czyjąś żoną, tak samo jak ty, a dla twojego dobra oddałbym wszystko. Cieszę się, że to nie ty, to jest warte dużo pieniędzy.

Nie myślała w ten sposób, ale rzeczywiście, to mogłaby być jedna z nas, Julia albo Basia, albo Buba. I co wtedy? Co byłoby ważniejsze? Ten głupi remont czy one? A gdybym to była ja?

– Dobrze zrobiłeś – mówi Basia. – Ostatnio zachowywaliśmy się tak, jakbyśmy byli sami na świecie.

*

– Tylko cud, bo prawdę powiedziawszy, nie ma żadnych szans.

Lekarz nie chce tego mówić księdzu, ale jego obowiązkiem jest przedstawić stan faktyczny.

– Wie pan co – ksiądz siedzi, choć lekarz dawał już znać, że muszą skończyć wizytę, wszystko już wiadomo – pan jest od diagnozy, ja jestem od próśb. Ale przypomina mi to pewną przypowieść.

Lekarz jęczy w duchu, ale osoba duchowna budzi w nim respekt, sam nie wie czemu.

– Pozwoli pan, na koniec. Kiedy paliły się silniki w samolocie, pilot powiedział przez głośnik, proszę się modlić, tylko Bóg nam może pomóc. Wtedy ktoś, kto nie usłyszał, zapytał sąsiada, jaki był komunikat. „Że nie ma nadziei" – zabrzmiała odpowiedź. A ja panu, doktorze oświadczam, że się modlę o cud. I nadzieja to dużo silniejsza rzecz niż diagnoza. Ja wierzę, że Bóg może ją uratować, a czyimi rękami to zrobi, to już nie moja sprawa. Dziękuję za wszystko. – Ksiądz podnosi się i znowu pociera oczy.

Lekarz wyciąga rękę, ich dłonie mijają się, spogląda uważnie na księdza.

– A przy okazji – mówi i bierze go stanowczo pod ramię – proszę ze mną na okulistyczny. Mój kolega pana obejrzy, przecież pan nie widzi!

*

257

Jak można zacząć wszystko od początku?

Róża siedzi naprzeciwko Sebastiana i widzi nic. Wielkie nic. Jak bardzo się minęli!

Nie zna tego człowieka, który siedzi przed nią. On nie zna jej, Róży.

Czy po tych trzech latach jest jeszcze taka możliwość, żeby się poznać? Sebastian wydaje się chłodny jak chłodnik, rzeczowy jak rzecz, konkretny nieprzyjemnie jak jakiś konkret.

Zdecydowała, że może być samotną matką i powiedziała mu o tym. Niech się nie czuje zobowiązany.

Sebastian siedzi naprzeciwko Róży i patrzy na nią. To jest kobieta, której nie zna. Przedsiębiorcza jak przedsiębiorstwo, zgrabna jak Barbie, krucha jak faworek. Nie chce, żeby był ojcem jej dziecka? Czy taką Różę kochał?

Dlaczego jej nie powiedział o matce? Dlaczego pozwolił jej myśleć, że ma żonę? Czy nie dała mu wystarczających dowodów miłości? Co źle zrobiła? Trzeba było naciskać, uwodzić, prosić czy wytrzymywać?

Co on źle robił? Czy trzeba było ją wciągać w swoje życie, w ból każdego dnia, w smutek ciężkiej choroby matki?

Może tak było wygodniej? Róża była odskocznią, świętem, innym światem.

Może tak było wygodniej, Sebastian był tajemnicą, walką, przeciąganiem liny, z jednej strony ona, Róża, z drugiej tamta.

Z czego może dla niej zrezygnować?

Z czego może zrezygnować dla niego?

Co mogą razem budować?

Czy chce być z nią, czy z nią, dlatego że jest w ciąży?

Czy chce być z nią w ciąży, czy z nią?

Tylko dla dziecka?

Nie tylko dla dziecka?

Czy ma mu powiedzieć, jak stała nad wanną pełną gorącej wody i zastanawiała się?

Nie, nigdy nie powie.

– Owszem, zastanawiałam się, czy... – mówi Róża.

– Ty idiotko! – krzyczy Sebastian. – Ja zawsze chciałem mieć z tobą dzieci, tylko ty zawsze chciałaś być... – i urywa, bo nie wie, jaka Róża chciała być, o czym marzyła i co jej się śniło. Nie wie, bo tyle innych rzeczy było do zrobienia. Pokochać się, iść do kina, być w teatrze, spotkać się z przyjaciółmi, poćwiczyć, pojechać, zobaczyć, oderwać się od codzienności. Jaka jest Róża?

Jaki jest Sebastian poza nią? Poza jej mieszkaniem, jej wypielęgnowanym światem?

Z czego nie muszę rezygnować, żeby z nim być?

Z czego nie muszę rezygnować, żeby z nią być?

– Bo ty zawsze... – mówi Sebastian i milknie, bo zdaje sobie sprawę, że nie wie, co Róża zawsze. Bo Róża zawsze jest sama, sama zarabia, sama wydaje, sama utrzymuje dom, sama się budzi i sama zasypia. Z wyjątkiem śród i piątków, kiedy on przychodzi.

Więc nie wie, co Róża zawsze, wie tylko, co Róża zawsze z nim.

– Bo ty nigdy… – mówi Róża i milknie, bo nie wie, co Sebastian nigdy, bo przy niej nigdy nie był z chorą matką ani z jakimiś obcymi dziećmi, ani nawet znajomymi dziećmi, bo Baśka i Piotrek na razie nie mają dzieci, nie wie, czego nigdy nie robi, jak się budzi i jak się kładzie. Z tego „nigdy" wyłączone są środy i piątki, ale nie zna go u niego, zna go u siebie.

Jak pogodzić te dwa życia?

– Boję się – mówi Róża i bardzo nie chce się rozpłakać.

– Ja też – mówi Sebastian.

*

Julia idzie przez Rynek, jakby tańczyła. Życie jest takie piękne, trzeba tylko w to wierzyć i wszystko będzie dobrze. Jest motylem, zatrzymuje się przed pękiem róż trzymanym przez dłoń w rękawiczce z obciętymi palcami, z dziurek wystają palce, zgrubiałe, zniekształcone.

– Poproszę jedną – Julia się zatrzymuje. Kwiaty trzeba kupować, nawet jeśli się nie ma pieniędzy. Jeśli ona kupi choć jedną, ta dłoń w czarnej rękawiczce nie na darmo wabi przechodniów na tym rynku.

– Nie, nie tę, raczej zapowiedź róży niż samą różę. – Julia uśmiecha się, wyjmuje z pęku kwiatów jedną, zwiniętą jeszcze, tylko dwa płatki nieśmiało się rozchylają. Lubi róże, które kwitną przy niej.

Dłoń w rękawiczce z uciętymi palcami wydaje resztę. Samotna róża, statek pod żaglami, tańcząca kobieta, koń w galopie.

Mija Białą Damę i nie widzi, że tamta wącha nieistniejący kwiat.

*

– Nie wiem, doprawdy nie wiem, jak to masz zrobić. Ale ona pije za dużo, pije sama, rozmawiałem z nią, tylko, że ona nie rozumie, że to może być problem.

Ksiądz Jędrzej splótł dłonie. Nie był przygotowany do tej rozmowy. Boże, czy on nie mógł iść do kogo innego?

– Pije z Bubą! – Piotr nagle staje w obronie Basi. Jędrzej nie o wszystkim wie, nie ze wszystkiego zdaje sobie sprawę, nie ma monopolu na mądrość. – Basia nigdy nie pije sama, to Buba wpada z butelką wina albo z …

– Buba nie pije, Piotrze, to akurat wiem na pewno. A Basi ojciec… wiesz sam, jak wyglądało ich życie.

– To co robić? – szepcze Piotr. – Ona usiłuje mnie w to wciągnąć, kupuje wino, obraża się, gdy odmawiam, a ja nie chcę jej robić przykrości. Ją tak łatwo zranić.

– Mój drogi. – Ksiądz Jędrzej patrzy na Piotra. Te wieczne dzieciaki! – Trudno sprostać problemom w małżeństwie. Czasem musisz zrobić komuś przykrość… Jesteś odpowiedzialny za swoje uczucia i za nią. Jak o sobie zapomnisz, to i o niej nie będziesz pamiętał. Kochaj bliźniego swego jak siebie samego. Ale nie więcej! Tak samo uczciwie! A z waszej historii wynika, że wy się w ogóle nie znacie! Oczywiście, że jej będzie przykro. I co z tego? To jak człowiek wisi na krawędzi, nie powiesz mu, że ma przepaść pod sobą, bo mu przykro będzie? Bo myślał, że tylko ot tak sobie wisi i jak mu się znudzi, nogi spuści i pójdzie do domu? Dziecko, czasem jest przykro i smutno, i źle, ale musi być prawdziwie! Tam, gdzie jest smutek, jest i radość, jest dzień i noc, jest białe i czarne i to jest życie, a nie złudzenie, że będzie dobrze. Z Basią dogadać się musicie, ale nie zamykaj oczu na jej problemy!

Taka była ta rozmowa. Więc Piotr podnosi się i odsuwa komputer.

Wchodzi do kuchni. Basia uśmiecha się.

– Muszę z tobą porozmawiać – mówi Piotr.

*

Krzysztof stał przed zielonymi drzwiami, wahał się, czy zapukać, bo nie widział dzwonka. Teraz czuł się jak idiota, z tymi jeszcze zielonymi konwaliami w ręku. Co to za pomysł, jeszcze sobie coś Buba pomyśli. Rozglądał się. Musi szybko wejść, a nuż wyjdzie Basia albo Piotr, a on jak idiota przed drzwiami Buby, doprawdy co mu przyszło do głowy.

– Wejdź, Krzysiu – zielone dębowe drzwi uchyliły się. Co to, Buba się gdzieś wybierała? Przecież przyszedł. No tak, ale nie mówił, że przyjdzie, trudno, to wejdzie.

*

– Nie, nie taką – Roman przebiera w bukiecie róż – chciałbym taką… – nie może znaleźć słowa.

– Taką co będzie dopiero co? – uśmiecha się kwiaciarka, wyciąga mu ze środka bladoróżową, kłębuszek na patyku kolcowatym, chmurkę zbitą, prawie białą.

– Właśnie – oddycha z ulgą Roman i szuka drobnych.

*

Co się dzieje?

Stoi w przedpokoju, obejmuje drobną postać, wcale nie chciał jej obejmować, to dlaczego stoi i pochyla się nad Bubą i głaszcze jej drobne ramiona i nie chce przestać? Co się dzieje, że Buba się nie wyrywa, nie kąsa, nie drapie, schowała pazury i, wtulona w niego, czeka?

On podnosi jej brodę do góry i dotyka ustami jej warg, spierzchniętych, bezbronnych, a ona go nie gryzie, tylko poddaje się?

Co się stało?

Wiszące dzwoneczki rurowe szarpnięte jakimś powiewem, może od drzwi niedomkniętych, dzwonią leciutko, i jeszcze kuweta, niesprzątnięta, wspomnienie kota, w miseczkach woda.

Krzysztof jest prawie pewien, że to Buba lekko go pociąga w stronę innych drzwi, tam gdzie nie wchodzili nigdy, do drugiego pokoju, więc jej nie puszcza, nie puści jej, pójdzie tam, gdzie ona go prowadzi, tylko niech nie cofa swoich spierzchniętych ust, bo oparł się na nich i bez nich upadnie.

*

– Ale natychmiast musi ksiądz zadzwonić po kogoś. Atropina rozszerza źrenice, widzę, jak ksiądz się porusza po moim gabinecie. Ma ksiądz do kogo zadzwonić? Mogę zamówić taksówkę. Te okulary tylko szkodziły. Ćwiczenia oczu jak najbardziej, ale po operacji. Na zaćmę się nie umiera. Uszkodzenia rogówki…

*

Światło świec odbija się od kryształków wiszących w oknach, drobne punkciki światła chwieją się na ścianie. Leży na łóżku i całuje tę dziewczynę, pierwszy raz całuje. Z tamtymi się nie całował, żadnej tak nie całował.

Wróciła do niego. Tamta, tak, to ona.

Musi być bardzo delikatny, Buba jest taka krucha, taka misterna, a jego dłonie są ciężkie, musi odjąć im ciężaru, bo rozsypie się pod jego dotykiem. Krzysztof gładzi jej twarz, jej włosy są szorstkie, nieprzyjemne, ona zsuwa jego dłoń na policzki. Oto kształt oczu, migdałki pod jego palcami, migdałki zakończone sklejonymi od tuszu rzęsami. Po co się tak bardzo maluje? Skórę ma delikatną, jego dłoń zbłądziła pod bluzkę, nie wyrwała się, ale daje znak, że nie, nie chce być rozebrana, a on chce, żeby była naga, skoro go tu już wciągnęła, po to przecież go uwiodła, po to przyszedł. Przesuwa rękę niżej, rozpina spodnie, podnosi jej biodra, nie zdejmując swoich ust z jej ust.

Nie bój się, nie skrzywdzę cię, będę delikatny jak motyl, będę tak delikatny, że nie spadnie puszek z twoich skrzydeł, dotknę cię lekko, żebyś chciała mojego dotyku, nie broń mi tego, masz delikatne ciało, nie bój się... oto kolana, okrągłe, twoje, mogę dotykać twoich kolan, widzisz, mogę, to jest przyjemne. Masz gęsią skórkę, a przecież nie jest zimno, teraz rozepnę swoje spodnie, położę się obok ciebie. Naciągasz niepotrzebnie koc, nie jest zimno, chciałbym cię widzieć, ale cię nie widzę, tu jest prawie ciemno. Jedna świeczka nie daje światła, do świecy tylko ćma może lecieć i spłonąć, przykleja się do wosku, przez moment płomień jest jaśniejszy, knot grubieje od jej płonącego ciała, ale tu nie ma żadnych ciem płonących, nie bój się, nie widzę cię, ale czuję.

Jesteś taka drobna, drżysz pod moimi rękami, zdejmę sweter i przytulę cię, chciałbym poczuć twoje nagie ciało przy moim, pozwól mi zdjąć ten podkoszulek, nie bój się, jesteś taka piękna.

Poczekam, jeszcze nie jesteś gotowa, mogę tak leżeć i pieścić cię całe życie, nie spieszy mi się nigdzie, czy mogę dotknąć twojego uda?

Widzisz, nic się nie dzieje złego, tak dobrze, jest takie mięciutkie, szczególnie tutaj, wyżej, nie wstrzymuj oddechu, słyszę cię w tej ciemności, nie skrzywdzę cię, pragnę cię i ty mnie pragniesz, zobacz, świat się nie kończy
jeśli rozpinam ci bluzkę
świat się zaczyna
tu w tym miejscu
na tym twoim łóżku.

*

A kochałem tylko jedną dziewczynę, ale ona umarła. Ty żyjesz i nie pozwolę ci odejść. Tak się czuję, jakbym cię dotykał pierwszy, masz szczuplutkie biodra i nagi brzuch, pachniesz konwaliami i wiem, że mnie pragniesz, nie musisz bronić dostępu do siebie, widzisz? Nie dzieje się nic złego, tylko pozwól się dotykać, jesteś teraz moja, tylko moja…

*

Ksiądz rozgląda się po kuchni. Mieli przecież wpaść do niego, powie, o kogo chodzi, trudno, choć do czwartku nie znajdzie brakujących czterdziestu ośmiu tysięcy, to byłby cud.

– Nikogo do mnie nie było, pani Marto?

– Byli, byli, ale przegoniłam! Cała banda oberwańców była! Gdzie tu księdza wieczorem nachodzić! Powiedziałam, żeby przyszli o ludzkiej porze. A ksiądz to by jeszcze karmił wszystkich, już ja księdza znam. Nigdy nie zapomnę, jak cała pielgrzymka do nas na kolację przyszła i wszystko z lodówki wyjedli! Drugi raz nie dam już się tak nabrać!

Ksiądz Jędrzej przysiada na brzegu krzesła.

Nie uprzedził Marty, trudno, jego wina. Był przekonany, że wróci wcześniej, dużo wcześniej, przeciągnęła się wizyta w szpitalu, uciążliwe to badanie oczu, jest prawie wieczór. No cóż, widać tak ma już być.

– Pani Julia zostawiła pieniądze, dwa tysiące funtów w torebce przyniosła, nieodpowiedzialna taka! Wiem, jak funt stoi, żeby taki majątek nosić przy sobie, jak ludzie się za sto złotych zabijają! Ksiądz by jej coś powiedział!

Niech cię Bóg błogosławi, Julcia.

*

Krzysztof leżał, wtulając Bubę w swoje ramiona. To przecież niemożliwe!

Ale było możliwe.

Buba chowała twarz na jego piersi, a przecież, czego tu się wstydzić, nie wstydź się, kochanie moje, to dla mnie zaszczyt, choć mogłaś mnie uprzedzić. Byłem tak delikatny, jak tylko mogłem, ale co ci szkodziło powiedzieć, moja śliczna dziewczynko.

To przy mnie się przeobraziłaś, wyklułaś, przydałaś mi ważności, pozwoliłaś, żebym uczynił cię kobietą, moja najdroższa kobieto.

Ale skąd mogłem wiedzieć, nie mogłem się nawet domyślać, zawsze byłaś taka taka... no wiesz, jaka.

A teraz jesteś moja i ja jestem twój, nie wstydź się, będę cię kochał, już cię znam, już wiem, co jest zabawą, a co prawdą. Prawda jest dla mnie, nie dla innych.

– Kocham cię. – Przytulając ją mocniej jedną ręką, drugą zapalił światło, a wtedy Buba zwinęła się jak dotknięta nagle gąsienica. Natychmiast zgasił, ale w ułamku sekundy zdążył zauważyć prawie czarne ślady na jej ramionach.

Wyciągnę cię z tego, pomyślał. Zrobię wszystko, żebyś zobaczyła, że warto żyć, że nie warto brać.

– Teraz masz mnie – powiedział.

Buba owinęła się kocem i wstała. Nie patrzyła na niego, zauważył to, choć pokój tonął w mroku.

Jeszcze nie wie, że nie musi się go wstydzić. Ale rozumiał ją.

– Muszę iść do łazienki – wyszeptała.

– Kocham cię – powtórzył. – Jesteś moje wszystko.

*

Róża siedziała naprzeciwko Sebastiana. Co się takiego stało, że nie może się przemóc, nie może do niego podejść, wziąć go za rękę? Przecież ich ciała się znają, wszystko byłoby w porządku, gdyby ją przytulił, objął, pocałował, gdyby ona mogła go przytulić. A oto ojciec jej dziecka siedzi naprzeciwko niej i tylko patrzy.

– Chciałem, żebyś zapytała, żebyś o cokolwiek pytała, jak wygląda moje życie, mój dom, moja praca. Nigdy o nic nie pytałaś.

Nie pytałam, bo się bałam, że cię stracę, bo nie należy za dużo pytać, wiem, czytam poradniki i pisma dla kobiet, kobieta zwycięży drugą kobietę tylko cierpliwością, nienarzucaniem się, łagodnością, mężczyzna chce przy kobiecie odpocząć, chce ją widzieć radosną i uśmiechniętą, zadbaną i seksowną. Ja byłam taką kobietą! – myśli, a głośno mówi:

– I to ci widać odpowiadało.

Sebastian krzywi się.

Nie to chciałam powiedzieć, Sebek, ale nie umiem nic innego, nie wiem, co zrobić, nie chcę wylądować w roli petenta, myśli Róża.

– Ale ja nie chcę występować w roli petenta – mówi Sebastian. – Nie wiem, czego ty chcesz.

Nie powiedziałeś mi, że mnie kochasz i że moglibyśmy być rodziną, że będzie inaczej, a chcesz, żebym ja to powiedziała? Nie mówisz, bo widocznie nie chcesz, więc nie będę się kompromitować. Poradzę sobie, rodzice mi pomogą, nie potrzebuję cię ani nasze dziecko cię nie potrzebuje, mogę być sama, bo już nie będę sama.

– Wszystkiego – mówi wobec tego banalnie Róża. – Chcę wszystkiego,

*

A więc to tak wygląda. To jest miłość, to drżenie i lęk, i ciało, które pęka jak dojrzały owoc, to czekanie, żeby jeszcze i żeby już, jednocześnie, żeby trwało i skończyło się, żeby nigdy i żeby zawsze.

Myła delikatnie podbrzusze, jasne kropelki krwi spływały do wanny, łącząc się z wodą w lekko różową smużkę. A mówili, że nie będzie zdolna się kochać, że zniszczona śluzówka, pytali, czy używa środków zwilżających.

Głupi, głupi ludzie.

Zobaczył to, co ona widzi w lustrze?

Nie, w pokoju było ciemno.

Nagle ścisnęło ją w gardle i w brzuchu, wytarła się, włożyła szlafrok frotté, stanęła przed lustrem.

– Boże, dlaczego ja? Dlaczego?

– Buba, jesteś tam?

Nie może odpowiedzieć. Tłumi płacz, urywane łkanie, które przed chwilą ogarniało cały świat, wyciera oczy, Boże, jak ona wygląda, gdzie jest puder, trzeba tę twarz dosilić jakimś blaskiem, oczy odkrążyć.

– Buba, otwórz, stało się coś?

Głos Krzysztofa zaniepokojony, wydaje mu się, że ją kocha, mogliby być szczęśliwi, być może, ale nie sprawdzą tego.

Nie narazi go.

Ponieważ go kocha.

Nie zrobi mu tego.

Nie unieszczęśliwi go.

Nie żałuje, że to zrobiła, ale nie chciała iść w ciemność bez niego.

Teraz będzie jej towarzyszył dotyk jego rąk, ciało zapamięta wszystko, będzie jej lżej.

Buba otwiera drzwi, stoi tam, zaniepokojony, w samych majtkach, z torsem nagim, do którego ona już nie powinna mieć dostępu.

Zrobi to. Nie, nie zrobi. Nie może. Musi.

Musi.

– Ubieraj się i zjeżdżaj.

Krzysztof myśli, że to żart, jest speszona, dawna Buba wzięła górę nad tą uległą, ciepłą, oddającą się Bubą, którą kocha. Nie szkodzi.

– Nigdzie nie pójdę – mówi, ale Buba wymija jego wyciągnięte ręce i idzie do kuchni.

– Buba...

Krzysztof stoi prawie nagi w przedpokoju. To choroba, to narkotyki, on z tym powalczy, to nie ona, tamta leży ciepło w jego ramionach i należy tylko do niego, to ta zabiera mu tamtą, ale on wie, jak się z tym walczy.

– Buba, to nie jesteś ty – mówi odważnie.

Ale ta Buba, niechętna, odwraca się, ma twarz ściągniętą złością i głos pełen obojętności, kiedy mówi:

– Krzysiu, zabieraj swoje zabawki i spierdalaj.

To niemożliwe, pomyliło mu się, tak się do nikogo nie mówi, nie po czymś takim.

– Nie mów tak do mnie. – Głos Krzysztofa jest łagodny, jakby mówił do dziecka niegrzecznego, do trzylatka jakiegoś, nie do kobiety.

– Mam się tobą pozajmować? Żartujesz chyba.

– Buba. – Trzeba postawić granice, trzeba być silnym, nie dać się w to wciągnąć. – Buba, nie mów tak. Jesteś zdenerwowana...

– Kotku – mówi Buba – ja? Może byłeś moim pierwszym, ale na pewno nie ostatnim. Czego chcesz? Przytulić się? Pogmerać jeszcze we włoskach? Bo się czujesz odrzucony? Czy przespać się? Mam na dzisiaj inne plany, wychodzę, więc radzę ci, zbieraj dupę w troki, mój czas jest zbyt cenny, żebym go musiała na ciebie tracić.

*

Siedział na łóżku nieruchomo i przywoływał każdy najdrobniejszy szczegół. Wtedy, po tym wypadku, czuł się tak samo.

Chodnik bez żadnego uszczerbku, nic, płyta przy płycie, gładki. Krawężnik jasnoszary, porządny. Włosy tamtej, włosy mocne, proste, jedwabne. Brwi ciemne, nosek zadarty, ale lekko zadarty.

Podbródek o linii owalnej, ze śmieszną dziurką na brodzie. A może mu się wydaje. Twarz... Twarz? Ale szyja długa, bardzo długa, łabędzia szyja i te piersi... miękkie. Dotyk głowy na jego ramieniu. Jeszcze tam było ciepło... Ale nie od dotyku tamtej dziewczyny.

Od dotyku Buby. Buba miała zielonkawe oczy, z barwnymi plamkami, miała farbowane włosy, czuł pod ręką ich sztywność. Była szczuplusieńka, nie podejrzewał, że aż tak chuda. Na jej ramieniu, gdy się podniosła, zauważył brzydkie siniaki. Od wkłucia. Morfina?

Leżała na jego ramieniu, tam było jeszcze ciepło od Buby, nie od tamtego wspomnienia.

Nie zauważyli, że Buba, znikająca i pojawiająca się jak duch, ma problemy? Że jest sama jak palec?

I kazała mu spierdalać.

To było niepojęte.

Wyrzuciła go, żeby nie widział, jakich zniszczeń dokonały narkotyki.

Za oknem było ciemno, choć od wschodu wchodziła na niebo śmiało jaśniejsza łuna.

Krzysztof podniósł się i zaczął rozbierać. Zdjął koszulę i odrzucił ją na krzesło, upadła niedbale. Podszedł, żeby ją podnieść. Chwycił koszulę i przytulił ją do piersi, tak jak tulił Bubę, schował w nią twarz i głęboko oddychał. Wydało mu się, że czuje jakiś zapach, ślad delikatnych perfum kobiecych i chłonął ten zapach, jakby próbując na zawsze zapamiętać...

I nagle zrozumiał, że nie chce już wspominać.

Chce żywej.

Chciał kobiety, którą kocha i która może go kochać.

W lustrze wyglądał tak samo jak rano. Teraz widział dokładnie, że przed nim stoi mężczyzna o silnych ramionach, płaskim brzuchu, ostrej twarzy i dużych oczach. Tylko czoło było zmięte i nie dawało się wygładzić. Chuchnął, lustro zaszło mgłą, nie widział już mężczyzny, który stał przed nim, tylko niewyraźną plamę doczepioną do torsu. Odwrócił się, rozpiął rozporek i nagle wydał się sobie bardziej żałosny niż zwykle. Ale po raz pierwszy, od kiedy pamiętał, nie podniósł deski i od tego zaniedbania zrobiło mu się lepiej. Ściągnął spodnie i slipy, wszedł pod prysznic i zmywał z siebie tamtego Krzysztofa, który wyszedł do pracy rano, jak gdyby nigdy nic. Zszorowywał go z siebie ze złością, tarł mocno uda, ramiona i nogi szorstką gąbką, aż skóra poczerwieniała. Rozkręcił mocno kurki, woda chlusnęła strumieniem tak silnym, że w mgnieniu oka zalała posadzkę, bo nie zasunął za sobą szklanych drzwi.

A kiedy powtórnie stanął przed lustrem i zielonoszarym ręcznikiem mocno wycierał ciało, był już innym człowiekiem.

*

Buba sprzątnęła kocie miski, wrzuciła je do śmieci. Nie będą potrzebne. Oto marzenie się spełniło, jest ćmą, nie poczwarką. Jest noc, a ona jest motylem nocnym.

Postawiła przy drzwiach pustą kuwetę. Zdjęła perukę, drobne włoski odrastały na łysej głowie. Zdążą odrosnąć czy nie? Zorientował się, że to peruka? Wybaczy jej, kiedy się dowie? A może się nigdy nie dowie? Dla niego to zrobiła, tylko dla niego, bo gdyby jej chodziło o siebie, to leżałaby teraz wtulona w niego, udawałaby, że tak będzie zawsze. Dla ciebie to zrobiłam, Krzysiu.

Nakleiła plaster ze środkiem przeciwbólowym.

Wyjęła środek nasenny.

Może już spać.

Ma wizę i bilet.

W czwartek za tydzień poleci.

Lub nie.

*

Odłożył słuchawkę. U Buby nikt nie odbierał. Ach, trzeba przygotować umowę dla Piotra, dotychczas jej nie podpisał, będzie miał chłop sporo kasy, udało mu się przeforsować niezłe pieniądze. Będą mogli nawet kupić samochód.

Pani Ewa wsadziła głowę w drzwi, chce się zwolnić na parę godzin, wspominała o tym rano. Dzięki Bubie ma w niej wsparcie. I nie przeszkadza mu, że Ewa ma trzyletnią dziewczynkę. Ładną, widział ją raz tutaj, w pracy, jak zamknęli przedszkole, Ewa nie miała co z nią zrobić. Grzeczna dziewczynka, siedziała cichutko w kąciku i rysowała. Zwolni oczywiście Ewę, firma się nie zawali tylko dlatego, że przez parę godzin nie będzie sekretarki.

– Panie dyrektorze…

Romek, Piotrek i Sebastian za jej plecami. Coś się stało!

Widzi to po ich minach.

Podniósł się, dał znak ręką Ewie, żeby zostawiła ich samych.

– Wiesz, czego dowiedzieliśmy się o Bubie?

Ach, to o to chodzi, te ślady na ramionach. Może dobrze, że oni też wiedzą, wspólnie coś wymyślą, przecież jest jedną z nich.

– Buba była cały czas...

Jezu! Tylko nie to! Krzysztof czerwienieje. Powiedziała im? Wystarczyło, że powiedziała Basi, Basia Piotrowi, ale jak wie Basia i Piotr, to wie Róża i Julia, czyli wiedzą wszyscy. Zwariowali, żeby się takimi rzeczami dzielić? Dorośli są, co za plotkarskie towarzystwo. Ale zawsze tak było. Od czasów szkolnych… No, niby się nie ma czego wstydzić, ale tak się nie robi…

– Wiem przecież! – mówi. Też mi rewelacja.

– Skąd wiesz? – Romek patrzy na niego ze zdziwieniem.

Jak to skąd? Przecież on wie najlepiej, że dotychczas była dziewicą, ale co im strzeliło do głowy, żeby nad tym debatować tu, u niego w biurze. Może myślą, że zachował się… że ją wykorzystał?

– A wy skąd wiecie? – Robi mu się przykro. Jak baby na bazarze rozmawiają, nie jak mężczyźni.

– Ukrywała to przed nami! – mówi Piotr z wyraźną pretensją.

– Przede mną też... To skąd wiecie? Mówiła wam?

– Julia mi powiedziała. I Romkowi. To zadzwoniłem do Sebastiana i natychmiast przyszliśmy do ciebie!

To się w głowie nie mieści.

– To Julia wie?

Krzysztof ciężko siada. Wszyscy wiedzą, gorzej być nie może. Przecież jest dorosły, wie co robi, to nie jest temat do rozmów, nawet z przyjaciółmi.

– Wszyscy wiedzą – mówi Roman i patrzy na niego badawczo.

– Buba jest chora.

Krzysztofowi robi się zimno, najzimniej na świecie. Nie pomyślał, ani przez sekundę, a przecież te ślady po zastrzykach. To jasne, ta chudość, ona może mieć... a to znaczy... Robi mu się słabo.

– Ma AIDS? – szepcze i osuwa się na swój dyrektorski fotel.

– Czyś ty zwariował? – Roman stoi nad nim, jak wtedy, przed laty, tylko teraz jest malarzem, nie początkującym psychologiem, a on, Krzysztof, jest zdrowy, nie ma objawów depresji. – Ma raka nerki... To dla niej ta cała zbiórka... Jędrzej powiedział, bo brakuje jeszcze coś około czterdziestu tysięcy... W Ameryce mają jakąś nowatorską metodę leczenia, wymienia się szpik i system odpornościowy może sobie poradzić. Ona cały czas zgrywała chojraka, nie chciała, żebyśmy się nad nią litowali...

Krzysztof ku zdumieniu przyjaciół uśmiecha się, oddycha z ulgą. Rak, rak. Chodzi tylko o pieniądze i o raka, o nic więcej, Buba, nie martw się, kochana, ciebie uratuję, ciebie tak.

*

Basia budzi się na dźwięk klucza w zamku. Odsuwa rękę Piotra, przerzuconą przez jej brzuch, ale Piotr w półśnie ją przyciąga, Basia szarpie go.

Ktoś obcy wchodzi do mieszkania.

Drzwi uchylają się, Basia nakrywa się z głową, Piotr dał komuś klucze, i łańcucha nie założył. O Boże, a jednak!

Pani Helena podchodzi do łóżka, Basia wychyla czubek głowy spod kołdry. Kto to? Jakaś gruba kobieta pyta anielskim głosem:

– A co pan robi o tej porze w łóżku, panie Piotrusiu? Mówiłam przecież, że okna dzisiaj obrobię. O, żona wróciła, to i coś upiec na niedzielę mogę. – Pani Helenka odwraca się i wychodzi, nucąc jakąś arię.

Mogli ją uprzedzić, nie wchodziłaby do sypialni.

*

Krzysztof podjeżdża na myjnię. Wysiada z samochodu, dotyka czule dachu, lubi swój samochód, Zatrzaskuje drzwi i oddaje kluczyki pracownikowi stacji.

– Mycie, woskowanie, wszystko. Wnętrze też.

– Zrobi się, szefie – mówi mężczyzna w granatowym uniformie.

Że też ten klient musiał mu się trafić od samego rana. Trzeba będzie się pomęczyć, bo cholernie upierdliwy jest, jeśli chodzi o samochód, żadnej niedoróby nie przepuści.

*

– I chciałbym z serca podziękować tym wszystkim, którzy wspomogli naszą zbiórkę pieniędzy na przeszczep szpiku. Nasza podopieczna wylatuje w czwartek do kliniki i prośmy Boga, żeby był dla niej łaskaw.

Mam również następny komunikat. Jest wśród nas chłopiec, który potrzebuje nogi, specjalnej protezy, która, niestety, również nie jest za darmo. Zwracam się do was, bracia i siostry, wczujcie się w sytuację tego dziecka. Któż z nas nie chciałby być zdrowy! Chodzić, jeździć na rowerze, tańczyć, biegać za dziewczynami! Zobaczycie puszki ustawione przed wyjściem z napisem „Noga Kamila". Bądźcie hojni, Pan Bóg zwraca tysiąckrotnie to, co dajecie! Ale nie dlatego dawajcie, tylko z serca!

Ksiądz Jędrzej przeżegnał się i klęknął przed ołtarzem. Nie za dobrze mu tym razem poszło, ale był tak podniecony ostatnimi wydarzeniami, że w głowie miał zamęt.

Zaprosił wszystkich na podwieczorek, tylko to mógł zrobić. Tym razem pani Marta nie przegoni jego podopiecznych, a on musi im powiedzieć, że wszystko w porządku. W kościele pewno nie byli, to nie wiedzą.

No cóż, trzeba się będzie pomodlić o łaskę wiary dla nich.

*

– Julia, czy ty byłaś na mszy? – ksiądz Jędrzej ucałował Julię serdecznie w oba policzki. Jak te dzieci się postarzały! Już nie dzieci, o nie!

– Nie – mówi Julia.

– O, to dobrze widzę – ucieszył się ksiądz – bo cię nie widziałem!

– Niech ksiądz założy lepiej okulary! Nieusłuchany taki! I operację też chce przełożyć, a już termin był na dwunastego!

Pani Marta rozkłada talerzyki na stole, jeden, drugi, ile będzie tych gości? Może przemówią mu do rozumu, bo naprawdę ksiądz chyba kpi z siebie. Oczywiście, nie powie mu tego, ale kto to widział, żeby tak się zaniedbać! To grzech.

– To grzech zaniedbania – mruczy pod nosem pani Marta ciszej. Niech wie, że ona głupia nie jest.

Usłyszał. Przynajmniej słuch mu jeszcze dopisuje.

– Wiem, wiem, pani Marto, ale przesunąłem tylko o parę dni – tłumaczy się ksiądz Jędrzej. – Siadajcie, Buby nie będzie, do środy jest na badaniach, żeby tam już jak najmniej...

Krzysztof jest rozczarowany, myślał, że ją zobaczy, ale trudno. Uśmiecha się do księdza, a ksiądz robi do niego oko. Nieudolnie.

Wszyscy zauważyli.

Jakie interesy chce mieć Krzysztof z Jędrzejem?

– Baśka, siadaj, nikt tych żółtych serwetek nie sprzątnie na twoją cześć – Sebastian odsuwa krzesło.

Basia patrzy na niego, a potem na stół: żółte serwetki, żółte tulipany, białe narcyzy, drobniutkie, wiosennie, przedświątecznie. W dodatku na stół wjeżdża pachnący placek pani Marty. Kilka par rąk sięga naraz po ciasto.

– Wcale nie chcę, żebyś cokolwiek sprzątał – mówi Basia zdziwiona. Przecież żółte jest piękne.

– Ale tak patrzyłaś – mówi Sebastian – jakbyś chciała mnie trzepnąć. Więc się nie kłóć, tylko siadaj.

– A Buba by powiedziała, że z mężczyznami się nie kłóci. A ponieważ takich tu nie ma...

– Ale cudnie przejmujesz pałeczkę, kochanie, jak na olimpiadzie. Uważaj, żeby ci nie wypadła.

– Lepiej uważaj na swoją – mówi Basia i dziwi się sama sobie.

– Dzieci, dzieci – ksiądz Jędrzej wstaje i daje znak, że chce mówić. – Nie macie pojęcia, co uczyniliście. Wiem, wiem, że nie chcecie, żebym na ten temat mówił, ale muszę. Romku i Julio, dzięki wielkie, wiem, że potrzebujecie pieniędzy i tym hojniejszy jest wasz dar. Basiu i Piotrku, mam ekipę remontową, coś tam byli mi winni, mogę ich przysłać do was na tydzień, tanio robią, kafelki położą. Nie możecie czekać do przyszłego roku, bo osiwieję do reszty, słuchając waszych narzekań na zardzewiałe rury. Wiem, że to były pieniądze na remont. Julka, żeby mi to było ostatni raz! Nosisz pieniądze przy sobie! Nigdy więcej tego nie rób, rozumiesz? I podziękuj bardzo matce. Sebastianie i Różo, macie – Jędrzej wyjął z kieszeni plik setek. – Oddaję wam, dostałem resztę sumy, a wy musicie zająć się... no, budowaniem przyszłości... Nie, to nie są te same banknoty, wasze poszły na Bubę, a te ja wam daję, bo dziecko musi mieć wyprawkę i takie tam... To jest prezent ode mnie. Nie chcecie brać? W porządku, to będzie pierwsza rata na protezę dla Kamila. Tylko mi w grzechu nie żyjcie i chcę wiedzieć, kiedy ślub. Ale nie za te pieniądze chcę wiedzieć, tylko w ogóle. Jak chcecie bez ślubu, to się nie wtrącam, choć to jakbyście mi w pysk dali. Człowiek składa przysięgę przed Bogiem w tym drugim człowieku. A co do ciebie, Krzysiu...

– Prosiłem! – Krzysztof podnosi się zza stołu, jest blady i ksiądz Jędrzej milknie.

Przyjaciele patrzą po sobie.

No cóż, przymusu nie było.

– W środę u nas – mówi Róża – pożegnalny święty piątek. Będziecie?

– Ja nie mogę, od jutra będę w Warszawie – mówi Krzysztof.

– Niestety, mnie też nie bierzcie pod uwagę – Jędrzej udaje, że czuje się zaproszony i znów robi oko.

– Zobaczymy się na lotnisku.

– W czwartek, tak? Krzysiek, wpadnij po nas – mówi Julia, chcąc rozładować ciszę, która nagle zapadła w pokoju.

– Będę jechał prosto do Balic... – mówi cicho Krzysztof.

– Nie ma sprawy, my po was wpadniemy – Róża sięga po trzeci kawałek ciasta i pod karcącym spojrzeniem Sebastiana odkłada. Ale takie pyszne to ciasteczko! I jaka to przyjemność nie myśleć o tym, ile się ma w pasie!

Dziecko chce jeść, myśli Róża. Muszę wziąć przepis od pani Marty.

*

O rany, że też matka nie mogła sobie wymyślić nic innego? Dlaczego akurat do Egiptu? Przecież tam są zamachy. To niebezpieczne, czy ona o tym nie wie? Nie może sobie pofrunąć do Grecji albo na Cypr? Albo pojechać do jakiegoś ośrodka na Mazurach na przykład? Ale na Mazurach nie jest ciepło w kwietniu. W Egipcie jest. Sama? Nie będzie jej przykro? Żeby tylko wróciła szczęśliwie!

Co jej nagle strzeliło do głowy?

I na pewno czymś się struje!

*

Ja i Sfinks. Ciekawe, dlaczego wcześniej nie wpadłam na ten pomysł. Julia jest przerażona, a myślałam, że się ucieszy. Niech lepiej zajmie się sobą. Przecież znowu nie mam tak dużo czasu, a Julia zdaje się nie zauważać, że ja w przeciwieństwie do niej jestem dorosła. I to nie od dziś. A nawet nie od wczoraj.

*

Romek zamyka drzwi, Julia patrzy znacząco na zegarek.

– Już jesteśmy spóźnieni – mówi.

Zbiegają ze schodów, jak mogą najciszej, ale wprawne ucho pana Janka jest niezawodne. Drzwi od jego mieszkanie się uchylają, jak zawsze, kiedy wchodzą lub schodzą.

– Słyszeliście państwo o tych złodziejach? – I nie czekając na odpowiedź, pan Jan już wychodzi na schody, już oparł się o poręcz. Musi się z nimi podzielić tą historią, i to natychmiast. – Do czego to, proszę państwa, dochodzi. Mój ojciec, świętej pamięci, mógł mieszkanie otwarte zostawić, wiadomo było, że nikomu do głowy nie przyjdzie zajrzeć. Tu pod czwórką. A teraz, co za czasy…

Julia patrzy wymownie na Romana, ale Roman jest bezsilny.

– Ukradli samochód, tu niedaleko... A rano właściciele wychodzą, samochód stoi, umyty, bak pełny, kartka w środku, na której stoi, że bardzo przepraszamy, to była sprawa życia i śmierci, dziękujemy za pożyczkę i w ramach rekompensaty zapraszamy do teatru Bagatela.

– No widzi pan, panie Janie? Świat nie jest taki zły – uśmiecha się Roman i zgrabnym ruchem omija pana Jana, ale pan Jan przytrzymuje go za łokieć.

– A nie! Na moje wychodzi! Bo, proszę pana...
– Julia się nie liczy, jest kobietą, pan Jan mówi do Romana, to jest partner do rozmowy. – Oni poszli do tego teatru, wracają, a mieszkanie do cna wyczyszczone, proszę pana! To dawniej było nie do pomyślenia! Tak, tak, nie ma po co żyć na takim świecie, nie ma po co. Aż żal, że nie będzie żal umierać.

*

– Baśka, spóźnimy się! Czy ty musisz akurat teraz zajmować się tymi cholernymi kafelkami! Oni przychodzą dopiero w przyszłym tygodniu!

– Piotrek, chodź tutaj!

– Baśka!

– Jakie kafelki kupiłeś?

– Ja już ci tłumaczyłem, że to pomyłka... I zgodziłaś się, żeby nie wymieniać. Nie zaczynaj. Czekają na nas.

– Ale Piotruś, spójrz, co jest w drugim pudle!

– Po co tam zaglądasz? Im się nic nie stanie, stoją tak od tygodni i to ci nie przeszkadzało.

– Chciałam zobaczyć, czy nie mają gniazda między pudłami. Gołębie. – Basia patrzy na Piotra – Szkoda by było. Ale nie mają. Za to zobacz!

I Basia podnosi brązowy kafel, jej wymarzony złoty brąz, z ociupinkami czegoś jaśniejszego, błyszczącego, faktura drewna.

Piotr zdziwiony otwiera pudła i widzi same brązowe kafelki, na nich zadrukowana kartka. Bierze ją do ręki i czyta:

– Gratulujemy panstwu znakomitego wyboru. Nasze produkty znane sa na calym swiecie, ich jakosc jest najlepsza. Ostatnio uruchomilismy nowa linie produkcyjna. – W tekście nie ma polskich liter i Piotr czyta tak, jak jest napisane, z coraz większym zdumieniem. – Schodza z niej kafelki jak zywe. Jak slonce na Costa Brava tak niech te kafelki rozswietlaja wasze zycie. Do kazdych dwudziestu metrow kwadratowych naszych wyrobow załaczamy jedna paczke sola brava gratis.

– I co teraz zrobimy? – Basia chce się zmartwić, żółte są takie ładne.

– Przestań – mówi Piotr – do jasnej cholery, przecież przy tobie można zwariować.

– To wariuj – mówi Basia zamiast się obrazić.

*

– A może byśmy nakryli na tarasie? – Róża patrzy na zachodzące słońce, taki piękny kwiecień, miesiąc początku, narodzin, poczęcia całego roku, no, wiosny.

– Jeszcze jest za zimno. – Sebastian staje za Różą, kładzie ręce na jej brzuchu, niedługo, za parę tygodni będzie czuć ruchy dziecka, ciekawe, jak to będzie, trzymać dwie niezależne osoby, jedną w środku, a drugą na wierzchu.

I pomyśleć, że gdyby przypadkiem na słupie nie zobaczył ogłoszenia o wyjazdach na tę Litwę? Było tak dwuznacznie sformułowane, że od razu skojarzył je z aborcją i z nagłym złym samopoczuciem Róży. Jakie to szczęście, że je zobaczył, a przecież mógł iść inną drogą albo jechać na rowerze... Zaraz, zaraz... To było inaczej... Ktoś mu chyba powiedział o tych wyjazdach. Buba. Buba mu na to zwróciła uwagę. To ciekawe, że czyjeś życie zależy od takich drobnych rzeczy, jak wybór drogi, i od tego, kogo się na tej drodze spotka.

– Masz dzisiaj motylki w brzuchu? – pyta Sebastian.

There are some butterflies in my stomach, przypomina sobie Julia. To niepokój po angielsku, a po niemiecku mieć w brzuchu motyle to być zakochanym. A jakby tak ze wszystkich języków na świecie wybrać tylko to, co jest o rzeczach dobrych, pogodnych, ciepłych i połączyć to w jeden światowy język, który nie znałby takich słów jak fałsz, wojna, przemoc, gwałt, niepokój, nienawiść itd.?

Roman z Julią patrzą na Różę i Sebastiana. Teraz dopiero widać, jaka Róża jest piękna. Piękna kobieta, dziwne, że tego wcześniej nie zauważyli.

– Halo – mówi cicho Julia.

Róża odwraca się i uśmiecha.

– Chciałam na tarasie, ale Sebek mówi, że będzie nam zimno.

– Masz, to dla dziecka. – Julia podaje Róży pudełeczko, leży w nim kryształowa kulka o szlachetnym szlifie, miliony tęcz są w tym pudełku, niech Róża to powiesi, będzie tak pięknie jak u Buby.

Julia przysiada się do Róży.

– Mogę dotknąć?

Brzuch jest maleńki, gdyby to był brzuch Basi, nikt by nie zauważył, ale Róża nie ma już dziury zamiast brzucha, brzuch wypiął się, powiększył, zaledwie odrobinkę, lecz się powiększył. Ale wiadomo, dotknięcie brzucha ciężarnej przynosi szczęście.

– Jasne. – Róża odsłania z dumą brzuch, prawie płaski.

Dla Róży najgorsze na razie jest to chodzenie do łazienki, bez przerwy, zupełnie jakby nie miała żadnego zbiorniczka.

Buba stoi i patrzy na maleńkie tęcze, które rozsypały się po pokoju, w ostatnich promieniach zachodzącego słońca i znikły. Tęcza jest ważna, najważniejsza.

– Ale czad! – Basia stanęła w drzwiach. – Czyj to pomysł?

– Po tęczach grasują anioły – uśmiecha się Buba – baraszkują sobie po nich.

– Będziesz nas przekonywać, że anioły istnieją naprawdę?

Buba wzrusza ramionami. Nie jest wymalowana. Jej cera jest przezroczysta.

– Często widzę anioły. Są różne, cherubiny, serafiny. Może niedługo zobaczę wszystkie. Tylko sześć przypadków wyleczenia na ileś miliardów, nie zapominajcie...

– Buba, przestań – prosi Julia. – Od razu miliardów! Przecież nie bierze się pod uwagę całej populacji, tylko populację chorych, i to tylko na tego piekielnego raka nerki!

– Tam gdzie jest sześć, jest siedem i osiem, i dziewięć. Jest nieskończona ilość. Buba, przecież ty sama mówiłaś, że milion zaczyna się od jednego!

Zapada milczenie.

– Szkoda, że Krzyśka nie ma – mówi Róża, żeby je przerwać.

– A propos Krzyśka, nie powiedziałem wam, że przyszła umowa z jego firmy. – Piotrek kładzie rękę na ramieniu Basi. – Wiecie, ile zarobiliśmy na tej jego kampanii reklamowej? Tylko Baśka nie chce się przyznać, że to ona...

Basia strzepuje ze swojego ramienia dłoń męża. Nie wie, po co on udaje, już się z tym przecież pogodziła. Nie dość, że ją sfotografował bez jej wiedzy, to jeszcze zdjęcia dał Krzyśkowi. Ale widać do czegoś mu to jest potrzebne, może się wstydzi, że za jej plecami? Nie będzie się obrażać. Zwłaszcza że nie tylko będą sobie mogli pozwolić na remont, ale wpłacą pierwszą ratę na samochód.

Piotr nie wie, dlaczego Basia ukrywa, że to ona dała swoje zdjęcia Krzyśkowi. Ale takie drobiazgi nie mają znaczenia. Zawsze był dumny z tego zdjęcia.

– Wiesz, Piotrek, bycie z kobietą polega na ciągłym pamiętaniu, że ona inaczej cię rozumie, niż ty myślisz, że rozumie. – Sebek wnosi na stół potrawę w wazie. Leczo, które zrobił pod dyktando Róży. Jest bardzo dumny. Po raz pierwszy gotował coś ostrego. Matka nie jada ostrych dań.

*

Na rynku Zenek siedzi obok młodego narkomana. Sam przestał brać i trzymał się już… ile to już? Dwa tygodnie i dziewięć godzin. Owszem, na początku było ciężko, pierwsze godziny trwały lata, ale teraz już zmniejszyły się do rozmiaru sześćdziesięciu minut. Zenek podaje młodemu strzykawkę.

– Bo jak ktoś ci daje strzykawkę, to nie po to, żeby tobą rządzić, nie po to, żebyś nie brał, tylko żebyś się nie zaraził. A jeśli ktoś ci daje strzykawkę, po to, żebyś się nie zaraził, to znaczy, że jest choć jedna osoba na świecie, której zależy na tobie – tłumaczy cierpliwie.

Może dzieciak nie usłyszy, ale może kiedyś to sobie przypomni. Może nie teraz, może za miesiąc albo dwa.

– A jeżeli jest choć jedna taka osoba, może się pojawić też następna. Następną możesz być ty. A jeśli już będą dwie osoby na świecie, którym na tobie zależy, to znaczy, że jest ich dużo, dużo więcej, i wtedy możesz być osobą, której zależy na kimś. Ja jestem teraz taką osobą. Masz nowe strzykawki. Do mnie przyszedł anioł i powiedział: masz strzykawkę. I teraz ja to dla niej robię. A wtedy to sobie pomyślałem, rozumiesz, jeśli w jej intencji przestanę brać, to może ona wyzdrowieje. I wyzdrowiała.

Biała Dama zbiera swoje rzeczy, jest zmęczona, już wieczór, dzieci czekają. Przechodzi obok Zenka, słyszy ostatnie zdanie. Może Zenek coś wie?

– Mówisz o Bubie? – wtrąca i widzi szeroki uśmiech na twarzy Zenka. – Buba wyzdrowiała? – pyta raz jeszcze, chce się upewnić.

– Wyzdrowieje – mówi Zenek z dumą, tak jakby to on miał być przyczyną udanej operacji, jakby szpik miał być jego, jakby białe ciałka przyswoiły już sobie umiejętność wojowników taekwondo i zwyciężyły tamto, co ciemne w ciele Buby. – No! – powtarza, a Biała Dama podnosi do góry kciuk.

Życie pokazuje, nie śmierć.

*

– Piotruś, już wpół do dwunastej!
– To może nie warto wychodzić?

– Chodźmy, popatrz na Bubę, jest już wykończona.

Buba opononuje. Może widzą się ostatni raz w życiu?

– Jestem wykończona – mówi – ale posiedźmy jeszcze trochę. Będę za wami tęsknić.

– Ktoś z tobą leci? – Sebastian siada obok leżącej na kanapie Buby i bierze ją za rękę.

Krzysztof nie przyszedł, już go nie zobaczę, myśli Buba, to nie ręka Sebastiana powinna być tu i w mojej dłoni, ale to miłe.

Dobrze, że nie przyszedł, nie mogłabym znieść jego obecności.

Ale skoro nie przyszedł, to znaczy, że dla niego to wszystko było nic niewarte.

Nic.

Bułka z masłem.

Albo to może znaczyć coś więcej.

Przecież już wie, że jestem chora. Mógłby się ze mną zobaczyć i pożegnać.

Może się wstydzi.

Rozdziewiczyć umierającą? Fu!

– Kto z tobą leci, Buba?

– Nie wiem. Nie znam. Ktoś z fundacji ma mnie pilotować.

– Romek – Piotr litościwie zmienia temat – czemuś się nie pochwalił, że twój obraz został nagrodzony?

Basia i Róża robią wielkie oczy.

– Co?

– Wiedziałam, wiedziałam! – Julia klaszcze w ręce. – Wiedziałam!

– Skąd wiesz, Piotrek?

– Skąd, skąd. W radiu mówili – mówi Piotrek, a Roman robi się purpurowy.

– Dlaczego mi nie powiedziałeś? – Basia patrzy z wyrzutem na Piotrka, coś by wymyśliła, jakiś prezent śmieszny albo bukiet kwiatów jak dla primabaleriny, albo buteleczkę jakąś... Nie, butelkę nie, Piotr nie pozwoliłby.

– Ja... ja nie wiedziałem – mówi Roman, a Julia podbiega do niego i cmoka go w same usta.

– Jak to nie wiedziałeś! – denerwuje się Piotrek. – Nie zawiadomili cię?

– Jezu, jeszcze nie...

– Twoja „Deszczowa dziewczyna" robi furorę!

– Dziewczynę dałeś na wystawę? A ja to widziałem? – Sebastian patrzy na Romka.

– Nie masz czego żałować. – Buba podniosła się, jest gotowa do wyjazdu. Będzie spała u Róży, nie chce spędzać tej ostatniej nocy w domu. Już musi się położyć, już czas na nią. Ale jeszcze im dopiecze na pożegnanie. – Dziewczyna ze skrzydłami z płaszcza przeciwdeszczowego i błyskawicą w tle. Romek poleciał kiczem jak nigdy.

– No nie, Buba, mówiłaś, że ci się podoba, że kojarzy ci się z ćmą! – Roman też się śmieje. – O rany! Ludzie! Pijcie zdrowie artysty!

– Otwórz szampana, Sebek! – mówi Róża.

Nie jest wcale zmęczona, a Buba nagle dochodzi do wniosku, że wpół do dwunastej to jeszcze nie pora na sen. Ostatecznie prześpi się w samolocie.

Sebek dzwoni szklankami. Szampana dostali od Jędrzeja, mieli otworzyć, jak się dziecko urodzi. Ale przecież nagroda dla Romana usprawiedliwia ten korek, który leci w stronę otwartych drzwi balkonowych. Kwiecień, a jak ciepło!

– Na urodziny dziecka kupimy drugi albo zalejemy się czystą nieskomplikowaną wódą! – Głos Buby się łamie, gdy kończy: – Za nas!

Podnoszą w górę szklanki, Sebek nie lubi myć kieliszków, szklanki są poręczniejsze, nawet Róża udaje, że wypija łyczek.

*

– Nie, nie musisz jej wyganiać, ona ma delikatne skrzydełka, zrobisz jej krzywdę. – Basia otwiera okno. – Sama wyleci.

– Mówiłaś, że się brzydzisz. – Piotr przygląda się ćmie.

– Ja? – Basia jest oburzona. – Ja lubię ćmy... jak Buba... Są takie... szukające światła...

Piotr przygląda się ćmie. Jasne skrzydła, ciemny odwłok, usiadła na chwilę, żeby odpocząć i znowu zaczyna taniec na szybie. Jeszcze nie wie, że druga połówka okna otwarta, że nie musi walczyć z przezroczystym murem. Szarpie się, próbując przebić szybę i znowu siada.

– Zgaś światło, to jej będzie łatwiej znaleźć wyjście…Teraz nie wie, gdzie lecieć…

Piotr gasi światło i wraca do Basi.

– Wszyscy mamy coś z ćmy, prawda? Wszyscy szukamy czegoś, co jasne i prawdziwe… jak ona… Piotruś, przynieś od Buby te kwiatki i sprawdź, czy w jej mieszkaniu wszystko OK. Ona w takim stresie, że może zostawiła jakiś gaz, albo co…

*

Mogę cię już nigdy nie spotkać, ale mam nadzieję, że mi wybaczyłeś.

Jeśli mogłam przyjąć ciebie, nie stanie się nic złego. Lub inaczej, wszystko, co się stanie, będzie najlepsze dla mnie i najlepsze dla ciebie. Nie boję się dzięki tobie.

Buba zasypia.

*

Piotr zamyka za sobą zielone drzwi. Wszystko sprawdził, wodę wyłączył. Doniczki zabiera, czasem trzeba będzie wywietrzyć, ot co. Znowu ktoś wykręcił żarówkę na korytarzu. Trzeba było zostawić otwarte drzwi do siebie, byłoby jaśniej.

Cicho, po omacku zamyka drzwi, jak Buba, niepostrzeżenie, żeby nie sprowokować sąsiadki. Nie chce mu się rano biec po warzywka ani masełko, nie chce mu się rozmawiać.

Wczoraj wieczorem wydawało mu się, że widzi światło w oknach Buby, ale oczywiście to mogło być przywidzenie, jakaś gra kolorów, coś się może odbiło w szybach. Jak wychyli się z okna w kuchni, widzi tamte okna. Dwie doniczki mizernego bluszczu. Podobno kwiaty niezbyt dobrze się chowają przy chorych, zadbają o nie, jak Buba wróci, to się ucieszy.

Klucze wypadają mu z ręki, Piotr ostrożnie odstawia doniczki. A jednak uchylają się drzwi sąsiadki, stanęła w nich jak duch, też na świetle oszczędza czy jak?

Dał się złapać. A Bubie się udawało.

– Panie Piotrusiu, to pan?

– Dobry wieczór pani – mówi grzecznie Piotr i głowa sąsiadki wędruje w jego stronę.

– Co pan tam robi?

Piotr schyla się po doniczki.

– Kwiaty przenoszę.

– Kwiaty? Jakie kwiaty? Po co pan się tam dobija, panie Piotrze? Tej dziewczyny, co ganiała za kotem, już tam nie ma. Pewnie umarła, jak jej ciotka.

Piotr czuje, jak jeżą mu się włosy.

Co ona mówi?

– Pan się kotem zajmuje?

– Nie – Piotr nie wie, jak rozmawiać. Jak się rozmawia z wariatami?

– Bo mnie się wydawało, że kota czasami słyszę, ją rzadko kiedy.

296

Piotr potyka się o wycieraczkę, psiakrew, co za egipskie ciemności! Właściwie mógłby wkręcić żarówkę sam, nie czekać na administrację.

– Co pan tam robi? Nie zrobił pan sobie krzywdy?

– Światła nie ma, wykręcili żarówkę, potknąłem się.

Różowy Dresik cofa się, żeby dopiero teraz zapalić światło u siebie. W jasnej smudze Piotr widzi, jak kobieta maca ręką po ścianie. I nagle stają mu przed oczyma wszystkie zakupy, które wciskał w wyciągniętą rękę, oczy zawsze zakryte okularami słonecznymi, rozliczanie się z tych zakupów z milczącą, antypatyczną, prawie niemą córką Różowego Dresika raz w miesiącu.

Różowy Dresik jest niewidomy.

*

Buba ma jasną chustkę na głowic. Nie lubiła peruki, pociła się. Wszystkie cztery oddała Róży. Ná pamiątkę. Nie chce już nigdy w życiu nosić peruki. I nie będzie.

Ksiądz Jędrzej rozgląda się nerwowo, są wszyscy oprócz Krzysztofa, a właśnie zapowiedziano odprawę pasażerów. I czy to ta Buba, która mu szeptała, nie mów, tylko nie mów nikomu? Może trzeba było wcześniej powiedzieć, że to o nią chodzi?

Sebastian zarzucił na ramię mizerną torbę, bagaż podręczny Buby. To wszystko, cały jej majątek? Jedna walizka oddana na bagaż i ta torba?

Piotrek trzyma Bubę w ramionach i unosi ją lekko nad ziemią.

– Dziękuję – szepcze jej do ucha – dziękuję, że byłaś tak blisko, że zawsze o każdej porze dnia i nocy można było zapukać w twoje zielone drzwi. Będziemy zaglądać do mieszkania, nic się nie martw.

Głupio to zabrzmiało, ale nic mądrego nie przychodzi mu do głowy. Tak jakby Buba głównie martwiła się mieszkaniem, jakby nie miała poważniejszych spraw! Idiota ze mnie, myśli Piotr i jeszcze raz mocno przytula Bubę do siebie.

– Pasażerów odlatujących do Nowego Jorku prosimy o zgłaszanie się do odprawy paszportowej.

A więc to już.

– Pamiętaj, powieś drugi kryształek, jak się urodzi. One robią tęczę, a tęcza… – szepcze Buba w brzuch Róży.

– Tęcza jest symbolem przymierza z Bogiem, a nie przesądem – wtrąca ksiądz Jędrzej. – No, dość tego. Idź już. – Dodaje, ale rozgląda się, szuka czegoś, obserwuje wejście do hali.

– Buba, dzięki, dzięki za wiesz co – Sebastian nachyla się do ucha Buby, dziękuje jej za dziecko, kto wie, co by było.

– Krzysiek nawet nie przyszedł się pożegnać? – Julia szepcze, ale Buba to usłyszała.

– I bardzo dobrze.

Jeszcze Roman.

Jeszcze Julia.

Ostatni uścisk.

Jędrzej rozgląda się coraz bardziej nerwowo.

– Gdzie jest ten opiekun Buby? – szepcze Piotrek.

– Przecież nie może sama lecieć, przecież miał się nią ktoś zająć, przecież...

Ksiądz Jędrzej macha ręką.

Co się stało?

Jeszcze raz. Jeszcze raz trzeba przytulić głowę w chustce, nie pozwolić sobie na płacz, bo przecież będzie dobrze, nie może być inaczej, tym razem stanie się cud, zobaczą się za jakiś czas, Buba wróci, więc trzeba pożegnać się tak, jakby się żegnało kogoś, kto wyjeżdża na wakacje, albo na urlop, albo na chwilę.

I Buba odchodzi.

Odwraca się jeszcze i macha, za moment zniknie.

– Zakończyliśmy odprawę pasażerów odlatujących do Nowego Jorku lot numer...

I wtedy na lotnisko wpada Krzysztof. Jest spocony, taszczy ze sobą ciężką walizę. Po co mu walizka?

– Agnieszka! – krzyczy, Buba się odwraca i nieruchomieje.

– Agnieszka! – Krzysztof roztrąca przyjaciół, walizka ma kółka, ale nie jest przyzwyczajona do takiego traktowania, przewraca się na bok, pod nogi i szoruje bokiem po posadzce.

– Dzięki Bogu, myślałem, że nie zdążysz, szybko, bagaż!

Ksiądz Jędrzej macha już obiema rękami, niby kibic, który dodaje ducha biegaczowi. Ktoś z obsługi lotniska podbiega do Krzysztofa.

– Już jest po odprawie bagażowej, proszę za mną!

Jędrzej drepcze za Krzysztofem i za mundurem.

– Bogu niech będą dzięki, myślałem, że coś się stało!

Nic nie rozumieją. Krzysztof leci? Z kim? I gdzie? Kto to jest Agnieszka?

Buba tam stoi i patrzy, jakby wrosła w ziemię, patrzy z daleka na Krzysztofa, który gorączkowo umieszcza walizkę na taśmie, czeka, aż ktoś coś podbije, przejrzy, sprawdzi.

A oni stoją i patrzą raz na jedno, raz na drugie. Krzysztof wziął urlop?

– Napiszę, napiszemy od razu, zadzwonimy – rzuca jeszcze Krzysztof i biegnie w stronę Buby. Staje przed stanowiskiem, dzielą go od niej jeszcze trzy osoby. Buba za chwilę zniknie.

Buba właśnie odwróciła się i wolniutko rusza w stronę bramki.

– No, zdążył. – Ksiądz Jędrzej ociera pot z czoła.

– A wy co? Korzenie tu chcecie zapuścić? Coście tak gęby rozwarli? Jak dzieci, zupełnie jak dzieci.

– Krzysiek? – Roman patrzy na Jędrzeja.

– I co się tak gapisz? Sprzedał samochód, dołożył czterdzieści tysięcy. A ty co? Myślałeś, że ukradłem, żeby dopłacić?

– Krzysiek? – powtarza Julia. Nie do wiary. Wszyscy, ale nie on. Z tą jego pracą, z której nie mógł wyjść nawet na sekundę, z tym wielbionym samochodem, z tym poważnym stanowiskiem, z tym życiem? – Wziął urlop?

– Jaki tam urlop – Jędrzej macha niecierpliwie ręką – jaki urlop? Wypowiedzenie złożył. No.

Patrzą. Buba jeszcze raz się odwraca, jakby nie mogła uwierzyć własnym oczom.

– Agnieszka, poczekaj! – krzyczy Krzysztof i wszyscy podróżni odwracają głowy w jego stronę.

Bubie torba wypada z ręki, ściąga chustkę z głowy, ale oni nie widzą, czy uśmiecha się, czy płacze.

– Agnieszka? To Buba ma na imię Agnieszka? – szepcze Róża i myśli, że to bardzo ładne imię dla dziewczynki, jeśli będzie dziewczynka, to może Agnieszka?

Książkę można zamówić pod adresem

„L&L" Spółka z o.o.:
Hurtownia@ll.com.pl

dział handlowy:
80-557 Gdańsk, ul. Narwicka 2A
tel.: (58) 342 21 07; 340 55 29
fax: (58) 342 21 07

Wydanie 1
Warszawa 2005

Projekt okładki i stron tytułowych:
Elżbieta Chojna

Fotografia autorki na IV stronie okładki:
Krzysztof Jarczewski

Redakcja:
Katarzyna Leżeńska

Korekta:
Jadwiga Piller
Michał Załuska

Redakcja techniczna:
MAGRAF

Łamanie:
Monika Lefler

ISBN 83-922240-1-9

Druk i oprawa:
Drukarnia Naukowo-Techniczna
03-828 Warszawa, ul. Mińska 65

 Wydawnictwo Autorskie
Katarzyna Grochola
Elżbieta Majcherczyk
Spółka cywilna
ul. Burakowska 3/5, 01-066 Warszawa
tel. (0-22) 887 10 81, faks (0-22) 887 10 73